MEMOIRES

POUR SERVIR

A L'HISTOIRE

DES

HOMMES

ILLUSTRES.

TOME V.

MEMOIRES

POUR SERVIR

A L'HISTOIRE

DES

HOMMES

ILLUSTRES

DANS LA RE'PUBLIQUE DES LETTRES.

A V E C

UN CATALOGUE RAISONNE'

de leurs Ouvrages.

TOME V.

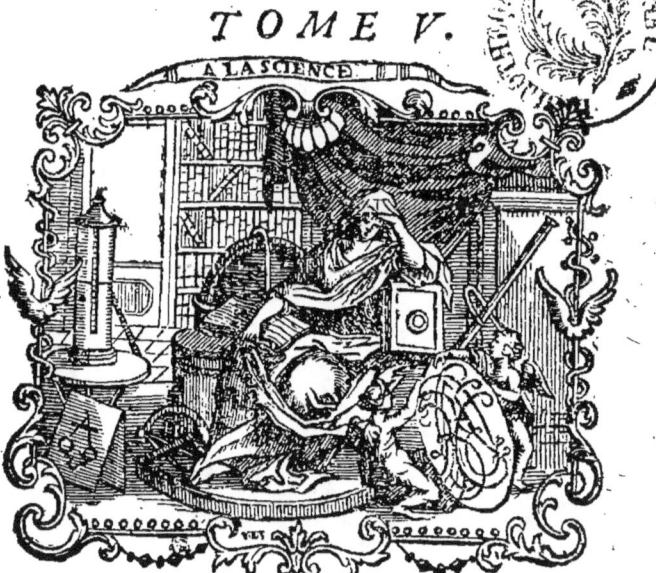

A PARIS,

Chez BRIASSON, ruë S. Jacques à la Science,

M. DCC. XXVIII.

Avec Approbation & Privilege du Roy.

AVERTISSEMENT.

ON fera furpris, & peut être avec raifon, de trouver dans ce Volume une vie de *Tite-Live*. Ce n'étoit pas mon deffein de remonter fi haut. Mais une perfonne d'efprit & de merite s'étant donné la peine de ramaffer plufieurs chofes curieufes fur les anciens Auteurs, je me fuis laiffé perfuader qu'on ne trouveroit pas mauvais que je joigniffe fon travail au mien. En effet, quoiqu'il y paroiffe étranger, il ne l'eft peut-être pas tant qu'on pourroit fe l'imaginer. Ce que les nouveaux Auteurs ont fait fur ces Anciens a formé entre eux une liaifon, qui les raproche, & les réunit en quelque maniere malgré la diftance des temps. J'ai crû cependant devoir ne donner qu'une vie de ces anciens dans chaque volume, pour ne point trop remplir la place deftinée à d'autres moins connus, & fur lefquels on fouhaite d'avantage d'être inftruit. Si ce melange déplaît au Public,

AVERTISSEMENT.

il fera facile d'y remedier & de fe conformer à fon goût.

Il s'eft gliffé dans le quatriéme volume quelques fautes groffieres que je prie les Lecteurs de corriger.

P. 18. *l*. 14. premier, *lifez* précieux.

P. 56. *l*. 3. qui eft très-facile, *lifez* qui étoit très-habile.

P. 104. *l*. 23. dans la vie de *S*. *Ammirato*, *effacez ces mots* : il s'attacha au Marquis de Capouel, qui étoit auprés de la Reine Chriftine de Suede, *mettez à la place*, il s'attacha à la Reine de Pologne par le confeil de Jean Laurent Papacoda, qui fut depuis Marquis de Capurfo.

P. 288. *l*. 24. contre le fentiment du P. le Cointe, *lifez* contre le fentiment du P. Chiflet, & en faveur de celui du P. le Cointe.

L'Auteur de la vie d'*Emilio Ferreti* qui fe trouve dans ce cinquiéme volume eft mal appellé p. 21. *l*. 10. *Guiatranda*, lifez *Guintrandy*.

P. 168. *l*. 7. faire les voir, *lifez* faire voir les.

TABLE

MEMOIRES

MEMOIRES

POUR SERVIR

A L'HISTOIRE

DES

HOMMES

ILLUSTRES

DANS LA RE'PUBLIQUE
des Lettres,

Avec un Catalogue raifonné
de leurs Ouvrages.

MARTIN ASPILCUETA,
DIT NAVARRE

ARTIN *Afpilcueta,* MARTIN
que l'on appelle com- ASPIL-
munément le Docteur CUETA.
Navarre, parce qu'il
étoit de ce Royaume,
nâquit le 13. Decembre 1491. à

Tome V.   A

Varasayn , Ville du Royaume de
Navarre, qui n'eft pas fort éloignée
de *Pampelune* , d'une famille noble,
tant du côté de fon pere, que de celui de fa mere.

Il entra fort jeune chez les
Chanoines-Reguliers de *Roncevaux* ,
Hôpital fameux dans les Pirenées,
& en porta toûjours l'habit, quoiqu'il ait paffé dans la fuite par differens emplois, qui euffent pû l'en
difpenfer.

Il apprit à *Alcala* , les Humanitez, la Philofophie, & la Theologie, & vint enfuite en France étudier en Droit. Voici ce qui occa-
fionna ce voyage.

Jean d'Albret Roi de Navarre
ayant été excommunié avec fa femme *Catherine de Foix* par le Pape
Jules II. en qualité de fauteurs de
Louis XII. que ce Pape avoit déclaré ennemi de l'Eglife , *Ferdinand*
Roi d'Efpagne , qui avoit follicité
cette excommunication fe jetta fur
la Navarre; ce qui obligea *Jean
d'Albret* , de fe retirer dans les Etats
qu'il avoit en France; *Pierre de Navarre* fon grand Maréchal l'y ac-

compagna avec François ſon frere, M. As-
& *Martin Aſpilcueta* qui étoit atta- PILCUE-
ché à celui-ci le ſuivit, & demeura TA.
auprès de lui pendant quatorze ans
en qualité de ſon Theologien.

Après qu'il ſe fut appliqué quelque temps au Droit, il fut jugé
capable de l'enſeigner aux autres,
& il le profeſſa à *Touloufe* & à *Ca-*
hors. De retour en Eſpagne il ſe retira à *Salamanque*, où il rétablit l'é-
tude du Droit Canonique, qui étoit
negligé dans cette Univerſité, &
il y obtint la premiere chaire de
Profeſſeur en cette ſcience.

Il la remplit pendant quatorze ans,
après leſquels il fut appellé à Conimbre par *Jean* Roi de Portugal
qui venoit d'y fonder une Univerſité. Il y enſeigna pendant ſeize ans,
& ayant obtenu ſon congé après ce
temps, il alla dans la Caſtille, &
enſuite dans ſon Pays, pour prendre ſoin de ſes nieces, filles de ſes
freres, qui étoient morts depuis
peu. Il paſſa douze ans dans ces
deux endroits, aidant de ſes conſeils ceux qui pouvoient en avoir
beſoin. Il fut pendant ſon ſéjour en

M. As-
FILCUE-
TA.

Castille Confesseur de *Jeanne* veuve
du Prince de Portugal, & des Princes de Bohème ses neveux.

Il alla ensuite à Rome pour défendre *Barthelemi Caranza* Arche-
que de *Tolede* accusé d'heresie, quoiqu'agé de 80 ans ; ce qu'il fit avec
toute l'ardeur imaginable, mais inutilement, comme on a pû le voir
dans l'article de ce Prelat.

Il ne faut pas passer ici sous silence un fait que M. de Thou rapporte de lui ; „ je me souviens, dit-il,
„ que *Navarre* étant allé rendre vi-
„ site à *Paul de Foix*, Ambassadeur
„ du Roi auprés du Pape, que j'a-
„ vois accompagné à *Rome*, & ne
„ l'ayant pas trouvé dans son Palais,
„ il alla le chercher dans l'Eglise de
„ la Trinité où il étoit, & le salua
„ en se prosternant devant lui & lui
„ baisant les pieds. L'Ambassadeur
„ surpris de cette action d'humilité
„ refusa cet honneur, & tâcha de
„ faire lever de terre ce venerable
„ vieillard, mais *Navarre* lui dit
„ qu'il ne pouvoit se dispenser de
„ rendre en sa personne cet homma-
„ ge & ces respects à une Nation

dont ſes Rois étoient iſſus. Enfin cc
s'étant levé, il ne voulut jamais cc
mettre ſon chapeau ſur ſa tête, cc
quoiqu'il ſe promenât avec l'Am- cc
baſſadeur en un endroit décou- cc
vert & expoſé aux injures de l'air, cc
qui étoit alors extraordinaire- cc
ment froid, quelque inſtance que cc
lui fit *Paul de Foix* pour l'obli- cc
ger à ſe couvrir. cc

M. Aſ-
PILCUE-
TA.

Comme il s'étoit acquis une reputation extraordinaire par ſes écrits,
il reçut à la Cour du Pape plus
d'honneur qu'on n'en avoit jamais
fait à aucun particulier. *Pie* V. *Gregoire* XIII. & *Sixte* V. eurent pour
lui tant de conſideration, qu'ils ne
décidoient aucun cas de Conſcience
ſans l'avoir auparavant conſulté. Le
premier de ces Pontifes le nomma
Aſſeſſeur du Cardinal *François Al-
ciat* Vice-Penitencier. *Gregoire* XIII.
ne paſſoit jamais devant ſa porte,
qu'il ne le fit appeller, & il étoit
quelquefois une heure entiere à s'entretenir avec lui dans la ruë. Il ne
dédaignoit pas même de lui rendre
viſite.

Il ne faut pas s'étonner après cela

M. As-
PILCUE-
TA.

de la confideration que les Cardinaux & les Prelats avoient pour lui.
Il étoit l'Oracle non-feulement de
la Ville de *Rome*, mais encore de
tout le monde Chrétien, & il ne
refufoit fes confeils à perfonne; l'in-
terêt ne le faifoit point agir en cela,
car il ne vouloit jamais recevoir de
prefent. Sa maifon étoit même le
refuge des pauvres, pour lefquels il
avoit une charité finguliere. Lorfqu'il avoit paffé une partie du jour
dans fon cabinet, on le voyoit le
foir dans les Hôpitaux affiftant les
malades. On dit qu'étant à Rome
il alloit par la Ville monté fur une
Mule, qui avoit accoûtumé de s'arrêter d'elle-même dès qu'il ren-
controit un pauvre, & qui ne re-
commençoit à marcher, qu'après
qu'il lui avoit donné l'aumône.

Il difoit fa Meffe tous les jours,
& employoit beaucoup de temps
à la priere. Fidele obfervateur des
abftinences & des jeûnes de l'Eglife, il ne s'en eft jamais difpenfé,
même dans l'âge le plus avancé.
Exempt d'ambition, il refufa toutes les dignitez tant Civiles qu'Ec-

cleſiaſtiques qu'on lui offrit.   M. As-

Soit que Navarre ne ſe ſouciât PILCUE-
plus de revoir ſa patrie, ſoit que TA.
ſon extrême vieilleſſe ne lui permit
pas de ſe mettre en chemin pour y
retourner, il demeura à Rome juſqu'à la fin de ſa vie. Il y eſt mort
le 21. Juin 1586. dans ſa 95e. année.

Navarre eſt fort cité & eſtimé
par les Canoniſtes & les Caſuiſtes.
Il eſt neanmoins quelquefois relâché
dans ſa Morale, ſelon M. du Pin,
qui trouve qu'il n'a écrit ni poli-
ment ni agréablement.

Il a toujours eu la plume à la
main, ainſi on ne doit pas s'étonner qu'il ait tant compoſé. Tous
ſes ouvrages roulent ſur la Morale
ou ſur le droit Canonique. On les
a imprimez enſemble en 3. volumes *in folio.* 1°. à *Rome* en 1590.
2°. à *Lyon* en 1597. 30. à *Veniſe*
en 1602. Cette derniere édition eſt
augmentée.

Les traitez contenus dans ces
trois volumes ſont,

Dans le premier,

1. *Manuale ſive Enchiridion*

A iiij

M. As-
PILCUE-
TA.

Confessariorum & Pœnitentium. Na-
varre a prétendu renfermer dans
cet Ouvrage tout ce qu'il savoit,
& ce qu'il a écrit dans ses autres
livres. Il l'avoit d'abord composé
en Espagnol, & il a paru en cette
Langue à *Salamanque* en 1557. *in-*
4°. Il y manquoit un traité de
l'usure & de la simonie, qu'il y a
ajoûté en forme de supplément dans
la même Langue en 1569. Il l'a ensuite traduit en Latin, & on en
trouve un grand nombre d'éditions
en cette Langue. *Simon Magnus*
Chanoine de *Liege* en a retouché
le stile, & y a fait quelques additions, & il a paru en cet état à *Pa-*
ris en 1587. *in-*8°. *François de Sese*
y a fait aussi des additions, & l'a
fait imprimer à *Venise* en 1573.
*in-*4°. *André Victorelli* l'a aussi augmenté, & son édition a été publiée à *Venise in-*4°. D'autres ont
fait des abregés de cet Ouvrage, tels
ont été *Cominio Ventura* dont l'ouvrage a été imprimé à *Bergame* en
1593. *in-*24. *Etienne d'Avila* Jesuite qui a publié le sien à *Lyon* en
1608. *in-*24 *Pierre Alagona* Jesuite,
&c.

2. *De Horis Canonicis & oratio-* M. As-
ne. Cet Ouvrage a paru d'abord en PILCUE-
Efpagnol en 1560; il a été enfuite TA.
traduit en Latin . & imprimé à
Lyon en 1580.

3. *Mifcellanea centum de Ora-*
tione , præfertim Pfalterio & Rofario
Virginis Matris Mariæ, & de Infti-
tutione recta oratorum , & actis qui-
bufdam eorum , & de pertinentibus
ad illa.

Dans le deuxiéme,

1. *Commentarius de filentio in*
divinis officiis , præfertim in choro fer-
vando. Ce petit ouvrage eft prefque
tout extrait du Manuel.

2. *Commentarius in caput : inter*
verba XI. quæft. III. in quo de glo-
ria , honore , laude , ac bona fama, de-
que ingloria , vituperio , infamia &
detractione tractatur. Il compofa d'a-
bord cet ouvrage en Efpagnol , &
le publia à *Conimbre* en 1544. *in fol.*
Il le traduifit enfuite en Latin, &
le publia en cette Langue à *Rome*
en 1584. *in* 4°.

3. *De Regularibus Commentarii*
tres. Imprimez d'abord à *Rome* en
1576. *in* 49. & revûs enfuite par
l'Auteur.

4.° *De Alienatione rerum Eccle-
siasticarum, ac de spoliis Clericorum
Commentarius in principium & Gloss
summa XII. quæst. II. De spoliis
Clericorum super cap. non liceat Papæ eadem causa & quæstione.* Imprimé à *Rome* en 1573. *in* 8.° & ensuite augmenté & revû par l'Auteur.

5.° *Commentarius resolutivus de
Usuris.* Ce traité a été d'abord imprimé en Espagnol avec des additions au Manuel en 1569. & ensuite en Latin à *Rome* en 1585. *in* 4.°.

6. *De reditibus Beneficiorum Ec-
clesiasticorum Commentarius, quo do-
cetur quibus usibus sint impendendi,
& quibus personis dandi aut relin-
quendi.* Imprimé d'abord en Espagnol en 1566. & ensuite en Latin
en 1568. L'Auteur y fait voir que
les Beneficiers ne doivent employer
le revenu de leurs Benefices qu'au
soulagement des pauvres, après qu'ils
en ont pris ce qui leur est necessaire
pour leur subsistance. Ce livre fut
attaqué par *François Sarmiento* Au-
diteur de Rote, qui trouvoit cette
décision trop severe ; mais *Navarre*
la soutint par l'ouvrage suivant.

7. *Apologeticus pro libro de Re- ditibus Ecclefiafticis.* Imprimé à Ro- me en 1570.

8. *Commentarius in cap. Humanæ aures XXII. quæft. V. de veritate refponfi partim verbo expreffo, partim mente concepto redditi.*

9. *De finibus Humanorum actium Commentarius.* Imprimé à *Lyon* en 1563. *in* 80. & à *Rome* 1585. *in* 40.

10. *Epiftola Apologetica ad Ill. D. Gabrielem à Cuefa Ducem Al- burquerquenfem.* Cette lettre eft con- tre quelques perfonnes qui avoient prétendu que fon féjour & fa con- duite à Rome déplaifoient au Roi *Philippe* II.

11. *Commentaria in feptem Dif- tinctiones de Pœnitentia.* Il avoit pu- blié à *Conimbre* en 1542. un Com- mentaire fur trois de ces Diftinc- tions, favoir la 5e. la 6e. & la 7e. qu'il augmenta en 1566. Il étendit depuis fon Commentaire fur les quatre premieres.

12. *Commentarius de anno Jubi- læo & Indulgentiis omnibus.* Impri- mé d'abord à *Conimbre* en 1550. & enfuite augmenté à *Rome* en 1576.

M. Âs-
PILCUE-
TA.

in 4°. & à *Milan* 1579. *in* 8°.

Dans le troisiéme.

1. *Relectiones de Rescriptis*, Imprimées d'abord à *Conimbre*, ensuite à *Rome* en 1575. & à *Madrid* en 1595. *in fol.*

2. *Commentarius in Rubricam de Judiciis & Relectio de iisdem.* Imprimé à *Lyon* en 1576.

3. *Relectio de Restitutione spoliatorum.* C'est un discours imprimé à *Conimbre* en 1548.

4. *Relectio in cap. Ita quorumdam, de Judæis, in qua de rebus ad Saracenes deferri prohibitis & censuris ob idlatis.* Imprimé à *Conimbre* 1550. *in* 8°.

5. *Commentarius de Datis & promissis pro justicia vel gratia obtinendis.* Imprimé à *Rome* en 1576. *in* 4°.

L'Edition de *Venise* renferme de plus quelques nouveaux traitez, *de Cambiis, de Simonia Mentali, de furto notabili, de necessitate defendendi proximum ab injuria, de homicidio casuali, de incompatibilitate Beneficiorum, de Eleemosyna, & de lege pœnali.*

On a encore eu de *Navarre* un ouvrage imprimé à part, intitulé, *Confiliorum feu Refponforum libri V.* Lugduni 1591. *in* 4º. 2. tom. & *Romæ* 1602. *in fol.*

M. As- PILCUE- TA.

Jacques *Caftellanus* a publié à *Venife* en 1598. *in* 4º. un abregé Latin de tous ces Ouvrages du Docteur *Navarre.*

V. *Nicolas Antonio Bibl. Hifpana, Jani Nicii Erythæi Pinacotheca. De Thou Hift. Thomafini Elog. to.* 1.

EMILIO FERRETI.

EMILIO *Ferreti* d'une noble famille originaire de *Ravenne,* nâquit le quatorziéme Novembre 1489. à *Caftro-Franco,* Ville de Tofcane où fes parens s'étoient retirez. Il s'appelloit *Dominique,* mais il prit depuis le nom d'*Emile,* ainfi que l'ont pratiqué plufieurs Savans d'Italie, qui quittoient leur nom de Batême, pour prendre celui de quelque Ancien.

EMILIO FERRETI,

Son pere *Marc Ferreti* le fit élever auprès de lui dans les belles Let-

EMILIO
FERRETI.
tres, & l'envoya ensuite à *Pise* étudier la Jurisprudence. Il n'avoit alors que douze ans, s'il en faut croire *Pancirole (de claris legum Interpret.)* Il continua ses études à *Sienne*, & partit de là pour *Rome* avec le Cardinal *Salviati* Florentin, en qualité de son Secretaire. C'est dans cette Ville qu'ayant soutenu avec honneur des Theses tant sur le droit Civil que Canonique, il fut reçû au nombre des Jurisconsultes à l'âge de 19. ans, & c'est à cette occasion qu'il prit le nom d'*Emile*.

On lui offrit d'abord une chaire de Professeur qu'il accepta. Il interpreta dans ce poste avec tant de réputation le titre *de rebus creditis*, que le Pape *Leon* X. le choisit pour son Secretaire. Il s'aquitta dignement de cet emploi pendant quelques années, & il le quitta volontairement pour retourner dans sa patrie.

Mais son pere y ayant été malheureusement tué dans une querelle, il fut obligé de se retirer à *Tridino* ville du Montferrat. Là il se maria avec une fille de condition, dont il eut plufieurs enfans qui moururent avant lui.

Il fuivit à *Rome* & à *Naples* le Marquis de *Montferrat* qui commandoit en Italie une partie de l'armée de France. Mais dans la déroute des François *Ferreti* s'étant mis en chemin pour regagner fon pays, fut pris auprès de Milan par les Efpagnols, avec qui l'on étoit en guerre, & il ne fut délivré de leurs mains, qu'après avoir payé fix cens écus d'or pour fa rançon.

Ferreti vint enfuite en France, où il remplit la chaire de Droit à *Valence*. Sa reputation l'ayant fait connoître à *François* I. le Pere des Savans de fon fiecle, ce Prince le fit Confeiller au Parlement de Paris. Il fe fervit de lui en plufieurs occafions confiderables, & l'envoya d'abord à *Venife*, & enfuite plufieurs fois à *Florence*. L'habileté avec laquelle il s'acquitta des differens emplois qu'on lui confia engagea le Marquis de *Montferrat* à le demander au Roi, pour l'envoyer à l'Empereur Charles-Quint, que *Ferreti* fuivit dans l'expedition d'Afrique.

EMILIO Cette expedition est de l'an 1535,
FERRETI. ainsi il doit y avoir de l'erreur dans
le calcul de *Pancirole* qui lui fait
donner auparavant la charge de
Conseiller en 1536.

Ferreti après sa seconde députa-
tion vers les Florentins se trouva à
l'entrevûe que le Pape Paul III.
l'Empereur Charles-Quint, & le
Roi François I. eurent à Nice.
Après laquelle s'étant démis de sa
Charge de Conseiller, il se retira à
Lyon, d'où il fut appellé à Florence
par le Grand Duc, & il y reçût le
droit de Bourgeoisie.

Enfin la ville d'*Avignon* l'attira,
le fit Professeur en Droit dans son
Université, & lui donna d'abord
550. écus de gage; il n'y avoit pas
encore 3. ans qu'il y enseignoit,
lorsque son salaire fut augmenté
jusqu'à 800. écus, on le poussa même jusqu'à douze cens.

Outre la science des Loix que
Ferreti possedoit à fond, il étoit très-
éloquent; mais ce qui étoit encore
plus louable, il étoit fort liberal,
sur tout à l'égard des pauvres, qu'il
assistoit abondamment.

Il

Il fit conſtruire à ſes dépens la EMILIO
belle Chaire de Juriſprudence qu'on FERRETI.
voit encore à *Avignon*, & fit mettre ces paroles qu'on lit au-deſſus de
la Friſe : *Peritum orno, imperitum
dedecoro : Je releve la gloire d'un Savant, mais je fais la honte d'un igno-
rant.* Et plus bas contre le doſſier
ſont celles-ci : *Seſſio Emilii Ferreti.*

A l'égard de ſa maniere de vivre,
il ſoupoit rarement, ou s'il man-
geoit le ſoir, c'étoit avec beaucoup
de ſobrieté, & ſeulement pour ſe
rafraîchir. Il aimoit beaucoup à
ſe promener autour des belles mu-
railles d'*Avignon*. Quand il n'avoit
perſonne avec qui il put converſer
après le repas, il s'amuſoit à tou-
cher du Luth. Il diſoit ordinairement qu'il avoit apris davantage
par meditation, que par la lecture.
Sa taille étoit mediocre, ſon corps
étoit bien pris, il avoit une fort bonne conſtitution, il étoit très-modeſte
dans ſes paroles & dans ſes habits.

Il eſt mort à *Avignon* très-chré-
tiennement le 14. Juillet 1552. âgé
de 63. ans. *Bayle* s'eſt trompé en
le faiſant mourir le 15. Juillet.

Tome V. B

EMILIO
FERRETI.

On lit dans les MS. d'*Henri de Suarez* que le bruit s'étoit répandu que *Ferreti* se voyant prêt de mourir commanda à son valet de lui apporter ses écrits, & les fit brûler en sa presence, parce qu'il croyoit, qu'ils n'étoient pas assez travaillez pour pouvoir être mis au jour. Mais j'aime mieux croire que ce fut un sentiment d'humilité & de modestie qui lui fit faire un pareil sacrifice. Quoiqu'il en soit, il est sûr qu'on a perdu beaucoup de ses ouvrages, dont le public auroit sans doute profité. Il fut également regretté en France & en Italie. On lui fit des obseques magnifiques, il fut enterré dans l'Eglise des PP. Dominicains. A côté de son tombeau on lit les vers suivans gravez sur la pierre.

Si magnorum Heroum animos post fata referret
Astra inter Deus, & radiantia lumina mundi,
Credidit ut vana & tantum non cœca Vetustas,
Hospitium Æmilius postquam mortale reliquit,

Non unum terris folem oftendiffet EMILIO

Olympus. FERRETI.

Jufta perfolvens pofuit

Antonius Goveanus.

A main droite en entrant dans la
même Eglife par la porte du couchant eft le beau Maufolée copié
d'après l'antique , que lui fit dreffer
Paul de Guadagne noble Avignonois
avec cette Epitaphe.

D. O. M,

Hic fitus eft Æmilius Ferretus Ju-
re Confultus , Natione Italus , patria
Florentinus , Marci Ferreti J. C. Fi-
lius , quem officio Confiliarii in Regio
Lutetiæ Parifiorum Confilio , & tri-
bus D. Francifci Valefii Galliarum
Regis ad exteros Principes Legatio-
nibus functum , editis infuper quam
plurimis & præclariffimis monumentis
ingenii fui, cum jam ætas otii admo-
neret ludo Juris Civilis Avenionenfis
civitas inclufit. Vires eum priufquam
voluntas promovendi ftudia juventu-
tis defecerunt , ex labore ardentiffima
correptus febre , intra dies paucos ab-

EMILIO *sumptus est. Vixit annos 63. Diem*
FERRETI. *suum obiit ad pridie Idûs Julii anno*
à Christo Nato 1552.
Sanctissimo justitia Sacerdoti & animo
 incomparabili
  Paulus Antonius Guadagnæus
  Mœrens ex officio posuit.

Ferreti eut pour successeur dans
sa chaire de Professeur à *Avignon*,
Simon Craveta, qui osa dans sa premiere leçon lâcher un petit mot
contre la reputation de *Ferreti*; mais
ses auditeurs qui étoient fort pré-
venus en faveur de celui-ci ne pu-
rent le souffrir, & il fut contraint
de quitter *Avignon*, où il s'étoit
rendu odieux à tout le monde par
cette imprudence.

Catalogue de ses Ouvrages.

  1. *Opera quæ haberi possunt omnia.*
Francofurti 1598. *in* 40.

  2. *De Mora & ejus effectibus.*
Venetiis 1584. *in* 8°. *Francof.* 1586.

  3. *In Titulos de Acquirenda pos-*
sessione, de Usucapionibus, de Ver-
borum obligationibus prælectiones, quas
in præclara Avenionensium Academia
suis auditoribus dictavit, nunquam

antea in lucem emissæ ab ipso auctore recognita. Lugduni 1552. in fol.

4. *Consilia. Lugduni 1558. in folio.*

5. *Bartoli Evernieulum.* Il parle dans cet Ouvrage des erreurs dans lesquelles le fameux *Barthole* est tombé en interpretant les Loix. *Panci-role* le cite.

Cet article est de M. Guiatranda, Avocat à Avignon.

JEAN SELDEN.

JEAN *Selden* naquit le 6. Decembre 1584. à *Salvinton* petit Village qui est au couchant de la ville de *Ferring* dans le Comté de *Sussex* ; son pere qui portoit le nom de *Jean* comme lui, & sa mere *Marguerite Baker* étoient tous deux de bonnes familles.

Il fit ses premieres études à *Chi-chester*, ville Capitale du Comté de Sussex, sous *Hugues Baker* Recteur de l'Ecole de cette Ville, & fameux Jurisconsulte. Il y étudia les belles Lettres, & passa à *Oxford* en 1598.

J. SEL-
DEN.

Deux membres du nouveau College entreprirent de contribuer à son avancement ; l'un s'appelloit *Antoine Barker*, frere de son premier Maître, & l'autre *Jean Joung* ou *Junius*. Il étudia sous eux pendant quatre ans, & fit de grands progrez dans l'étude de la langue Latine.

Il se rendit à *Londres* vers l'an 1612. pour s'appliquer à la Jurisprudence, & il y fut reçû dans la societé qui portoit le nom de *Clifford*. Cette societé étoit alors une des huit qu'il y avoit à Londres pour faire cette sorte d'étude. Celle du Temple étoit plus fameuse, il y passa deux ans après. Il s'y acquit bien-tôt une grande reputation, & y gagna l'amitié du Chevalier *Robert Cotton*, qui possedoit une Bibliotheque curieuse & riche, sur tout en pieces du moyen âge, & appartenantes à l'Angleterre, de *Spleman* & de *Camden*. Celle que le celebre *Usserius* Archevêque d'*Armagh* avoit lié avec lui dès l'an 1609. dura toute leur vie malgré la diversité de leurs sentimens.

Il publia en 1618 son Traité des Dixmes, qui fit beaucoup de bruit, & qui lui attira bien-tôt la haine du Clergé. Il fut cité devant la grande Commission, & on l'obligea à se retracter.

Le Roy Jacques I. mecontent du Parlement de 1621. ayant fait emprisonner quelques-uns des Membres de la Chambre des Communes, qu'il croyoit avoir été les auteurs de la contradiction qu'il y avoit trouvée, fit aussi arrêter *Selden* ; car quoiqu'il ne fût pas Membre de cette Chambre, il y avoit été appellé en qualité de Jurisconsulte pour dire son sentiment, touchant les Privileges des Parlemens, & y avoit opiné fortement en sa faveur & contre la Cour. Sa détention ne fut pas cependant de longue durée, *Lancelot Andrews* Evêque de *Winchester*, qui avoit beaucoup de credit à la Cour, lui rendit service en cette occasion, & il fut élargi au bout de cinq semaines.

En 1623. il fut nommé Député au Parlement par la Ville de *Lancastre* ; mais il s'y tint neutre. Le

J. SEL-
DEN.

torrent l'entraîna dans le premier Parlement de Charles I. en 1625. où il fut encore député pour le Bourg nommé *Grand Bedwin* dans la Province de *Wiltz*. Il s'y déclara fortement contre le Duc de *Buckingham*, & lorsqu'en 1626. ce Seigneur fut accusé dans les formes par les Communes, *Selden* ne refusa pas d'avoir part au plaidoyé qui fut fait contre lui.

Animé du même esprit il osa paroître encore en 1627. contre la Cour en faveur de M. *Hambden* dont il fut un des Avocats. Son affaire ayant été portée au Parlement de 1628. *Selden* se signala selon sa coûtume dans les délibérations, & prononça plusieurs Harangues qui sont imprimées.

Le Parlement de 1629. ne fut pas moins agité que les précedens, & *Selden* y portant les mêmes dispositions s'attira un nouvel orage. Charles résolut enfin de pousser à bout des gens qui ne l'avoient pas épargné. Pour cela après avoir dissout le Parlement, il fit citer au Banc du Roi quelques-uns de ses

Membres

Membres qu'il avoit fait arrêter. **J. Sel-**
Selden qui se trouvoit de leur nom-**den.**
bre, chicana le terrein, & s'opiniâ-
tra constamment à demander le benefice des Loix, sans pouvoir se
resoudre à recourir aux prieres,
comme la Cour l'exigeoit.

On le transfera de la Tour, où il
avoit été mis d'abord, à une prison
publique, où il fut exposé à perdre
la vie, à cause de la peste, qui s'y
étoit introduite. Ses amis lui firent
obtenir une prison plus commode, &
on ne sait comment il en sortit.

A peine fut-il élargi, que le Roi
le fit encore emprisonner, le soup-
çonnant d'être l'Auteur d'un écrit
seditieux qui se repandit en 1630.

Le Roi Jacques I. avoit ordonné
à *Selden* en 1626. de ramasser tout ce
qui pourroit servir à faire voir que
l'Empire de la Mer appartenoit à la
Couronne de la Grande Bretagne.
Il y avoit travaillé; mais l'affront
qu'il avoit reçû par son emprison-
nement lui avoit fait supprimer son
ouvrage. La Cour en étant infor-
mée sentit la faute qu'on avoit faite
de le menager si peu, & résolut de

J. SEL-
DEN.

ne rien oublier pour le gagner. L'Archevêque *Laud*, se chargea de le ra-
mener, il y réussit à la fin, & l'ouvrage parut en 1636. sous le titre de
Mare Clausum. Selden se vit alors
si bien à la Cour, qu'il ne tint qu'à
lui de s'élever aux premiers emplois,
mais il leur préfera le plaisir de pouvoir se donner tout entier à l'étude.

Il fut encore député au Parlement
de 1640. pour l'Université d'*Oxford*. Dans les brouilleries entre le
Parlement & le Roi, il se déclara
pour le Parlement, & devint la
maîtresse roue de son parti. Il fut
un des Laïques que le Parlement
choisit pour assister à l'assemblée des
Theologiens qui établit le Presbyte-
rianisme sur les ruines de l'Episcopat.

En 1643. le Parlement le fit Garde des Registres de la Tour, & un
des Commissaires de l'Amirauté, &
l'année suivante il ordonna qu'on lui
donneroit cinq mille livres sterling
pour le dédommager de ce qu'il avoit
souffert en 1628.

En 1645. *Selden* fut élû Chef du
Collège de la Trinité à *Cambrige*;
mais il refusa cet honneur, sans qu'on

en puisse penetrer les raisons ; on a J. SEL-
crû mal à propos que ce refus ve-DEN.
noit d'une aversion secrette qu'il
avoit pour le Clergé ; car il a été
Procureur de l'Université d'*Oxford*,
& a été lié d'amitié avec plusieurs
Theologiens Episcopaux.

Il mourut le 30. Novembre 1654.
âgé de 70. ans.

Au milieu de toutes les affaires &
les embarras qu'il a eu pendant le
cours de sa vie, il n'a jamais discon-
tinué de s'appliquer à l'étude, qui
faisoit tout son plaisir. Le grand
nombre de ses ouvrages le fait assez
connoître. Il laissa une partie de sa
Bibliotheque à l'Université d'*Oxford*,
& le reste à trois Jurisconsultes de ses
amis, qui en firent eux-mêmes present à la même Université.

Sa liberté à dire ses sentimens &
à les soutenir le brouilla plusieurs fois
avec les Cours de *Jacques* I. & de
Charles I. on peut dire cependant
qu'on ne voit point dans ses écrits ce
zele impetueux des divers partis qui
agitoient l'Angleterre de son temps,
& qu'il n'y dit rien qui ressente l'a-
mertume de celui de la plûpart des

Theologiens Anglois qui vivoient alors.

Il paroît qu'il s'est un peu entêté des écrits des Juifs, dont il a voulu quelquefois tirer des lumieres, qu'il auroit pû mieux tirer d'ailleurs; comme il a fait dans son ouvrage du *Droit de la Nature & des Gens selon les principes des Juifs*, qui assurément n'ont jamais fait aucun état de la science à laquelle on a donné ce nom.

Quelques-uns ont voulu rendre sa Religion suspecte. Mais M. *Wilkins* qui a donné sa vie à la tête de ses Oeuvres, prétend, que quoiqu'il ait été assez libre dans ses sentimens, il n'a cependant jamais rien dit ni fait qui pût faire douter qu'il ne fut attaché à l'Eglise Anglicane.

Selden avoit pris pour devise ces mots Grecs περὶ παντὸς τὴν ἐλευθερίαν. *La liberté sur toutes choses.*

Catalogue de ses Ouvrages.

1. *Analecton Anglo Britannicon libri duo, de Civili administratione Britanniæ Magnæ usque ad Normanni adventum. Francofurti*, 1615. *in* 4°. *Selden* composa cet ouvrage en 1606. On y reconnoît sans peine la gran-

de jeuneſſe de ſon Auteur qui le fit
à la hâte & ſans beaucoup de recherches. On peut cependant le lire
avec plaiſir, & même avec fruit. Cette
édition de *Francfort* eſt ſi malfaite,
que l'Auteur s'en plaignit amerement.

2. *Jani Anglorum facies altera.*
Londini 1610. *in* 12. It. *Londini*
1681. Cet ouvrage ſe reſſent comme
le precedent de la grande jeuneſſe
de l'Auteur. On les a imprimés enſemble en Hollande, & *Littleton* en
donna en 1682. une verſion Angloi-
ſe, qu'il orna de quelques notes.

3. *Traité du Duel* [en Anglois]
Londres 1610. Réimprimé en 1712.
in 4º. C'eſt proprement une Hiſtoire
des anciens Duels, ou combats ſin-
guliers en champs clos, qui ſe faiſoient par autorité publique.

4. *Les titres d'Honneur* (en Anglois) *Londres* 1614. *in* 4º. 2e. édi-
tion plus ample. Londres 1631. *in fol.*
3e. édition. *Londres* 1672. *in fol.*
Cette troiſiéme édition promet par
ſon titre plus de choſes qu'il n'y en
a dans la ſeconde, elle lui eſt cependant beaucoup inferieure, ſi ce n'eſt
en ce qu'on y a mis les additions aux

C iij

J. SEL-
DEN. endroits où elles doivent être. *Simon
Jean Arnold* a traduit cet ouvrage
en Latin sur la troisiéme édition, &
a fait imprimer sa traduction à *Francfort* en 1696. Le livre roule sur les
Titres d'Honneur, que les Empereurs & les Rois ont imaginez pour
satisfaire en quelque maniere l'ambition de leurs Courtisans. *Selden*
monte même plus haut, puisqu'il
commence par les titres d'Empereurs
& de Rois, après quoi il passe aux Titres inferieurs à ceux des Souverains,
qui sont en usage dans leurs Cours.

5. *Louanges des Loix Angloises
par le Chevalier Jean Fortescue avec
des Notes de Jean Selden* (en Anglois)
Londres 1616.

6. *Dissertation sur les Juifs d'Angleterre* (en Anglois) 1617. inserée dans
le Recueil des voyages de *Purchas*,
mais mutilée & entierement differente de l'original.

7. *De diis Syris Syntagmata duo.
Londini.* 1617. *in* 8o. *It. Lugduni
Batav.* 1629. *in* 8o. Cette édition s'est
faite par les soins de *Louis de Dieu*,
& a été revûe & augmentée par *Selden* même. *André Beyer* en a donné
depuis deux éditions à *Lipsic in* 8o.

l'une en 1668. & l'autre en 1672. auſ-
quelles il a fait quelques additions
peu importantes en elles-mêmes, &
qui ſont des amas confus de citations
ſans ordre & ſans choix, ſelon M.
le Clerc. Toutes ces additions ſont
effacées par celles que M. *Wilkins* a
données dans le Recueil des Oeuvres
de *Selden*, puiſque l'ouvrage y eſt
fort augmenté par les additions ma-
nuſcrites de ce Savant. On a accuſé
Selden d'avoir pillé quelques endroits
des *Semeſtres de Pierre Fabry*; & il
s'en plaint fortement dans la Préface de ſa ſeconde édition, mais ceux
qui ont lû ſon livre avec ſoin, ne peuvent douter que cet Auteur ne fût
original, & qu'il n'eût puiſé dans
les ſources. Au reſte quoiqu'on trouve dans cet ouvrage de très-bonnes
choſes, & une grande érudition, il
faut avouer qu'il n'y a pas aſſez d'ordre, & que le ſtile de *Selden* eſt ſouvent un mêlange de tout ce que la
Latinité a de bon & de mauvais.
C'eſt le défaut general de ce Savant,
& ce qui a fait dire à Colomiés, qu'il
étoit prodigieuſement ſavant, mais
qu'il écrivoit d'une maniere dégoû-
tante.   C iiij

8. *Traité des Dixmes* [en Anglois]
Londres 1618. *in* 40. Le deffein de
Selden dans cet Ouvrage eſt de montrer. que les dixmes ne ſont pas de
droit Divin dans la Chrêtienté,
quoiqu'il ne veuille point en con-
teſter aux Eccleſiaſtiques la poſſeſſion,
qui eſt fondée ſur les Loix du Pays.
Jamais on ne vit un déchaînement
plus general, que celui qu'il y eut
en Angleterre parmi le Clergé, lorſque cet ouvrage parut. On dit qu'il
fut cité devant la Grande Commiſ-
ſion où *George Abbot*, Archevêque
de *Cantorbery* préſidoit, & qu'il ſouſ-
crivit une retractation de ce qu'il
avoit avancé ſur les Dixmes ; mais
il n'en convient pas dans ſa réponſe
à *Tilsley*. Il y dit ſeulement que
quelques Commiſſaires de la Cour,
accompagnez de quelques Membres
du Conſeil, l'ayant interrogé ſur ce
Livre, il leur déclara qu'*il ſe repen-
toit ſincerement de l'avoir écrit ;* ce
qu'il explique en ajoûtant, *qu'il ſe
repentiroit de même d'avoir fait imprimer le Catéchiſme le plus orthodoxe,
s'il pouvoit arriver que ſon impreſſion
cauſât quelque ſcandale.* Cette pré-

tendue retractation ne deſarma pas
ſes ennemis. Un Chevalier Ecoſſois
nommé *Sempill*, & un Theologien
Anglois nommé *Richard Tilsley*,
Archidiacre de *Rocheſter* écrivirent
avec emportement contre lui. Mais
perſonne ne le fit avec plus de vivacité, que *Richard Montaigu* Theologien de *Cambrige*, depuis Evêque de
Norwich, dont la réponſe ſur les
trois premiers Chapitres du Traité
des Dixmes parut en 1621. Ces réponſes, & la derniere ſur tout, eurent cela de ſingulier que le Roi Jacques I. s'en déclara le protecteur, &
menaça *Selden* de le faire pourir en
priſon, ſi lui ou quelqu'un de ſes
amis avoient l'audace de repliquer.

9. *Spicilegium in Eadmeri V. li-*
bros Hiſtoriarum. Londini 1623. *in fol.*
Cette Hiſtoire d'*Eadmer* que *Selden*
tira des tenebres contient des choſes
dont il avoit été non-ſeulement ſpec-
tateur, mais encore acteur, ſous les
Rois Guillaume I. & II. & Henri
I. depuis l'an 1066. juſqu'en 1122.
Les Notes ſervent à éclaircir les endroits obſcurs. Cet ouvrage eſt
aſſez eſtimé. Cependant M. *Nichol-*

J. Sel-
den.

son prétend qu'il est plein de fautes, comme les autres ouvrages que *Selden* a donnez sur l'Histoire d'Angleterre.

10. *Marmora Arundelliana , sive Saxa Græce incisa , ex venerandis prisca Orientis gloria ruderibus , auspiciis & impensis Thomæ Comitis Arundelliæ vindicata & in Ædibus ejus disposita. Commentariolos adjecit J. Seldenus. Londini* 1629. *in* 4o. Le Comte d'*Arundel* avoit fait acheter en Asie & apporter en Europe à grands frais ces marbres dont il est parlé dans cet ouvrage ; il en fit ramasser d'autres de toutes parts , dont il orna les Jardins de son Palais. Ils y étoient encore , lorsque *Selden* en donna la description. Son Ouvrage a été réimprimé par M. Prideaux, qui y ajoûta la description des autres Marbres qui sont à *Oxford* ; son édition qui est *in fol.* a paru en 1676. à *Oxford* où ces Marbres avoient été transportez. C'est un tresor pour ceux qui aiment ces sortes d'Antiquitez.

11. *De successionibus in bona defuncti secundum leges Hebræorum. Lon-*

dini 1631. *in* 40. avec un autre ou- J. SEL-
vrage intitulé *de ſucceſſione in Ponti-* DEN.
ficatum Hebræorum libri duo. Ils ont
été réimprimez depuis à *Leyde* & à
Francfort ſur l'Oder, par les ſoins de
M. *Becman*, avec quelques additions
de l'Auteur.

12. *Mare clauſum ſeu de Dominio*
Maris libri duo. Londini 1636. *in* 80.
Il y avoit long-temps que les Anglois s'étoient brouillez avec les Nations voiſines, ſur la liberté qu'elles
prenoient de venir pêcher du harang
ſur les côtes d'Angleterre. Les Hollandois ſur tout alloient ſans façon
à cette pêche, & envoyoient même
leurs gens à terre pour y ſecher leurs
filets, & acheter les choſes neceſſaires. Les Anglois eurent là-deſſus ſouvent des démêlez avec eux en temps
de guerre ; mais cette liberté leur
étoit laiſſée pendant la paix. Les Hollandois eurent auſſi des differens avec
les Eſpagnols & les Portugais touchant leur commerce dans les Indes. *Grotius* écrivit ſur ce ſujet un
Ouvrage intitulé : *Mare liberum* en
1609. il y prétendoit que le Domaine que les Anglois & les autres Na-

J. SEL-tions prétendoient avoir sur la Mer
DEN. n'existoit point & ne pouvoit exister.
Selden au contraire soutint l'opinion
opposée dans son *Mare clausum* , où
il prétend faire voir que l'Empire
de la Mer appartient à la Couronne
d'Angleterre. Le Roi Jacques I. lui
avoit déja donné ordre en 1626. de
ramasser les materiaux necessaires pour
cet ouvrage ; & Charles I. le chargea
de le revoir & de le faire imprimer.
Ce Prince voulut même qu'on en
déposât trois exemplaires dans les Archives, comme un monument certain de l'Empire d'Angleterre sur la
Mer. On en a donné deux traductions
Angloises, l'une en 1652. & l'autre
en 1663. On a fait une édition de
l'original Latin *in 12.* en Hollande,
quoique le titre porte *Londres* , &
cette édition fut défendue par le Roi
d'Angleterre parce qu'on y avoit
ajoûté diverses choses. L'Auteur de
ces additions est *Marc Zuerius Box-
hornius*, qui a mis à la tête une préface où il défend les Navigations des
Hollandois, contre les Flamans.

13. *Vindiciæ secundum integrita-
tem existimationis sua per convicium de*

fcriptione Maris claufi, *petulantiffimum*   J. Sel-
& mendaciffimum infolentius læfa , in DEN.
vindiciis Maris liberi , *adverfus* Pe-
trum Baptiftam Burgum *Liguftici*
Maritimi Dominii adfertorem Hagæ
comitum jam nunc emiffis. Londini
1653. *in* 40. Cet ouvrage eft prefque tout perfonnel ; on y trouve plufieurs traits de la vie de *Selden.* Le
titre ne préviendra pas trop en fa-
veür de fon ftyle.

14. *De Jure Naturali & Gentium*
juxta difciplinam Hebræorum libri
VII. Londini 1640. *in fol. Selden*
avoit formé le deffein d'écrire cet
ouvrage fur le modelle du livre de
Grotius du Droit de la Guerre & de
la Paix.

15. *Les Privileges des Barons*
d'Angleterre affemblez en Parlement,
(en Anglois) Londres 1642.

16. *De la Judicature dans le Par-*
lement , ou du pouvoir des Pairs & des
Communes pour y rendre juftice , (en
Anglois) *Londres* 1642.

17. *Eutychii Ægyptii , Patriar-*
chæ orthodoxorum Alexandrini Eccle-
fiæ fuæ origines ex ejufdem Arabico ,
nunc primum edidit ac verfione & Com-

J. SEL-
DEN.

mentario auxit *Joan. Seldenus Londi-ni* 1642, *in* 4°. Les Notes de *Selden* déplurent extrêmement aux Episcopaux, parce qu'elles étoient trop favorables aux Presbyteriens. *Pocock* a inseré cet ouvrage à sa place dans les Annales d'*Eutychius* qu'il traduisit à la priere de son ami *Selden*, & qu'il fit imprimer aux dépens du même à *Oxford* en 1656.

18. *De Anno Civili & Calendario Judaico. Londini* 1644. *in* 4°.

19. *Uxor Hebraica, sive de Nuptiis & divortiis ex jure Civili, id est Divino & Thalmudico veterum Hebraorum libri III. Londini* 1646. *in* 4°. 2e. *edit. Francofurti* 1673. *in* 4°. Cet ouvrage où l'érudition n'est pas épargnée est plutôt une piece de curiosité que d'usage.

20. *Fleta, seu Commentarius Juris Anglicani sic nuncupati. Londini in* 4°. imprimé avec les deux ouvrages suivans. *Tractatus Gallicanus* fait à savoir *dictus de agendi excipiendique formulis. Dissertatio Historica ad Fletam. Fleta* signifie un Canal par où le flux & reflux de la Mer se fait sentir. On a donné ce nom à un livre

de Droit dont il ne reſte qu'un ſeul   J. SEL-
manuſcrit , & le livre de *Selden* eſt DEN.
un Commentaire ſur ce livre.

21. *De Synedriis & Præfecturis
veterum Hebræorum libri tres. Londini
in* 4o. Les trois livres dont ce volume eſt compoſé ont paru en differens temps. Le premier fut imprimé en 1650. le ſecond en 1653. &
le troiſiéme en 1655 après ſa mort;
il ſe hâtoit d'y mettre la derniere
main , lorſqu'il eſt mort.

22. *Præfatio ad Hiſtoriæ Anglicanæ
ſcriptores decem. Londini* 1651. *in fol.*

23. *Traité où l'on prouve que le
jour de la Naiſſance de Jeſus-Chriſt
doit être fixé au* 25 *Decembre.* (En
Anglois) *Londres* 1661.

24. *Diſſertation ſur la Charge de
Chancelier en Angleterre.* [En Anglois] *Londres* 1671.

25. *Traitez de Jean Selden.* (En
Anglois) *Londres* 1683. *in fol.* Ces
Traitez ſont au nombre de quatre.
Le premier eſt une traduction An-
gloiſe du *Janus Angliæ.* Les trois
autres n'avoient pas encore paru. Le
premier intitulé *Angliæ Epinomis*
n'eſt qu'un abregé du *Janus Angliæ.*

J. SEL-
DEN.

Le 2e. traite de l'origine de la Ju-
risdiction Ecclesiastique sur les Tes-
tamens; & le 3e. de l'administration
des biens de ceux qui sont morts sans
Testament.

26. *Entretiens de Table.* (En Anglois) *Londres* 1689. *in* 40. 3e. édition. *Londres* (c'est-à-dire *Amsterdam*)
1716. *in* 80. C'est une espece d'*Ana*,
qu'on auroit pû intituler *Seldeniana*.

Tous ces Ouvrages de *Selden* ont
été réunis par *David Wilkins* & imprimez en 3 vol. *in fol.* à *Londres*
en 1726. Les deux premiers volumes
contiennent les Ouvrages Latins, &
le troisiéme les Anglois. L'Editeur
a mis à la tête une vie de l'Auteur
fort étendue, & a ajoûté à son édition quelques petites pieces de *Selden*
qui n'avoient pas encore paru, entr'autres ses Lettres, ses Poësies, &c.

On a publié à *Londres* l'ouvrage
suivant : *Joannis Seldeni Angli liber
de Nummis, in quo antiqua pecunia
Romana & Græca metitur pretio ejus
quæ nunc est in usu. Huic accedit Bibliotheca Nummaria. Londini* 1675.
in 40. C'est par pure tromperie qu'on
a mis le nom de *Selden* à la tête de
ce

ce volume, il n'y a rien de lui. Le
livre des Monnoyes qui eſt fort court,
& qui ſe borne à une évaluation fort
ſeche des anciennes monnoies à celles d'apreſent eſt d'*Alexandre Sardo*
Ferrarois; il a été fait avant que *Selden* vint au monde, & publié ſous
le même titre à *Mayence* en 1579.
in 40. Quant à la *Bibliotheca Nummaria*, elle n'eſt autre choſe que celle
du P. *Labbe* Jeſuite.

V. ſa Vie par *Wilkins*, & *Wood
Athenæ Oxonienſes.*

PIERRE PITHOU.

P IERRE *Pithou* étoit d'une famille noble originaire de *Vire*
en baſſe-Normandie, qu'on fait remonter juſqu'à un *Guillaume Pithou*
Gentilhomme de cette Ville, qui eſt
nommé entre ceux qui ſe croiſerent
pour la Terre Sainte en 1190. Un
cadet de cette famille vint dans la
ſuite s'établir en Champagne, &
c'eſt de lui qu'eſt deſcendu *Pierre Pithou.* Il nâquit à *Troyes* le 1. Novembre 1539.

Tome V. D

P. Pi-
thou.

Son goût pour les belles Lettres se déclara de bonne heure. Il fit ses premieres études à *Troyes* où la vivacité & la penetration de son esprit le fit bien-tôt devancer tous ses compagnons d'étude. Il vint ensuite à *Paris*, & étudia au College de Boncourt sous *Pierre Galland* & *Adrien Turnebe*.

Quand il eut achevé ses Humanitez, son pere l'envoya à *Bourges* étudier en Droit, lui recommandant de ne point s'attacher aux Commentateurs, mais d'aller aux sources même. Comme il étoit habile Jurisconsulte, il connoissoit les avantages de cette methode; son fils la suivit, & fit bien-tôt par ce moyen, & par les instructions du fameux *Cujas* des progrez extraordinaires.

Dès l'âge de 17 ans, il parloit déja sans préparation sur les questions les plus difficiles du Droit; son maître même ne se faisoit pas un deshonneur d'apprendre de lui, & d'enseigner publiquement ce qu'il tenoit de son écolier. Ce qui a donné occasion au bon mot de *Nicolas le Fevre : Cujacius discipulo praripuit*

*ne primus Juriſconſultus eſſet ; ille præ-
ceptori ne ſolus.* Cujas a enlevé à ſon
diſciple l'honneur d'être le premier Juriſconſulte, mais ſon diſciple l'a empêché d'être le ſeul.

Cujas étant paſſé à *Valence, Pithou* l'y ſuivit, & continua juſqu'en
1560. à profiter de ſes inſtructions.
Il vint alors à *Paris*, & commença
à l'âge de 21. ans à frequenter le
Barreau. Il choiſit le Parlement de
Paris comme le lieu où il pouvoit
trouver le plus d'occaſions de s'inf-
truire. Il s'y rendit pour cela aſſidu,
ſans y avoir cependant plaidé qu'une
ſeule cauſe qu'il gagna. Toute ſon
étude étoit d'obſerver les uſages du
Barreau, & de ramaſſer ſous certains
lieux communs les déciſions du Parlement, les conſtitutions anciennes
& nouvelles des Rois, les Coûtumes
particulieres des Provinces & des
Villes, enfin tout ce qui peut avoir
du rapport à la Juriſprudence.

A l'âge de 24. ans il produiſit le
premier fruit de ſes études, qui me-
rita l'approbation de *Turnebe*, de
Lipſe & des autres ſavans ; il eſt
intitulé *Adverſaria ſubſeciva*, c'eſt-

D ij

P. PI-
THOU.

à-dire, *remarques détachées faites aux heures de loisir.*

Peu de temps après on lui donna une charge de Substitut du Procureur General ; & Henri III voulant établir une Chambre de Justice en Guienne, il en fut fait Procureur General, dignité qu'il n'auroit point acceptée, si *Antoine Loysel* son intime ami n'en eut été aussi Avocat General. C'est dans cet emploi que M. *Pithou* eut occasion de faire paroître son savoir, son habileté & son exactitude. Il tâchoit de faire tout par lui-même, & n'employoit de Substitut que dans les circonstances où il ne pouvoit être present. Il s'acquitta même en l'absence de *Loysel* de la Charge d'Avocat General, & s'en acquitta si bien, que quoiqu'il n'eut plaidé qu'une fois, il sembloit qu'il n'eut jamais fait autre chose.

Après avoir brillé dans un emploi si honorable, il redevint simple particulier, s'étant demis aussi de sa Charge de Substitut, qui commençoit alors à être Venale, quoiqu'on voulut la lui laisser *gratis.*

Le loifir qu'il acquit par là lui fervit à fe rendre fi celebre dans le Barreau, que dans les affaires les plus
importantes il étoit confulté, non
feulement par tout ce qu'il y avoit
de plus grand en France, mais encore par des Princes étrangers.

Paris étant devenu alors la Capitale de la Ligue, & le Roy en ayant été
chaffé, *Pithou* l'homme le moins fedi-
tieux & le plus attaché à fon Prince,
refta au milieu de la fédition retenu
par fa femme, fes enfans & fa Bibliotheque. Le Maffacre de la faint
Barthelemi vint interrompre le cours
de fes travaux qu'il avoit toûjours
continué jufques-là. Comme il s'étoit
laiffé feduire au Calvinifme, il s'en
fallut peu qu'il ne lui coutât la vie
à cette terrible journée. Les Hugue-
nots qui logeoient dans la même maifon que lui furent tous tuez, mais
il eut le bonheur de fe fauver chez
un Avocat nommé *le Fevre*, & enfuite chez fon ami *Loyfel*. Là il s'appliqua à examiner la Religion qu'il
profeffoit, & en ayant reconnu les
erreurs, il l'abjura de bonne foi, &
fe reconcilia à l'Eglife.

Il fit enfuite un petit voyage en Angleterre avec le Duc de *Montmorency*, au retour duquel il fut fait Bailli de *Tonnerre*, & ce petit Bourg, dit M. *Boivin* dans fa vie, eut fouvent le bonheur de jouir des décifions & des Ordonnances d'un homme, que la premiere Cour du monde fe feroit fait un honneur d'avoir pour premier-Prefident.

Sans perdre par fon fejour à *Paris* pendant les malheureux temps de la Ligue l'eftime de fon Roy, il y fut reveré par le parti qu'il déteftoit. Il ne s'y occupoit qu'à l'etude avec fon ami *Nicolas le Fevre*, qui lui aidoit à copier & à conferer les anciens exemplaires des Conciles, afin d'en comparer la doctrine avec celle de l'Ecriture Sainte. A cette étude il joignit encore celle des Mathematiques, quoiqu'âgé alors de cinquante ans.

Ce travail ne l'occupoit pas tellement qu'il ne s'occupât auffi du bien de l'Etat, & qu'il ne cherchât les moyens de reconcilier le Roy Henri IV. avec l'Eglife. Pour cet effet, admis dans les Confeils qui

fe tenoient à *Paris* , il faifoit tous fes
efforts pour rompre les deffeins des
plus factieux en les oppofant les uns
aux autres , & s'étant acquis par les
charmes de fa converfation la fami-
liarité du Cardinal *Cajetan* , il con-
tribua beaucoup à faciliter au Roy
l'abfolution du Pape.

Quand ce Prince fut rentré à *Paris* , les avis furent partagez dans le
Confeil , s'il falloit auffi-tôt retablir
le Parlement , ou attendre les Membres de cet illuftre Corps qui étoient
à *Tours*. Celui de M. *Pithou* fut qu'il
ne falloit pas differer , & il fut fuivi.
Pour le mettre en execution il fut
fait par Commiffion Procureur General & *Loyfel* Avocat General. En
huit jours tout fut reglé par leurs
foins , & les Confeillers revenus de
Tours trouverent à leur arrivée les
chofes fur le même pied où elles
étoient avant qu'ils euffent quitté
Paris.

La Paix étant retablie dans les
principales Villes du Royaume , le
Roy n'avoit pas cependant encore
réuffi à faire la fienne avec le Saint
Siege ; ce qui engagea *Pithou* à pu-

blier un recueil de toutes les pieces
qui pouvoient avoir rapport à cette
importante affaire. Il y prend Dieu
à témoin dans sa Préface, qu'il n'a-
voit rien plus en horreur que la dif-
sention & le schisme, & qu'il soupi-
roit après la paix & l'unité de la Foi,
qui est le fruit de la charité mutuelle,
la sœur de la Justice, & la mere de
tous les biens.

Une maladie contagieuse qui affli-
gea *Paris* en 1596. l'obligea à s'en
retirer ; & il alla avec sa famille en
Champagne. Là étant tombé malade dans une de ses maisons de Campagne, il se fit transporter à *Nogent
sur Seine*, pour avoir plus facilement
du secours. Mais son mal y augmenta
si considerablement, qu'il y mourut
le 1. Novembre jour de sa naissance
en 1596. Il étoit âgé de 57. ans.
Malgré la précaution qu'il avoit prise
de sortir de *Paris* pour éviter le mauvais air, il sembloit qu'il eut prévû
sa mort, puisqu'il dit en arrivant en
Champagne, qu'il venoit mourir
dans son petit Nid, *in Nidulo meo*,
& qu'il ne passeroit pas l'âge de son
pere, qui étoit mort à 57. ans.

Son

Son corps fut porté à *Troyes*, & P. Pi-
enterré dans l'Eglise des Cordeliers THOU.
avec beaucoup de pompe. *Etienne*
Pasquier, dit que le Maire & les Eche-
vins lui firent un honneur qu'ils n'a-
voient jamais fait à aucune personne
privée, c'est qu'ils envoyerent à son
convoi une certaine quantité de
Torches marquées aux Armes de la
Ville.

Il avoit épousé en 1579, *Catheri-*
ne de Palluau, fille d'un Conseiller au
Parlement de *Paris* dont il eut quatre fils morts jeunes, & deux filles,
Louise mariée au sieur de *Montigny*,
& *Marie* mariée à M. *Leschassier*,
& ayeule de M. *Pellerier* Controlleur
des Finances, & Ministre d'Etat.

Il avoit amassé une Bibliotheque
nombreuse, & riche en Manuscrits.
La crainte qu'elle ne fut dissipée après
sa mort, lui avoit fait ordonner qu'elle fut conservée entiere, ou du moins
venduë à une seule personne, qui en
connut le merite ; mais cette précaution a été inutile, elle a été dispersée
de côté & d'autre.

Tous les Sçavans se sont accordez à
faire l'éloge de P. Pithou. En effet sa

Tome V. E

candeur, fa modeftie, fon fçavoir lui
avoient gagné l'eftime & l'affection
de tout le monde. Malgré la féverité
& la gravité répanduës dans l'air de
fon vifage, il étoit doux & affable
dans le commerce de la vie, & d'une
humeur gaye, quoiqu'il parlât peu.

Huit ans avant fa mort, il fit lui-
même fon éloge avec beaucoup de
fincerité & de verité, au jugement de
Jofias Mercier. C'eft une piece fi excellente & où on trouvera un caractere fi aimable, que l'on fera bien
aife de la voir ici.

In nomine Domini. Amen.

*Moribus valde corruptis ac pravis,
fæculo infeliciffimo, quantum in me fuit,
fidem fervavi.*

*Amicos ex animo colui & amavi,
Inimicos benefactis vincere, aut con-
temnere, quam ulcifci malui.*

*Conjugem ut meipfum habui. Liberis
parum, indulfi famulis ut hominibus
ufus fum.*

*Vitia fic odi, etiam in meis, ut vir-
tutes in externis vel hoftibus veneratus
fim.*

*Privatæ rei fervandæ potius quam au-
gendæ operam dedi.*

*Quod mihi fieri nolui, alteri vix un-
quam feci, aut fieri paffus fum.*

*Injuftam aut difficilem gratiam ut ve-
nalem fprevi.*

*Sordes & avaritiam in omnibus, præ-
cipue vero in Religionis ac juftitiæ Sa-
cerdotibus & Miniftris execratus fum.*

*Puer, juvenis, vir fenectuti multum
detuli.*

*Opus potius, quam honores aut Ma-
giftratum amavi, ac prodeffe quam
præeffe malui.*

*Privatus ultrò publico ftudui: ei ni-
hil prætuli, atque in commune confu-
lere potius tutiufque femper exiftimavi.*

*Statum publicum laborantem pruden-
ter fanari, emendarique optavi: perver-
ti, commutari, novari, aut perturbari
penitus numquam cupivi.*

*Pacem vel injuftam, quod bonâ om-
nium bonorum veniâ dixerim, civilibus
difcordiis belloque potiorem femper pu-
tavi.*

*Pietatis & Religionis facro-fancta
nomina ambitioni atque avaritiæ fceleri-
bufque prætexi & obtendi gravius tuli.*

Melioris antiquitatis non indiligens

E ij

*in quisitor, admirator, & cultor, no-
vitates facile insuper habui.*

*Quæstiones vanas disputationesque
subtiliores de iis quæ ad Deum perti-
nent ut noxias odi ac fugi.*

*Simplicitatem prudentiâ aliquâ con-
ditam & septam astutiâ & calliditate
tutiorem felicioremque sæpius expertus
sum.*

*Recte de rebus judicandi studium elo-
quentiæ artibus prætuli.*

*Procul ambitu atque avaritiâ invi-
diâque inter amicos plures, ac bonos
potentesque, fortunâ non plane infirmâ,
sollicitius aliquanto vixi, quam priva-
tum fortassis decuit : de publicis tamen
& amicorum rebus magis quam de pro-
priis cogitans.*

*Nullam duxi gratiorem diem, quam
qua publico, aut amicis adesse, aut
prodesse, datum est.*

*Mala præsentia quam metum im-
pendentium fortius tuli ; extremaque fa-
cilius quam dubia.*

*Rectâ, sincerâ, æquabili atque cons-
tanti inter omnes justitiæ administratione, etiam sceleratissimis atque auda-
cissimis os occludi, manus obligari vi-
di, expertus sum.*

De Patrimonio ac bonis meis, quantulacumque illa poſt mortem erunt, legibus potius quam mihi judicium permiſi, permittoque.

Unum opto & ſpero, ut quem in me animum chariſſimæ ac probatiſſimæ conjugis vivus expertus ſum, eundem in communibus liberis educandis, tuendis curandiſque gerat.

Sit hæc apud poſteros teſtatio mentis meæ, quam ab illis ſic candide accipi velim, ut ſimpliciter & ingenue & animi mei ſententia à me prolata eſt

Veni Domine, & Miſerere.

Petrus Pithæus ſcripſi Kal. Novembris natali quondam meo die, Lutetiæ Pariſiorum anno Chriſti 1587.

Quatre Auteurs ont publié ſa vie, ſçavoir *Joſias Mercier, Papyre Maſſon, Loyſel,* & M. *Boivin,* les deux premiers en Latin & en ſtile diffus de Panegyrique, ne diſant que peu de choſes, le troiſiéme en François, & gardant mieux la forme de l'Hiſtoire, mais l'interrompant par de frequentes digreſſions; le dernier a pris de celui-ci la ſuite des faits, & les raconte d'une maniere conciſe avec un Latin pur & étudié.

Catalogue des Ouvrages qu'il a composez, ou qui sont sortis de sa Bibliotheque.

1. *Catonis Distica. Trecis* 1564. *in* 12.

2. *Adversariorum subsecivorum libri duo. Parisiis.* 1565. *in* 12. *Idem recogniti. Basileæ* 1575. *in* 8°. *It.* inserez dans le 2e. tome du *Thesaurus criticus. Gruteri* 1604. p. 737.

3. *Ottonis Frisingensis Chronicon ab urbe condito ad annum Christi* 1146. *& de Gestis Frederici Barbarossæ. Basileæ.* 1569. *in fol.* Cet ouvrage avoit déja paru en 1515. & on en a donné en 1586. une édition plus complette.

4. *Pauli Diaconi Historia Miscella. Basileæ* 1569. *in* 8°. Il n'y a aucunes notes dans les Auteurs que M. Pithou a fait imprimer, il s'est contenté de donner le seul texte collationné sur les Manuscrits de sa Bibliotheque.

5. *Imp. Theodosii, Valentiniani, Majoriani & Anthemii novellæ constitutiones XLII. Paris. Robert. Steph.* 1571. *in* 4°.

6. Le premier livre des *Memoires*

des Comtes hereditaires de Champa- P. P
gne & de Brie. Paris Rob. Etienne THOU.
1572. *in* 4°. *It.* 1581.

7. *Moſaicarum & Romanarum le-*
gum collatio ex integris Papiniani,
Pauli & aliorum libris cum notis P.
Pithæi. Pariſ. Rob. Steph. 1673. *in*
12. *It. Baſilea* 1574. *in* 4°. *It. Hei-*
delb. 1656. *in* 8°. *It.* dans les Cri-
tiques ſacrez. *It.* parmi les Auteurs
qui ont traité de l'origine du Droit
Civil. *Leyde* 1671. *in* 80. *It. cum*
obſervationibus ad Cod. & Nov. Pa-
riſ. 1689. *in fol.*

8. *Imperatoris Juſtiniani Novellæ*
conſtitutiones per Julianum Anteceſforem
de Græco tranſlatæ. Ex Bibliotheca P.
Pithæi Baſileæ. 1576. *in fol.*

9. *Æthici Coſmographia. Anto-*
nini Auguſti Itinerarium, &c. Baſi-
lea 1576. *in* 16.

10. *Codicis legum Viſigothorum li-*
bri XII. & Iſidori Hiſpalenſis de Go-
this, Vandalis, & Suevis chronicon.
Pariſ. 1579. *in fol.*

11. *Salviani Maſſilienſis Opera.*
Pariſ. 1580. *in* 80.

12. *Quintiliani Declamationes. Cal-*
phurnii Flacci excerptæ. Rhetorum

P. PI-
THOU.

Declamationes. Dialogus de Oratoribus. Ex Bibliotheca P. Pithæi, qui & varias lectiones & notas adjecit. Paris 1580. in 8o. It. Heidelb. 1594. in 8o.

13. Articles de Reglement pour le Bailliage de Tonnerre, publiez par P. Pithou, Bailly du Comté de Tonnerre. 1584. in 8o. It. dans ses opuscules imprimées avec celles de Loysel.

14. In Juvenalis & Persii Satyras variæ lectiones & notæ. Parif. 1585. in 8o. It. 1590. It. 1601. 1613. 1615. in 4o.

15. Veterum aliquot Galliæ Theologorum scripta, quorum nonnulla primum eduntur. Parif. 1586. in 4o.

16. Consultatio de confiscatione bonorum ex causa Perduellionis. Florentia 1587. in 4o.

17. Petronii Satyricon. Parif. 1587. in 12.

18. Annalium & Historiæ Francorum ab an. C. 708. ad an. 990. scriptores Coætanei XII. Parif. 1588. It. Francof. 1594. in 8o. Cette collection est entrée avec des corrections dans le recueil de Duchesne.

19. Caroli Magni, Ludovici Pii,

& Caroli Calvi capitula. Parif. 1588. P. PI-
in 8°.

20. *Fulgentii Ferrandi Breviatio
Canonum. Parif.* 1588. *in* 80.

21. *Hiftoria controverfiæ veteris de
Proceffione Spiritus fancti ,* *in* 80.
1590.

22. *De Latinis Bibliorum Interpretibus fententia , & Nicephori Conf-
tantinopolitani Canon fcripturarum,
cum Anaftafii Bibliothecarii Latinâ
interpretatione.* 1590. *in* 80. On a inferé cet ouvrage parmi les Critiques
Sacrez.

23. *Comes Theologus , five fpicile-
gium ex facra Meffe* 1590. *in* 12. *It-
Parif.* 1608. *in* 16. *It. auctius. Parif.*
1684. *in* 12. C'eft un excellent recueil des Sentences des Peres fur les
principaux points de Religion & de
la pieté Chrétienne.

24. *Ecclefiæ Gallicanæ in Schifmate
ftatus , ex actis publicis.* (En Latin
& en François) *Parif.* 1594. *in* 80.
Ce Recueil fait par P. *Pithou* eft compofé de trente pieces depuis l'an 1408,
jufqu'en 1551. Il fe trouve auffi
dans le quatriéme livre des Decrets
de l'Eglife de France , publié par

P. PI-
THOU.

Bouchel titre 22. & entre les Oeuvres mêlées de P. *Pithou.* Ce même
Recueil composé de 55. pieces est
imprimé dans le recueil des Preuves
des Libertez de l'Eglise Gallicane
chap. 20. Quoique les premieres éditions ne soient pas si amples que la
derniere, elles contiennent cependant plusieurs pieces qui ne se trouvent point dans celle-ci, telles que
sont les Remontrances faites à *Louis*
XI. en 1461. Les Arrêts contre
Jean *Tanquerel*, contre *Artus Desiré*,
contre *François de Rosieres*, avec les
procez verbaux de leur execution.

25. *Les Libertez de l'Eglise Gallicane. Paris* 1594. *in* 12. Ce Traité
est un des plus exacts qui ayent été
faits sur cette matiere. Il se trouve
encore parmi les œuvres de *Pithou*,
dans le Recueil des Libertez de l'E-
glise Gallicane, & dans *du Tillet*.

26. *Phædri Fabularum libri V. Trecis* 1594. *in* 12. La Republique des
Lettres est redevable à *Pierre* & à
François Pithou de cet Auteur, qu'ils
ont donné la premiere fois au public.

27. *Historia Francorum ab anno*

Christi 900. *ad an.* 1285. *scriptores Veteres XI. Francofurti* 1596. *in
fol.* Cette collection a été inférée
dans celle de *Duchesne.* Quoique
Pithou ait marqué dans le titre qu'il
rapporte les Auteurs qui ont écrit
depuis 900, cependant *Glaber*, qui
est le premier ne commence proprement qu'en l'an 1000. de J. C.

28. *Synodus Parisiensis de imagini-
bus habita anno* 824. *Francóf.* 1596.
in 8°.

29. *Raisons par lesquelles il est
prouvé que les Evêques de France ont
pû de droit donner l'absolution à Henri de Bourbon Roy de France & de
Navarre de l'excommunication par lui
encourue, même pour un cas reservé au
S. Siege Apostolique, traduit de l'I-
talien* 1593. *in* 8°. P. *Pithou* qui est
l'Auteur de cet Ouvrage a supposé,
pour se déguiser, qu'il étoit traduit
de l'Italien. Il a paru sous le titre
suivant en 1595. à *Paris in* 8°.
*De la juste & Canonique absolution
d'Henri IV. It.* en Latin l'année
précedente 1594. *Paris in* 8°.

30. B. *Hilarii ex opere Historico
fragmenta. Adjecta ipsius Pithæi vita.*

P. PI-   Paris. 1598. in 80. Cet ouvrage n'a
THOU.   été imprimé qu'après sa mort.

31. *Itinerarium à Burdigala Jeru-*
salem, primum editum à Pithæo, cum
Itineratio Antonini à furita edito 1600.
in 80.

32. *Opera Sacra, Juridica Hifto-*
rica, Mifcellanea collecta & edita
ftudio Caroli Labbæi. Paris. 1609. *in*
40. Ce font les Ouvrages précedens,
que l'Editeur a trouvez affez courts
pour entrer dans un Recueil ; il y en
a joint quelques autres qui n'avoient
pas encore paru.

33. *Præfatio ad Guicciardini locum*
reponendum libro IV. avec l'ouvrage
de Guicchardin de l'édition de
Francfort 1612. *in* 80.

34. *Excerpta Pithæana ex Veteri-*
bus Gloffis 1612. avec les Auteurs
de la langue Latine imprimez par
les foins de *Denys Godefroy.*

35. *Notæ in Livium,* avec cet Auteur de l'édition de *Francfort in fol.*
1612.

36. *Obfervatio de Comitibus Pala-*
tinis, tam Germaniæ quam Galliæ,
excerpta è libro cui titulus : Memoires des Comtes de Champagne, avec les

origines Palatines de *Freher* 1613. P. Pi-

37. *Coûtumes du Bailliage de Troyes,* THOU.
avec les annotations de Pierre Pithou
1628. in 40.

38. *Opuscules jointes à celles d'An-*
toine Loysel 1652.

39. *Corpus Juris Canonici ad Ve-*
teres Codices MSS. restitutum , ac no-
tis illustratum à P. & F. Pithæis Præ-
fixa Synopsis historica eorum qui Ca-
nones & Decreta Ecclesiastica colle-
gerunt. Autore P. Pithæo. Paris. 1687,
& 1687. *in fol.* 2. vol.

40. *Miscellanea Ecclesiastica. In*
Calce Codicis Canonum veterum 1687.

41. *Observationes ad Codicem &*
Novellas Justiniani Imper. per Julia-
num translatas. Paris. 1689. *in fol.*

42. *P. Pithou a aussi eu part au*
Catholicon d'Espagne. C'est lui *qui*
a composé la Harangue de M. Au-
bray.

ANTOINE VARILLAS.

ANTOINE *Varillas* nâquit en
1624. à *Gueret* Ville Capitale de
la haute Marche, d'un pere de mê-

ANTOINE
VARIL-
LAS,

A. VA-
R. LLAS.
me nom qui étoit Procureur au Presidial de cette Ville.

Après qu'il eut fait ses études, il fut chargé de l'éducation du fils de M. de *Seve* Lieutenant General de *Lyon*, & ensuite de celle de M. de *Caraman*, de la Province de Bretagne.

Etant venu à *Paris* il fut admis dans la maison de M. *Amelot de Biseuil* en qualité d'homme de Lettres, & ce fut sous ce titre qu'il eut accès dans le cabinet de Messieurs *Dupuy*, qui étoit alors le rendez-vous des Savans.

Il dit dans une de ses Prefaces que depuis l'an 1648. jusqu'en 1652. il eut l'honneur d'être l'Historiographe de *Gaston* de France Duc d'Orleans.

En 1655. il fut introduit dans la Bibliotheque du Roy par *Jacques Dupuy*, Abbé de S. Sauveur, qui en avoit alors la direction, depuis la mort de *Pierre Dupuy* son frere aîné arrivée en 1651. Il ne lui survêquit pas long-temps, car il mourut en 1655. &eut pour successeur *Nicolas Colbert* Evêque de *Luçon* en

1661. & enfuite d'*Auxerre* à qui Va- A. VA-
rillas fe fit connoître par fa grande RILLAS.
affiduité à fe trouver dans cette Bibliotheque pour y travailler.

M. *Colbert* fon frere aîné, depuis
Miniftre d'Etat l'avoit chargé de lui
trouver un homme capable de colla-
tionner les Manufcrits de M. de
Brienne, dont il avoit une copie,
avec les originaux, qui font dans la
Bibliotheque. L'Abbé *Colbert* pro-
pofa *Varillas*, qui en cette confideration fut gratifié d'une penfion de
douze cens livres, & il eut pour adjoint dans ce penible travail l'Abbé
de *Saint Real*. Mais foit que *Varillas* n'eut point de difpofition pour
cette forte d'ouvrage, foit qu'il n'y
travaillât qu'avec negligence il lui
échappa bien des fautes.

Ainfi il fut remercié en 1662. Il
fe retira alors de la Bibliotheque du
Roy, qui étoit dans ce temps là pla-
cée dans l'enceinte du Couvent des
Cordeliers, & alla demeurer dans la
Communauté de S. Côme, où il a
paffé le refte de fes jours. On lui
conferva cependant fa penfion, dont
il fut privé en 1670. parce qu'on

A VA-
RILLAS.

prévint alors le Ministre contre lui. Elle lui fut rendue en 1692. mais il n'en jouit que deux ans.

Plusieurs Seigneurs François & étrangers lui en ont offert, mais il les a toujours refusées. Les Etats de Hollande lui en offrirent une en 1669. pour l'engager à écrire leur Histoire, mais il la refusa de même par le conseil de M. de *Pompone*. Il accepta seulement celle du Clergé de France, que M. de Harlay Archevêque de Paris lui fit donner. C'est du moins ce que prétend le P. *le Long*, en quoi il est contredit par *Varillas*, qui dans sa réponse à M. *Burnet* dit qu'il n'a jamais voulu accepter la pension que ce Prelat lui avoit obtenue du Clergé en 1670. ni celle qu'il lui procura du Roy sur l'Abbaye de la Victoire en 1672. & que tout ce qu'il a reçû par son moyen a été un present de l'Assemblée du Clergé en 1670. & une gratification du Roy de deux mille livres en 1685. Il a vêcu en Philosophe fort simple dans ses habits & ses meubles plutôt par œconomie, que par besoin, car il étoit à son aise.

I|

Il aimoit ſur toutes choſes la liber- A. VA-
té, qu'il goûtoit dans ſa retraite de RILLAS.
S. Côme où il mourut le 9 Juin
1696. âgé de 72. ans. Il a été enterré dans l'Egliſe des Carmelites du
Faubourg S. Jacques. Il fit dans
ſon Teſtament pluſieurs legs pieux,
dont un a ſervi en partie à fonder
à *Gueret* un College qui a été donné
aux Barnabites. Une bizarrerie de
la part de *Varillas* eut un peu de
part à ces legs; il avoit un neveu,
qui lui écrivant un jour termina ſa
lettre par ces mots ordinaires, mais
mal ortographiez, *votre très-hobéiſ-
ſant*, &c. *Varillas* fut ſi indigné de
cette faute, qu'il s'imagina que celui qui l'avoit faite ne ſeroit jamais
capable de rien, & ne meritoit
point d'avoir ſa ſucceſſion.

Catalogue de ſes Ouvrages.

1. *Hiſtoire de Charles IX. Roy de
France. Paris* 1683. *in* 4°. 2. *vol.* It.
Cologne 1686. *in* 12. 2. *tom.* Les Ouvrages que M. *Varillas* a donnez ſur
l'Hiſtoire de France comprennent
une ſuite de 176. ans ſous neuf differens Regnes; ils commencent à
Louis XI. & finiſſent à Henri III.

Tome V. E

A. VA- Il ne jugea pas cependant à propos
RILLAS. de garder l'ordre des temps ; car il
donna d'abord l'Histoire de Charles
IX. comme la plus interressante à
cause des guerres de Religion dont
elle est remplie.

2. *La Pratique de l'éducation des
Princes, contenant l'Histoire de Guillaume de Croy, surnommé le sage, Seigneur de Chieures, Gouverneur de
Charles d'Autriche, qui fut Empereur cinquiéme du nom. Paris* 1684.
in 4o. It. *Amsterdam* 1684. *in* 4o.

3. *Histoire de François I. Paris*
1685. *in* 4o. It. *la Haye* 1684. *in*
12. L'édition d'Hollande qui a précedé celle de *Paris* a été faite sur des
copies imparfaites, ausquelles on a
changé plusieurs choses, c'est ce qui
a fait que *Varillas* l'a desavouée.

4. *La Minorité de S. Louis, avec
l'Histoire de Louis XI. & de Henri
II. La Haye* 1685. *in* 12. It. *Amsterdam* 1687. *in* 12. It. *Paris* 1689.
in 4o. le P. *Daniel* dans la Preface
de son Histoire de France traite cette Histoire de la Minorité de saint
Louis de Roman ; elle fait partie de
l'Histoire entiere de la vie de S. *Louis*

que *Varillas* a compoſée avec beaucoup de ſoin , & qui eſt demeurée
manuſcrite entre les mains de ſes
heritiers. Il l'a deſavouée comme
imprimée à ſon inſçû.

5. *Les Anecdotes de Florence , ou
l'hiſtoire ſecrette de la Maiſon de Medicis. La Haye* 1685. *in* 12.

6. *Hiſtoire des Revolutions arrivées
en Europe en matiere de Religion. Paris
in* 40. 6. *vol.* 1686. 1690. & *in* 12.
12. *vol.* 1687. 1690. *Varillas* n'a publié de quatre-vingt-quinze livres ,
dont cette Hiſtoire eſt compoſée ,
que les trente premiers. Il l'a commencée en 1374. & ce qui eſt imprimé finit en 1560 ; mais il l'a pouſ-
ſée juſqu'à la mort du Comte de
Montroſe décapité en Angleterre l'an
1650 ; de maniere que ce qui reſte
à imprimer compoſeroit deux fois
autant de volumes qu'il y en a d'imprimez. Voici ce que l'Auteur dit
de ſon ouvrage dans l'avertiſſement
qui eſt à la tête du premier volume :
J'ai tiré cet ouvrage indifferem- «
ment des livres manuſcrits & im- «
primez, des Auteurs Catholiques «
& des Proteſtans ; je me ſuis ſervi «

A. VA-
RILLAS.

» des propres termes de ceux ci, lorſ-
» que je les ai trouvé aſſez ſinceres,
» pour ne pas ſupprimer ou déguiſer
» les plus importantes veritez ; & ce
» n'a été qu'à leur défaut que j'ai été
» contraint de recourir aux Catho-
» liques. » M. de *Larroque* un de
ſes Critiques n'a pas été convaincu
de ſa bonne foi & de ſon exactitude, car il aſſure qu'il ne voit dans
ſon hiſtoire que noms propres défi-
gurez, que des faits évidemment
faux, qu'une chronologie renverſée,
enfin qu'idées Romaneſques. Il ajoûte que ceux qui voudront ſe donner
la peine de confronter l'hiſtoire des
Huſſites de *Cochlée* & la ſienne n'y
trouveront aucune difference, excepté quelques noms propres eſtro-
piez, qu'il tronque à ſon ordinaire,
& quelques fauſſetez, ſur leſquelles
il rencherit, ſuivant l'embelliſſe-
ment qu'il veut donner à ſon Roman. Il produit dans ſa Préface un
extrait d'une lettre de M. d'*Hoſier*,
Genealogiſte du Roy, où il aſſure
qu'il a corrigé plus de quatre mille
fautes dans le Charles IX. de M.
Varillas, comme on peut le voir en

conferant la premiere édition *in 4*0. A. VA-
avec la feconde *in 8*0. fans que l'Au- RILLAS.
teur ait daigné le temoigner dans la
Preface. La Critique de M. de *Larroque* eft intitulée : *Nouvelles accu-
fations contre Mr Varillas, ou Remarques critiques contre une partie de fon
premier livre de l'hiftoire de l'Herefie.*
Amfterdam 1687. p. 162.

7. *Réponfe de M. de Varillas à la
critique de M. Burnet fur les deux premiers tomes des revolutions arrivées
dans l'Europe en matiere de Religion.*
Paris 1687, *in* 80. It. *Amfterdam*
1687. *in* 12. M. *Burnet* depuis Evêque de *Salifbury* avoit publié contre
l'Ouvrage de *Varillas* dès qu'il avoit
paru: *Critique du IX. Livre de l'Hiftoire de M. de Varillas, où il traite des
revolutions arrivées en Angleterre en
matiere de Religion.* (En Anglois) &
enfuite *traduit de l'Anglois* (: par
M. *le Clerc.*) *Amfterdam* 1685. *in*
12. *Varillas* oppofa à cette critique cette réponfe à laquelle M.
Burnet repliqua par la *défenfe de la
critique du IX. livre de l'hiftoire de
M. Varillas.* (En Anglois) & enfuite *traduite de l'Anglois* (par M.

A. VA-
RILLAS.

le Clerc *)* *Amsterdam* 1687. *in* 12.
p. 147. M. *Burnet* n'en demeura pas
là, il publia encore la *Critique du*
3e. & 4e. *volume de l'Histoire de M.*
Varillas en ce qui regarde les affaires
d'Angleterre. (En Anglois) & ensuite *traduit de l'Anglois.* *Amsterdam*
1688. *in* 12. p. 161.

    M. *Varillas* a été encore attaqué
par d'autres : on a vû paroître en
Danemarc , *Joannis Brunsmanni*
Hidrosiensis specimen errorum queis
Antonius Varilassus historiam suam de
hæresibus commaculavit lib. V. &
XIVI. Mutationem Religionis in Da-
nia describens. *Hafniæ* 1689. *in* 8°.
pp. 32. M. *Pufendorf* dans la seconde édition Allemande de son Introduction à l'Histoire , a montré aussi
par plusieurs exemples que M. *Va-*
rillas entendoit aussi peu l'Histoire de
Suede que les autres. M. *Gui Louis*
de *Seckendorf* dans son Histoire Latine du Lutheranisme , a relevé de
même plusieurs de ses fautes. Toutes
ces critiques firent une terrible ré-
volution dans les esprits , qui ne se
trouverent plus disposés à croire cet
Historiographe sur sa parole , & lui

enleverent peu à peu tout ſon crédit. A. VA-

8. *Hiſtoire de l'Hereſie de Wiclef ,* RILLAS.
Jean Hus , & Jerôme de Prague , avec
celle des gueres de Bohême qui en ont
été les ſuites. Lyon 1682. *in* 12. D'a-
bord que cet ouvrage parut on l'at-
tribua à *Varillas ,* qui le deſavoüa,
& declara même à M. le Chancelier
le Tellier, que quoiqu'il contint bien
des faits , qui ſe trouvoient dans ſon
Hiſtoire des Hereſies , on y en avoit
ajouté ou changé un ſi grand nombre , qu'il ne pouvoit le reconnoître
pour le ſien. Sur la Requête qu'il preſenta au Conſeil intervint un Arrêt
qui en ordonna la ſuppreſſion. Mais
les critiques ne ſe ſont point rendus à
cette raiſon : ils ſoutiennent toûjours
qu'il y a tant de conformité , de ſtile
& de genie entre cette Hiſtoire , &
les prétenduës additions , qu'ils ne
peuvent croire qu'elles ſoient d'un
autre. Ils ajoûtent même que pour ſe
tirer d'affaire au ſujet du reproche
qu'on lui a fait , qu'il ſe trouvoit des
contradictions dans ces deux Hiſtoires , il a deſavoüé la premiere , qui
paroît contenir le premier & le ſecond livre de l'Hiſtoire des Hereſies.

A. VA-
RILLAS.

9. *Histoire de Louis* XII. *Paris*
1688. *in* 4°. 3 *tom.* It. *la Haye.* 1688.
in 12. 3 *tom.*

10. *Histoire de Louis* XI. *Paris* 1689.
in 40. 2 *tom.* It. *la Haye* 1689. *in* 12.
2 *tom.*

11. *Histoire de Charles* VIII. *Paris*
1691. *in* 4°. It. *la Haye* 1691. *in* 12.

12. *Histoire de Henri* II. *& de*
François II. *Paris* 1692. *in* 40. 2
tomes. It. *la Haye* 1693. *in* 12. 3 *tom.*

13. *Histoire de Henry* III. *Paris*
1694. *in* 4°. 3 *tom.* It. *la Haye* 1694.
in 12. 3 *tom.*

14. *La Politique de Ferdinand le*
Catholique Roy d'Espagne. Paris 1688.
in 40. It. *Amsterdam* 1688. *in* 12. 3
tom. en un volume.

15. *La Politique de la Maison d'Au-*
triche. Paris 1658. *in* 4°. It. *Amster-*
dam 1658. *in* 12. *fous le nom de*
Bonair. It. *la Haye* 1689. *in* 12.

16. *Factum pour la Genealogie de la*
Maison d'Estrées, & de la gloire qu'el-
le a tirée de l'alliance des Princes de
Vendôme. Paris 1678. *in* 12. *Varillas*
s'est caché dans ce *Factum,* qui est de
sa façon, sous le nom de *Bonair,*
d'une Maison qui étoit à M. de *Pom-*
ponne

pone, auprès duquel il s'étoit alors
rétiré.

17. *L'Esprit d'Yves de Chartres
dans la conduite de son Diocese &
dans les Cours de France & de Rome.
Paris* 1701. *in* 12. Cet ouvrage a été
extrait des Memoires de *Varillas.*

Varillas avoit de grands avantages
pour réüssir dans l'Histoire Moderne. Son stile est aisé, quoiqu'il ne
soit pas tout à fait correct, ni assez
ferré. Il sçavoit faire usage des découvertes que ses lectures lui four-
nissoient en abondance, & enchas-
ser avec agrément une infinité d'é-
venemens singuliers. Ses caracteres,
quoiqu'un peu trop diffus, sont a-
droitement touchez, curieux & in-
teressans. Il promet bien des anecdotes, & en debite même un grand
nombre. M. *Menage* s'étonne qu'a-
yant si peu d'usage & de commerce
dans le monde, il ait attrapé si juste
le goût du Public dans ses histoires.
Cela n'est-il pas contraire à ce qu'on
lui fait dire aussi-tôt après dans le
Menagiana (tom. 4. p. 111.) qu'il
avoit oüi dire un jour à *Varillas* que
de dix choses qu'il sçavoit, il en avoit

Tome V. G

appris neuf dans la conversation.

La profession de sincerité , qu'il fait en plusieurs endroits de ses Ouvrages , avoit prévenu bien des personnes en sa faveur. Il passoit pour un homme qui avoit découvert une infinité de secrets historiques, & pénetré quantité d'intrigues du cabinet. On étoit porté à le croire, à cause des grands & nombreux recueils de manuscrits dont il parloit dans ses Préfaces, & dont il prétendoit avoir eu communication.

Tout cela lui a d'abord fait une grande reputation. On le lisoit avec empressement ; on se l'arrachoit des mains, lorsque ses Histoires n'étoient encore qu'en manuscrits. Le Libraire eut un assez prompt débit de ses Histoires de France, quoiqu'il en eut fait presque en même temps deux éditions en des formes differentes. Mais les Critiques qui parurent desabuserent le public, & l'on reconnut que les Histoires anecdotes qu'il donnoit pour certaines , n'avoient d'autre fondement que son imagination.

On lût depuis ses Histoires avec

d'autres yeux ; & on vit aiſément A. VA-
qu'il mêle adroitement le vrai avec RILLAS.
le faux , & qu'il les appuye de beaucoup de menſonges , par des citations affectées de titres , d'inſtructions , de lettres, de memoires & de
relations imaginaires.

Il ſe condamne lui-même , en
voulant ſe juſtifier de ce qu'il raconte differemment les mêmes faits
dans differens ouvrages. Il avoue que
dans les uns il s'eſt ſervi des Memoires de la Bibliotheque du Roy , qu'il
regarde comme les plus ſûrs , & que
dans les autres il a ſuivi des Memoires qui lui ont été communiquez
d'ailleurs , qu'il n'oſe preferer aux
précedens. Il rapporte neanmoins
ce que diſent les uns & les autres ,
quelque oppoſez qu'ils ſoient dans
leur recit, pour ſatisfaire , dit-il ,
la curioſité de ſes Lecteurs. Comme
ſi de deux manieres de raconter le
même fait, il n'y en avoit pas une
preferable à l'autre, lorſqu'elle eſt ap-
puyée ſur des actes plus autentiques.

Il eſt tombé dans un nombre infini de fautes de Chronologie; ce
qui n'eſt qu'une ſuite de la methode

A. Va-
RILLAS,
qu'il a suivie en composant ses Histoires. Elle a quelque chose de si
singulier, qu'elle merite d'être rap-
portée. On y verra son peu d'exactitude.

Il avoit lû dans sa jeunesse un si
grand nombre de livres manuscrits,
dont l'écriture étoit difficile à déchiffrer, qu'il en avoit perdu la vûe. On
la retablit à force de remedes ; mais
elle demeura si foible, qu'il ne pouvoit lire qu'au grand jour, ainsi dès
que le Soleil baissoit, il fermoit ses
livres & s'abandonnoit à la composition de ses ouvrages. Il ne travailloit alors que de memoire, & quelque sûre que fût la sienne, il étoit
impossible, qu'elle lui representât fi-
delement les divers évenemens dont
il pouvoit avoir besoin, avec toutes
leurs circonstances, & encore moins
les dates des temps où ils étoient ar-
rivez. Cependant dès le lendemain,
sans aucune confrontation, il dictoit à celui qui vouloit bien écrire
sous lui ce qu'il avoit ainsi digeré
en lui-même. Quelle exactitude peut-
on esperer d'un Auteur, qui se met
si peu en peine de verifier ce qu'il
avance.

Comme il avoit deſſein de plaire à ſes Lecteurs plutôt que de les inſtruire, il leur met devant les yeux des portraits aſſez travaillez, où il caracteriſe ſes perſonnages comme s'il avoit vécu familierement avec eux, & rend raiſon de leurs démarches, comme s'il avoit été de leurs conſeils. Il avance & ſuppoſe avec aſſurance en bien des endroits des choſes qui n'ont tout au plus que de la vrai-ſemblance. La politique qui regne dans tous ſes ouvrages eſt outrée ; tout eſt chez lui un deſſein premedité, tous les évenemens viennent de cauſes conſiderables ; ce qui eſt contraire à la verité & à l'experience.

V. *Le Long Bibliotheque Hiſtorique de la France.*

A. VARILLAS.

OTTAVIO FERRARI.

OTTAVIO *Ferrari* nâquit à *Milan* le 20. Mai 1607. d'une famille noble. Son pere étant mort, lorſqu'il n'avoit encore que quatre ans, ſon oncle paternel *Fran-*

OTTAVIO FERRARI

çois *Bernardin Ferrari*, que ses écrits ont rendu celebre, le prit chez lui, & eut soin de son éducation.

Il fit ses études dans le College Ambroisien. Après son cours de Philosophie & de Theologie, il se livra tout entier aux belles lettres, dans lesquelles il fit des progrez si considerables, que le Cardinal *Frederic Borromée* en conçut de l'estime & de l'affection pour lui, & lui procura une chaire de Rhetorique dans ce Collegé, quoiqu'il n'eut encore que vingt-un ans.

Six ans après, c'est-à-dire en 1634. la Republique de Venise l'attira à *Padoue*, pour enseigner dans l'Université de cette Ville, l'Eloquence, la Politique, & la langue Grecque. Cette Université étoit fort déchue de ce qu'elle avoit été autrefois, mais il lui rendit par ses soins son premier lustre; la Republique l'en recompensa en augmentant tous les six ans ses gages, qui n'étoit d'abord que de cinq cens ducats, mais qui monterent à la fin par ces augmentations jusqu'à deux mille.

Après la mort de *Joseph Ripa-*

monte Hiſtoriographe de la Ville de OT. FER-
Milan, *Ferrari* fut choiſi pour écri- RARI.
re l'hiſtoire de cette Ville , & on lui
aſſigna pour cela une penſion de deux
cens écus. Il commença à y travailler , & en fit huit livres ; mais voyant
qu'on ne vouloit point lui communiquer les pieces qui lui étoient neceſſaires , & qui étoient renfermées
dans les Archives de Milan , où il
alloit tous les ans chercher du ſecours pour ſon ouvrage , il y renonça , & ne laiſſa à ſon heritier ce qu'il
avoit déja fait qu'à condition qu'il
ne le publieroit jamais.

Sa reputation & ſon merite lui
attirerent des preſens & des pen-
ſions des Princes étrangers. La Reine de Suede *Chriſtine* , en l'honneur
de laquelle il fit un diſcours public,
lorſqu'elle monta ſur le trône lui fit
preſent d'une chaîne d'or de mille
écus & l'honnora de ſes lettres. Le
Roy de France *Louis* XIV. lui donna pendant ſept ans une penſion de
cinq cens écus.

Les infirmitez qui ſe font ſentir
à ceux qui s'appliquent fortement à
l'étude l'attaquerent de bonne heure.

G iiij

OT. FER-
RARI.

Des maux de tête frequens vinrent plusieurs fois le retirer du travail ; mais il s'y remettoit dès qu'ils étoient passez. Il est mort le 7. Mars 1682. dans sa soixante-quinziéme année.

C'étoit un homme d'une humeur douce, sincere, affable, & qui savoit par ses manieres engageantes réunir les esprits les plus envenimez les uns contre les autres, ce qui lui a fait donner le nom de *Conciliateur*, & de *Pacificateur*.

Catalogue de ses ouvrages.

1. *De Re Vestiaria libri tres. Patavii* 1642. *in* 80. 2a. *editio libri VII. Quatuor postremi nunc primum prodeunt, reliqui emendatiores & auctiores, adjectis iconibus. Patavii* 1654. *in* 40. *It. editio nova ; accedunt Analecta de Re Vestiaria, & Dissertatio de Lucernis sepulchralibus veterum. Patavii* 1685. *in* 40. Les deux premiers ouvrages ont été réimprimez dans le VI.e tome des Antiquitez Romaines de *Grævius*, & celui des Lampes sepulchrales dans le XII. Quoique l'ouvrage de *Ferrari de Re Vestiaria* ne plaise pas à *Ezechiel Spanheim* & à *Boecler* qui prétendent

OT. FER-
RARI.

qu'il n'a fait qu'éfleurer ſon ſujet ſans rien approfondir. D'autres Savans en ont cependant jugé plus favorablement ; ainſi Morhof le traite d'ouvrage tres docte, & qui éclaircit parfaitement la matiere dont il traite, *Gravius*, *Rubenius*, *Almeloveen* en parlent de même. Le Traité des Lampes Sepulchrales eſt principalement contre ceux qui ont crû que les Anciens avoient le ſecret de faire une huile qui ne ſe conſumoit point, ou de diſpoſer les lampes de telle maniere qu'à meſure qu'elles brûloient la fumée ſe condenſoit inſenſiblement, & ſe reduiſoit en huile comme auparavant. *Fortunius Licetus* a fait une longue differtation Latine pour ſoutenir ce ſentiment ; mais *Ferrari* fait voir clairement que ces lampes éternelles & cette huile qui ne ſe conſumoit point ne ſont que des chimeres, & toutes les hiſtoires qu'on débite là-deſſus de pures fables.

2. *Analecta de Re Veſtiaria, five exercitationes ad Alberti Rubenii Commentarium de Re Veſtiaria & lato clavo. Acceſſit differtatio de Veterum*

OT. FER-
RARI.

Lucernis sepulchralibus. Patavii. 1670.
in 40. C'eſt la premiere édition de
ces ouvrages, qui ont été enſuite
joints au précedent. *Ferrari* ne pût
ſouffrir que *Rubenius* eut trouvé quelque choſe à redire dans ſon livre
de Re Veſtiaria, & qu'il en eut relevé pluſieurs points dans celui qu'il
donna enſuite ſur le même ſujet, &
il compoſa ce livre pour le critiquer
à ſon tour ; c'eſt ce qu'il fait un
peu trop vivement, ſans ſonger que
l'ouvrage qu'il attaquoit étoit poſ-
thume, & que par conſequent l'Auteur n'y avoit pas mis la derniere
main. Mais les eſprits les plus doux
n'aiment point à être critiquez &
oublient ſouvent toute leur douceur,
& même quelquefois leur raiſon,
pour ſe vanger de l'injure qu'ils s'i-
maginent qu'on leur a faite en les
critiquant. *Ferrari* ſe plaint à la page
154. d'un Auteur qui avoit fait un
ouvrage des Antiquitez Romaines,
où il avoit copié de lui tout ce qu'il
avoit dit ſur les habits des Romains
ſans le citer, ſe rendant par là cou-
pable de Plagiariſme. Il ne nomme
point cet Auteur, qui eſt *Henri Kip-*

pingius , lequel dans une nouvelle Oт. Fᴇʀ-
édition de ses ouvrages Philosophi-ʀᴀʀɪ.
ques faite à *Breme* en 1674. ajoûta
une courte apologie contre l'accusation de *Ferrari.*

3. *Prolusiones XXVI. Epistolæ.*
Formulæ ad capienda Doctoris insignia.
Inscriptiones. Pars I. & II. Patavii
in 4o. 1664. & 1668. *Pars III.*
Accessit Panegyricus Ludovico magno
Francorum Regi dictus. Patavii. in
4o. Tous ces petits ouvrages & quelques autres qui avoient été imprimez
séparément ont été ramassez & mis
en ordre par Jean *Fabricius* , qui
les a publiez à *Helmstad* en 1710. en
2. vol. *in* 80.

4. *Electorum libri duo. Patavii*
1679. *in* 4o. *Ferrari* traite dans cet
ouvrage de plusieurs points d'Antiquité, qui n'ont aucune liaison entre eux.

5. *Origines Linguæ Italicæ. Pata-*
vii 1676. *in fol.* Voici le jugement
que le Journal des Savans du 26.
Avril 1677. fait de cet ouvrage.
Scaliger avoit traité autrefois cette «
matière en vingt-quatre livres qui «
se sont malheureusement perdus. «

OT. FER-
RARI.

» Quoique *Ferrari* ne lui donne pas
» une si grande étendue, on ne laisse
» pas d'y trouver beaucoup d'éru-
» dition. Mais il paroît si jaloux de
» la Langue de son pays, qu'il croit
» que toute autre origine que celle
» qu'il lui donne de la Langue La-
» tine aussi bien qu'à la Françoise &
» à l'Espagnole lui seroit injurieuse.
» C'est ce qui fait qu'il ne sçauroit
» tomber d'accord avec le Savant
» Cardinal *Bembe*, qui prétend qu'el-
» le doit un assez bon nombre de
» mots au jargon du Languedoc &
» de la Provence. » M. *Menage* a
fait un ouvrage sur le même sujet
pour relever les fautes de *Ferrari*,
& en a fait aussi de nouvelles. *Jean
Fabricius* prétend qu'ils n'y sont
tombez que pour n'avoir pas été
chercher l'étymologie de plusieurs
mots Italiens dans les Langues Allemande & Suedoise ; & il donne
dans le 3e. tome de sa Bibliotheque
p. 286. une longue liste de mots Italiens qu'il croit venir de ces Langues.

8. *De Pantomimis & Mimis Dissertatio nunc primum edita.* Wolfen-

butelii 1714. *in* 80. *Jean Fabricius* OT. FER-
a donné au public ce petit traité, RARI.
& M. de *Sallengre* l'a inſeré dans le
ſecond volume de ſes Antiquitez
Romaines. Ce ſont quelques leçons
que *Ferrari* avoit faites ſur cette matiere, où il rapporte avec beaucoup
de netteté tout ce qu'on en peut dire
de remarquable.

7. *Diſſertationes duæ, altera de Bat-
neis, de Gladiatoribus altera, nunc
demum in lucem editæ à Joanne Fa-
bricio.* Helmſtadii 1720. *in* 80. pp. 72.
La brieveté de ces diſſertations accompagnée d'une grande netteté doit
les faire lire avec fruit & avec plaiſir.

Le ſtyle de *Ferrari* eſt ſimple &
élevé quand il faut, enjoué & ſu-
blime ſelon la matiere, mais par
tout élegant & châtié. Il eſt plûtôt
long que ſerré, mais énergique, &
ſans qu'il languiſſe jamais. On l'a accuſé d'être quelquefois enflé & poë-
tique, ce qui eſt vrai en quelques
endroits; mais c'eſt où il s'agit de
choſes qui peuvent ſouffrir quelque
élevation, & où les hyperboles ſont
en quelque maniere permiſes. Pour
ce qui eſt de l'invention ou de la

matiere de ses pieces d'éloquence,
les pensées en sont generalement solides, ingenieuses & bien choisies.
C'est le jugement que M. *le Clerc*
fait de cet Auteur. (*Bibl. anc. &
mod. tom.* 6. *p.* 177.

V. *Son éloge par Charles Patin dans
le* Liceum Patavinum *& dans les*
Memoriæ *d'Hagen ; & par* Jean Fabricius *à la tête de ses Oeuvres diverses.*

OCTAVIEN FERRARI.

OCTAVIEN *Ferrari* sorti de
la même famille qu'*Octave
Ferrari* dont je viens de parler, &
que le Dictionnaire de Morery con-
fond avec lui, nâquit à *Milan* le 23.
Septembre 1518. de *Jerôme Ferrari.*
Après avoir appris avec beaucoup
de soin les Humanitez, la Philosophie & la Medecine dans les plus
celebres Universitez d'Italie, il fut
fait professeur de Morale & de Politique dans le College Canobien,
que *Paul Canobio* avoit fondé par
son conseil, & il conserva cet em-

ploi pendant dix-huit ans.

Le Senat de *Venise* l'engagea ensuite à aller à *Padoue*, où il expliqua
la Philosophie d'Aristote avec tant
d'habileté & d'élegance, que *François Vimercat*, qui étoit Professeur au
College Royal à Paris du temps de
François I. étant retourné en Italie
après la mort de ce Prince, le choisit préferablement à tous les Savans,
pour lui confier le soin de donner ses
ouvrages au public.

Il demeura quatre ans à *Padoue*,
& retourna ensuite à *Milan*, où il
continua d'enseigner la Philosophie,
jusqu'à sa mort qui arriva en 1586.
Il étoit alors âgé de 68. ans.

Octavien Ferrari étoit très-versé dans
la belle Litterature, c'est ce qui fait
qu'il a traité les sciences avec un stYle
pur & élegant; il excella principalement dans la Philosophie de ce
tems là, & passa pour un second Aristote. Mais il ne fut pas seulement
illustre par son savoir, il le fut encore par sa probité & sa vertu. Barthelemi *Capra* Jurisconsulte, son
ami intime, auquel il avoit laissé sa
Bibliotheque, a fait son Oraison funebre.

Octav.   Catalogue de ses ouvrages.

Ferrari   1. *De Sermonibus exotericis. Vene-tiis 1575. in* 4°. Cet ouvrage est très-utile à ceux qui veulent s'instruire de la Doctrine d'Aristote. On sait que ses livres étoient de deux sortes ; les uns nommez *Exoteriques* étoient pour toutes sortes de personnes ; les autres appellez *Acroamatiques* n'étoient que pour l'usage de ses disciples. *Ferrari* parle fort au long des premiers. Cet ouvrage a été réimprimé avec des augmentations de *Melchior Goldaß*, & une nouvelle dissertation de *Ferrari de Disciplina Encyclio* sous le titre general de *Clavis Philosophiæ Peripateticæ Aristotelica. Francofurti* 1606. *in* 8°.

2. *De Origine Romanorum. Mediolani* 1607. *in* 8°. Quoique *Ferrari* n'ait pas mis la derniere main à cet ouvrage, & que la mort l'ait empêché de le finir, il étoit cependant digne d'être conservé à la posterité, suivant M. *Grævius*, qui l'a inseré dans le premier volume de ses Antiquitez Romaines, & y a ajoûté ses corrections. *Barthelemi Capra* qui l'a

l'a publié d'abord, y a ajoûté quel- OCTAV.
ques lignes de fa façon, dont il fe fait FERRARI
plus d'honneur qu'il n'en merite.

3. Il a traduit en Latin *Athenée*
& fait quelques notes fur *Ariftote.*

V. fon éloge par M. *de Thou,*
avec les additions de *Tieffier* & *Stru-
vi Bibliotheca Antiqua* 1705.

DENIS DE SAINTE MARTHE.

DENIS *de Sainte Marthe* nâ- DENIS DE
quit à *Paris* le 24. Mai 1650. SAINTE
François de Sainte Marthe fon pere, MARTHE
Seigneur de *Chant- d'Oifeau,* de l'illuftre famille de ce nom fi connue
par l'érudition qui y a été comme hereditaire,& *Marie le Camus* fa mere
s'étant retirez en Poitou, d'où la
famille des *Sainte Marthe* eft originaire, y donnerent leur principale
attention à l'éducation de leurs enfans dont *Denis de Sainte Marthe*
étoit le plus jeune.

Il fut inftruit dans la pieté &
dans les belles lettres fous les yeux
de fon pere, & dans la maifon paternelle jufqu'à l'âge de quinze ans.

Tome V. H

DENIS DE
SAINTE.
MARTHE

On le mit alors à *Pont-le-voy* pour achever ses études sous la conduite des Peres Benedictins qui ont la conduite de ce College. Il forma en ce lieu le dessein de quitter le monde, & d'embrasser l'état Religieux.

Il entra donc en 1667. dans la Congregation de Saint Maur, & fit profession dans l'Abbaye de Saint Melaine de Rennes le 12 Août 1668. âgé de 18. ans.

Ses études finies, ses Superieurs le destinerent à regenter la Philosophie & ensuite la Theologie; ce qu'il fit dans les Abbayes de Saint Remi de Reims, de Saint Germain des Près, & de Saint Denis en France pendant l'espace d'onze ans avec beaucoup de succès & d'applaudissement.

On le tira de ces emplois pour l'élever aux premieres charges de la Congregation. Il fut en 1690. nommé Prieur de Saint Julien de Tours. On l'appella ensuite à *Paris* pour avoir soin de la Cure de l'enclos de l'Abbaye de Saint Germain des Prés & de la Bibliotheque qui étoit déja assez considerable, & très-curieuse par le grand nombre de manuſcrits Denis de rares qui y ſont conſervez. Sainte Marthe

Il ne demeura pas cependant long-temps à Saint Germain des Près : car D. *Claude Bretagne* étant mort Viſiteur de la Province de Norman-die au mois de Juillet 1694. eut pour ſucceſſeur le Prieur de Bonne-nouvelle de Rouen , & le P. de *Sainte Marthe* fut nommé pour remplacer celui-ci. Il ſortit de ce Monaſtere en 1699. pour être Prieur de l'Ab-baye de Saint Ouen dans la même Ville.

En 1705. il fut appellé à *Paris* pour être Prieur des Blancs-Man-teaux. Trois ans après , c'eſt-à-dire en 1708. on le fit Aſſiſtant du P. Ge-neral ; & peu de temps après Prieur de l'Abbaye de Saint Denis.

Il finiſſoit ſon ſecond triennal dans cette Abbaye, lorſque Madame d'Or-leans , & la Communauté de Chelles le choiſirent pour leur Viſiteur; l'Ab-beſſe de Mont-Martre lui fit le mê-me honneur.

Enfin il fut élû Superieur General de la Congregation au mois de Juil-let 1720. Il eſt mort le 30 Mars 1725. dans ſa 75. année. H ij

DENIS DE   Catalogue de ses Ouvrages.

SAINTE   1. *Traité de la Confession , contre les*
MARTHE *Erreurs des Calvinistes , où la Doctrine*
de l'Eglise sur ce point est expliquée par
l'Ecriture Sainte, par la tradition , &
par plusieurs faits très-remarquables.
Paris 1685. in 80.

2. *Réponse aux Plaintes des Protes-*
tans touchant la prétenduë persecution
de France : où l'on expose le sentiment
de Calvin & de tous les plus celebres
Ministres sur les peines dûës aux He-
retiques. Paris 1688. in 12. Le P. de
Sainte Marthe a mis a la fin de ce Livre de longs extraits d'un ouvrage
Anglois de *Guillaume Prin* Presbyte-
rien Anglois qui en contient plus de
la moitié. La fin qu'il s'y propose est
de montrer que les Theologiens Protestans avoient prononcé eux mêmes
leur condamnation , en établissant
comme un principe sûr qu'il est permis d'user du glaive pour reprimer
les Heretiques. Un Refugié choqué
de cette maxime a écrit à un de ses
amis que ces sentimens n'étoient pas
soutenus parmi les Protestans , que la
pratique faisoit assez connoître qu'ils
n'y étoient pas approuvez , & que le

procès de Servet qu'on apportoit en   D E N I S D E
preuve étoit une affaire perſonnelle,   S A I N T E
où le parti n'avoit point trempé.   M A R T H E

Cette Lettre a donné occaſion à un ouvrage intitulé : *Réponſe d'un Nouveau Converti à la Lettre d'un Refugié, pour ſervir d'addition au Livre de Dom Denis de Sainte Marthe, intitlé :* Réponſe aux plaintes des Proteſtans. *Suivant l'Imprimé à Paris 1689. in* 12. *pp.* 60. Cet ouvrage a été attribué à M. *Pelliſſon*, mais il a déclaré dans l'*Hiſtoire des Ouvrages des Sçavans de Fevrier* 1690. qu'il n'en étoit point l'Auteur. On a tâché d'y répondre dans le Livre ſuivant. *Lettre écrite de Suiſſe en Hollande, pour ſuppléer au défaut de la Réponſe que l'on avoit promis de donner à un certain Ouvrage que M. Pelliſſon a publié ſous le nom d'un Nouveau Converti touchant les récriminations qui y ſont faites aux Reformez, des violences que les Catholiques employent pour la converſion de ceux qu'ils appellent des Heretiques.* Dordrech t 1690. *in* 12. *pp.* 250.

3. *Entretiens touchant l'entrepriſe du Prince d'Orange ſur l'Angleterre, où*

Denis de Sainte Marthe

l'on prouve que cette action fait porter aux Protestans, les caracteres de l'Anti-Christianisme que M. Jurieu a repro-chez à l'Eglise Romaine. Paris 1689. in 12. Suite des Entretiens touchant l'Entreprise du Prince d'Orange sur la Grande Bretagne. Paris 1691. in 12. Ces Entretiens qui sont en tout au nombre de six, n'ont rien de bien cu-rieux ni de bien remarquable, selon le P. le Cerf, non plus que la Ré-ponse aux Protestans.

4. *Lettres à M. l'Abbé de la Trappe, où l'on examine sa Réponse au Traité des Etudes Monastiques, & quelques endroits de son Commentaire sur la Re-gle de S. Benoît. Amsterdam (* c'est-à-dire *) Tours 1692. in 12. pp. 231.* 5e *Lettre à M. l'Abbé de la Trappe 1693. in 12. pp. 35.* Le P. de *Sainte Marthe* étoit Prieur de S. Julien de Tours, lorsqu'il écrivit ces Lettres dont le stile est fort vif, & où il ne ménage gueres l'Abbé de la Trappe. Elles furent cause de sa déposition, qu'on ne pût refuser à quelques per-sonnes puissantes qui la demanderent pour vanger l'Abbé de la Trappe. La 5. Lettre qui a été réimprimée

dans un *Recueil de quelques pieces qui* concernent *les quatre Lettres écrites à* M. *l'Abbé de la Trappe. Cologne.* 1693. *in* 12. pp. 243. n'eſt gueres qu'une repetition de ce qui ſe trouve dans les quatre premieres, non plus que les pieces qui compoſent ce Recueil.

DENIS DE SAINTE MARTHE

5. *Oraiſon funebre de Madame de Bethune Abbeſſe de Beaumont-lez-Tours prononcée dans l'Egliſe de ce nom.* Le P. de *Sainte Marthe* étoit encore Prieur de S. Julien, lorſqu'il la prononça.

6. *La vie de Caſſiodore Chancelier & premier Miniſtre de Theodoric le Grand, & de pluſieurs autres Rois d'Italie, enſuite Abbé de Viviers. Avec un abregé de l'Hiſtoire des Princes qu'il a ſervis, & des remarques ſur ſes Ouvrages. Paris* 1694. *in* 12. Cette vie eſt très-bien & très-exactement écrite, ſelon M. l'Abbé Lenglet.

7. *Hiſtoire de Saint Gregoire le Grand, Pape & Docteur de l'Egliſe, tirée principalement de ſes Ouvrages. Rouen* 1697. *in* 4°. It. traduite en Latin, & inſerée dans le 4e. tome

des ouvrages de ce Pape de l'édition
du P. de *Sainte Marthe*, avec quelques changemens.

8. *Reflexions sur la lettre d'un Abbé
d'Allemagne aux Reverends Peres Benedictins de la Congregation de Saint
Maur sur leur dernier tome de l'édition
de S. Augustin* 1699. *in* 12.

9. *Lettre à un Docteur de Sorbonne touchant le Memoire d'un Docteur
en Theologie adressé à MM. les Prelats de France contre les Benedictins*
1699. *in* 12. Ces deux petits ouvrages tendent à défendre l'édition
que les Benedictins ont donnée de
S. Augustin.

10. *S. Gregorii Papæ I. cognomento
Magni opera omnia. Studio & labore
Monachorum Ord. S. Benedicti è Cong.
S. Mauri. Paris.* 1705. *in fol.* 4. vol.
Plusieurs Benedictins ont eu part à
cette édition, mais c'est le P. de
Sainte Marthe qui l'a dirigée & qui
a été à la tête de ce travail.

11. *Gallia Christiana in Provincias
Ecclesiasticas distributa, quâ series &
Historia omnium Archiepiscoporum,
Episcoporum & Abbatum Franciæ,
vicinarumque ditionum ab origine Ec-
clesiarum*

clesiarum ad nostra tempora deducitur DENIS DE *& ex authenticis probatur instrumentis.* SAINTE *Opera & studio Dionysii Sammarthani.* MARTHE *Paris. in fol. 3. vol.* Le premier en 1715. le 2e en 1720. & le 3e. en 1725. Le premier qui ait entrepris de faire connoître les Archevêques & Evêques qui ont gouverné les Eglises de France depuis leur origine a été *Jean Chenu* de *Bourges*, Avocat au Parlement de *Paris.* Son ouvrage parut en 1621. *in* 40. Mais il ne contient que de simples noms. *Claude Robert*, grand Archidiacre de *Châlon surSaone* poussa ce dessein plus loin dans un ouvrage Latin publié à *Paris* en 1626. *in fol.* Mais sentant que les forces lui avoient manqué, pour l'executer dans sa perfection, il engagea les deux celebres freres gemaux *Scevole & Louis de Sainte Marthe* de se charger d'un travail sous le poids duquel il reconnoissoit avoirsuccombé.

Personne n'étoit plus capable qu'eux de réussir dans une entreprise si difficile. Ils formerent d'abord un projet qu'ils exposerent à l'assemblée du Clergé en 1645. On l'agréa & on les

Tome V. I

invita à en preſſer l'execution ; mais pendant qu'ils s'y appliquoient & dans le cours de l'impreſſion la mort enleva d'abord *Scevole* en 1652. & enſuite *Louis* en 1656. celui-là dans ſa 79.e année , & celui-ci dans ſa 83. Les deux freres avoient fait part de leur travail, à *Pierre Scevole*, *Abel*, & *Nicolas de ſainte Marthe* fils de *Scevole*. Ils le leur laiſſerent à achever avec l'honneur de le preſenter à l'aſſemblée du Clergé de 1656. Car il parut cette année en 4. volumes *in fol.*

Quelque applaudi , qu'ait été cet ouvrage dans ſon tems, il s'eſt trouvé dans la ſuite défectueux. C'eſt ce qui engagea l'Aſſemblée du Clergé de 1710 de charger le P. de *Sainte Marthe* de le revoir, ou plûtôt de le refondre, comme un ouvrage qui appartenoit à ſa famille. Il y a travaillé avec beaucoup d'ardeur , ſecondé de quelques Religieux qu'il avoit choiſis, & qu'il nomme dans ſa Préface. Cet Ouvrage doit être compoſé de dix volumes.

L'Auteur du Roman allegorique, intitulé : *Les Avantures de Pomponius Chevalier Romain* , ou *l'Hiſ-*

toire de notre temps. Rome chez les He- DENIS DE
ritiers de Ferante Palavicini, (c'eſt- SAINTE
à-dire en Hollande) 1724. *in* 12. MARTHE
maltraite le P. de *Sainte Marthe* en
pluſieurs occaſions, & parle de ſes
ouvrages avec beaucoup de mépris.
Comme cet ouvrage n'eſt pas trop
connu, je rapporterai ici ce qu'il
dit de ce Savant Benedictin. Il fait
ainſi parler de lui le Bibliothecaire de la Lune par une eſpece de pré-
diction. ꝰꝰ Dans les quatre Lettres à
ꝰꝰ l'Abbé de la Trappe, à la bonne
ꝰꝰ foi & au jugement près, il y aura
ꝰꝰ beaucoup d'eſprit. On y raiſonne-
ꝰꝰ ra peu, auſſi ne ſera-ce pas le fort de
ꝰꝰ l'Auteur. Une vie de *Caſſiodore*
ꝰꝰ qu'on lui imputera lui fera hon-
ꝰꝰ neur, quoiqu'il n'y ait pas plus
ꝰꝰ de part que moi. Les ouvrages de
ꝰꝰ *Gregoire le Grand* qu'il mettra au
ꝰꝰ jour feront un monument éternel
ꝰꝰ de ſon ignorance, de ſon peu de
ꝰꝰ goût & du défaut de ſon jugement.
ꝰꝰ Il entreprendra de corriger &
ꝰꝰ d'amplifier un ancien Catalogue
ꝰꝰ des Druides Gaulois, mais il tra-
ꝰꝰ vaillera avec tant de précipitation
ꝰꝰ & ſi peu de lumiere, que ſon

I ij

» ouvrage ne fera utile, qu'à ceux
» qui voudront faire des Litanies :
» fon ouvrage intitulé : *Entretiens*
» *fur l'entreprife du Prince d'Orange,*
» dit ailleurs l'Auteur, n'eft qu'un
» titre, une Epître dédicatoire, &
» un livre de controverfe. Le titre
» n'a aucun rapport à l'ouvrage ; l'E-
» pître dédicatoire au Roy *Jacques*
» a quelque rapport au titre, mais
» elle n'en a aucun à l'ouvrage; enfin
» le corps du livre n'a aucun rapport
» ni à l'Epître ni au livre. *Le Traité*
» *de la Confeffion Auriculaire* contre
» le Miniftre *Daillé* devroit être in-
» titulé: *Traduction Françoife de paffa-*
» *ges Latins, qui ont quelque rapport à*
» *la Confeffion.* La Confeffion Auricu-
» laire n'a jamais eu un plus pitoya-
» ble défenfeur. On reconnoît dans
tout ce difcours le ftyle d'un homme que la paffion infpire, & peut-
être fera-t-on tenté d'attribuer l'ouvrage à quelque Benedictin mécon-
tent de lui.

Au refte, ceux qui ont connu le
P. de *Sainte Marthe*, ont toujours
admiré fa douceur, fa modeftie, fon
affabilité & fes talens pour gouverner fagement.

V. la Bibl. Hiſtorique du P. *le* DENIS DE
Cerf, & la lettre du P. *Caſtel* Se- SAINTE
cretaire de la Congregation ſur la MARTHE
mort du P. de *Sainte Marthe*, imprimée en 1725. *in* 40.

JACQUES USSERIUS.

JACQUES *Uſſerius* en Anglois *Uſ-*   JACQUES
her, nâquit à *Dublin*, Ville Ca-   USSERIUS
pitale d'Irlande le 4. Janvier 1580.
La famille des *Uſhers* eſt fort ancienne, quoiqu'*Uſher* ne ſoit pas ſon
veritable nom ; mais *Nevils* qu'un
des Ancêtres de *Jacques Uſſerius*
changea en celui d'*Uſher*, c'eſt-à-
dire, *Huiſſier*, parce qu'il étoit Huiſſier du Roi *Jean*, qui monta ſur le
trône d'Angleterre en 1199.

Le pere de celui dont j'ai à parler ſe nommoit *Arnold Uſher* &
étoit l'un des ſix Clercs de la Chan-
cellerie; ſa mere nommée *Marguerite*
étoit fille de *Jacques Stanihurſt*, fameux Juriſconſulte qui occupoit une
des premieres Charges de la Chan-
cellerie & qui fut Orateur de la
Chambre des Communes dans les

I iij

J. Usse-
rius.

Parlemens qui se tinrent sous le Re-
ne de *Marie* & d'*Elizabeth* , & sœur
de *Richard Stanihurst* qui s'est rendu
celebre par ses écrits. Elle avoit été
élevée dans la Religion Protestante
par son pere , qui l'avoit embrassée
pour conserver les emplois, mais elle
revint dans la suite dans le sein de l'E-
glise Catholique & elle y est morte.

Jacques Usserius témoigna dès l'enfance une passion extraordinaire pour
les sciences,& l'on prit un grand soin
de cultiver ces semences qui devoient
dans la suite produire des fruits si
abondans. Il disoit souvent à ses amis
comme une chose singuliere qu'il avoit
appris à lire de deux de ses tantes qui
étoient aveugles dès le berceau , ce
qu'il faut apparemment entendre en
ce sens , qu'elles lui avoient appris
à joindre ensemble les lettres qu'il
connoissoit déja, & à bien pronon-
cer chaque syllabe. Lorsqu'il eut huit
ans on l'envoya à une école que
deux jeunes Gentilshommes Ecossois
avoient ouverte à *Dublin.*

L'un se nommoit *Jacques Fuller-
ton* , & l'autre *Jacques Hamilton.* Ils
étoient allez en Irlande par ordre du

Roy d'Ecoſſe, pour former quelque liaiſon avec la nobleſſe Proteſtante de ce pays là, dans le deſſein de s'aſſurer du Royaume, en cas que la Reine *Elizabeth* vînt à mourir ſubitement. Pour mieux cacher leur deſſein, & ne donner aucun ombrage à une Reine auſſi ſoupçonneuſe qu'elle, ils ſe mirent à enſeigner le Latin à *Dublin*, où il étoit alors fort rare de trouver des perſonnes qui euſſent quelque ſavoir dans les Humanitez.

Uſſerius fit de grands progrez pendant les cinq ans qu'il fut ſous la conduite de ſi bons Maîtres, & ſe trouva par leurs inſtructions en état de paſſer à des ſciences plus ſerieuſes. Il reconnut pluſieurs fois dans la ſuite qu'il étoit redevable à ces commencemens de ce qu'il avoit appris depuis, & il conſerva toûjours pour ces premiers Maîtres une parfaite reconnoiſſance.

Le College de *Dublin* ayant été achevé en 1593. *Uſſerius* fut un des trois étudians qu'on y reçût d'abord tant en conſideration de ſon oncle *Henri Uſher* Archevêque d'*Armagh* qui avoit beaucoup contribué à l'é-

I iiij

tabliſſement de l'Univerſité de cette Ville, qu'en conſideration de ſon propre merite qui ne pouvoit manquer de faire honneur à une Academie naiſſante.

Uſſerius y apprit d'abord la Logique & la Philoſophie d'Ariſtote ſous *Jacques Hamilton* qui avoit été établi Profeſſeur dans ce College Une certaine inclination qu'il ſe ſentit pour les charmes de la Poëſie, & la paſſion du jeu qu'il contracta par le mauvais exemple de ſes compagnons d'étude le retira pendant quelque temps de l'étude, & refroidit l'ardeur qu'il avoit pour elle. Mais il revint bien-tôt de ſon égarement. La lecture de ces paroles de Cicerons *Neſcire quid antea quam natus ſis acciderit, id eſt ſemper eſſe puerum,* & le livre de *Sleidan de quatuor imperiis,* qu'il parcourut avec beaucoup de plaiſir lui inſpirerent une ardeur inconcevable pour apprendre l'Hiſtoire. Dès l'âge de quatorze ans il faiſoit des extraits des livres hiſtoriques qu'il pouvoit trouver, qu'il rangeoit par ordre chronologique, afin de s'imprimer d'avantage les faits dans la memoire.

L'étude de l'Histoire ne lui fai- J. USSE-
soit point negliger celle de la Reli- RIUS.
gion. Après qu'il eut été fait Ba-
chelier ès Arts à l'âge de dix-sept
ans il se mit à lire des ouvrages de
controverse. La lecture du *Fortali-*
tium Fidei de *Stapleton* lui fit naître
le dessein de s'appliquer à celle des
Peres de l'Eglise, pour voir si cet
Auteur les citoit fidellement. Il commença à mettre ce dessein en execution à l'âge de vingt ans, & continua cette étude sans interruption
pendant dix-huit années, se faisant
une necessité de lire tous les jours
une certaine tâche qu'il se donnoit
à lui-même.

Son pere ne voyoit qu'avec peine
en lui ces dispositions, il le destinoit à l'étude du Droit pour laquelle
il n'avoit aucune inclination, il pensoit même à l'envoyer en Angleterre
pour s'y former dans cette science,
mais sa mort qui arriva en 1598. laissa
le jeune *Usserius* en liberté de s'attacher au genre de vie qui lui plaisoit.
Il n'eut pas de peine à se déterminer,
la Theologie étoit son attrait, & il
résolut de s'y livrer entierement ;

c'eſt ce qui le fit recevoir au nombre des membres du College dont il
éroit déja étudiant, ou ſuivant les
Reglemens on ne peut recevoir que
ceux qui ſe deſtinent aux Ordres.

Uſſerius étoit l'aîné de ſa famille,
& le bien que ſon pere lui avoit
laiſſé étoit aſſez conſiderable pour
l'obliger à donner tout ſon temps à
des affaires domeſtiques. Pour l'éviter, il prit le parti de remettre
l'heritage à ſon frere, & de donner à ſes ſœurs ce que leur pere
leur avoit laiſſé, ſe reſervant ſeulement de quoi s'entretenir dans
l'Univerſité, & dequoi acheter des
livres.

En 1599. il diſputa contre un Jeſuite Irlandois nommé *Fitz-Symonds*,
& ceux qui ont écrit ſa vie prétendent qu'il ſortit victorieux de la diſpute. Mais *Fitz-Symonds* parlant de
ce fait dans la Préface de ſon livre
intitulé : *Britannomachia Miniſtrorum
in pleriſque & fidei fundamentis, & fidei
articulis diſſidentium. Duaci* 1614. *in* 4º.
dit qu'à la verité il ſe preſenta pour
diſputer avec lui, mais que lui ayant
demandé s'il étoit autoriſé de ſes Su-

perieurs pour cela , & ayant sçu
qu'il ne l'étoit pas , il se retira. La
chose est cependant trop circonstan-
ciée par *Thomas Smith* , pour croire
qu'il n'y eut point de dispute.

En 1600. il fut reçû Maître ès
Arts , & on lui donna l'année suivante le soin d'instruire & de ca-
techiser les Etudians du Collège ; il
fut aussi choisi pour prêcher avec
deux autres devant le Vice-Roi & le
Conseil d'Etat, certains jours de la semaine. Il eut quelque scrupule de
le faire, avant que d'avoir reçu l'Or-
dination ; mais son oncle Archevêque d'*Armagh* le leva, en l'ordon-
nant Diacre & Prêtre le Dimanche
devant la Fête de Noël l'an 1601.
lorsqu'il n'avoit encore que 21. ans.

Il prêcha depuis avec beaucoup
d'ardeur. Il s'attachoit principalement aux controverses qui sont entre les Catholiques & les Protestans,
& attaquoit avec beaucoup de ve-
hemence la tolerance que l'on avoit
pour les Catholiques. On dit qu'un
jour il avoit pris pour texte ces paroles d'Ezechiel IV. 6. *Vous porte-*
rez l'iniquité de la Maison de Juda

J. USSE-
RIUS.

*pendant quarante jours ; je vous ai éta-
bli un jour pour une année* , & qu'il
appliqua ces paroles à l'Irlande en
disant qu'à compter depuis cette année où il prêchoit, qui étoit l'année 1601. dans quarante ans les Protestans d'Irlande porteroient l'iniquité de ceux qu'ils vouloient tole-
rer alors ; en effet les quarante ans
ne furent pas plûtôt échûs que les
Irlandois Catholiques firent un horrible massacre des Protestans, ce qui
arriva en 1641. *Smith* ne veut pas ga-
rantir ce fait , ni même attribuer à
Usserius la qualité de Prophete. Quand
il seroit vrai , on peut le regarder
comme l'action d'un jeune homme
qui veut prévenir ses Auditeurs par
quelque chose de merveilleux, & qui
rencontre juste par hazard , parce
qu'il y est déterminé par certaines
paroles de l'Ecriture qui lui sont tom-
bées sous la main.

L'Université de *Dublin* n'avoit point
encore de Bibliotheque bien formée.
Mais plusieurs personnes ayant contribué pour l'augmenter , il se trouva un fond de dix-huit cens livres
sterling, qu'on mit entre les mains de

Luc Challoner & d'*Ufferius* , pour J. Usse acheter les Livres qu'ils jugeroient à rius. propos. Ils firent pour cela un voya- ge en Angleterre en 1603. *Thomas Bodlei* , étoit alors occupé à former fa Bibliotheque , qui a été fameufe dans la fuite. *Ufferius* fit connoiffan- ce avec lui , & en tira de grandes lu- mieres pour la connoiffance des Li- vres.

Il retourna en Irlande , avec une ample moiffon. Trois ans après il fit encore le même voyage, pour y cher- cher les Livres & les Manufcrits qui lui manquoient pour étudier l'Hiftoi- re d'Angleterre.

En 1607. *Ufferius* fut reçû Bache- lier en Théologie , & auffi-tôt après *Abraham Loftus* Archevêque de *Du- blin* , le fit Chancelier de fon Eglife Cathedrale de S. Patrice. Ce Benefice étoit confiderable , & *Ufferius* refolut de n'afpirer à aucun autre ; mais fon merite le conduifit plus loin. La mê- me année il fut fait Profeffeur en Théologie , emploi dont il s'eft ac- quité avec beaucoup d'application pend nt treize ou quatorze ars.

En 1609. il fit un troifiéme voyage en Angleterre suivant sa coutume d'y aller tous les trois ans , & il s'y fit un grand nombre de nouveaux amis. A peine fut-il de retour dans sa Patrie, qu'on voulut le mettre à la tête du College de *Dublin* , mais la crainte d'être gêné dans ses études, & dans les voyages qu'elles l'obligeoient de faire, lui firent refuser cet honneur.

En 1612. il fut reçû Docteur en Théologie par le Docteur *Hampton*, Archevêque d'*Armagh*, & Vice-Chancelier de l'Université. Il n'avoit encore fait imprimer aucun Ouvrage; il resolut alors de commencer, & alla l'année suivante en Angleterre pour y en faire imprimer un. Il est intitulé.

1. *Gravissimæ Quæstiones de Christianarum Ecclesiarum in Occidentis præsertim partibus ab Apostolicis temporibus ad nostram usque ætatem continua successione & statu, Historica Explicatio. Londini* 1613. *in* 4º. It. *Hanover* 1658. *in* 8º. It. *Opus integrum ab Autore auctum & recognitum. Londini* 1687. *fol.* avec les Antiquitez des Eglises Britaniques. Les princi-

J. Usse-
rius.

pales difficultez que les Catholiques font aux Proteftans confiftent en ces deux chofes, que la Religion Proteftante eft nouvelle, & qu'elle n'a pas duré depuis les Apôtres jufqu'à nous, au lieu que la leur eft celle des Apôtres, & n'a point souffert d'interruption depuis leur fiecle jufqu'au nôtre. *Jean Juel*, Evêque de *Salifburi*, a tâché dans fon Apologie Latine pour l'Eglife Anglicane, imprimée à *Londres* en 1591. *in* 8º. de faire voir que les fentimens des Proteftans font conformes à ceux des Peres des fix premiers fiecles. *Ufferius* a voulu achever ce qu'il avoit commencé en montrant que depuis le VI. fiecle jufqu'à celui de la Reformation, c'eft-à-dire, pendant neuf cens ans, il y a toujours eu dans l'Occident des Eglifes qui ont été dans les fentimens des Proteftans. Cet Ouvrage eft affez imparfait dans l'édition de 1613. & dans celle de 1658. qui a été copiée fur elle; il eft fort augmenté dans celle de 1687. L'Auteur divife fon Ouvrage en trois parties, dont la premiere va depuis le VII. fiecle jufqu'au XI. que *Gregoire* VII. par-

J. Usse-
rius.

vint au Pontificat. La seconde devoit aller jusqu'à l'an 1370. mais
l'Auteur n'a pû la continuer que jusqu'à l'an 1240. La troisiéme, se seroit étendue jusqu'au siecle de la prétendue Reformation. Ainsi il s'en
faut beaucoup que cet Ouvrage soit
entier, & ce n'est que par une pure
tromperie qu'on a mis à la tête de la
derniere édition : *Opus integrum*, à
moins que ces mots ne signifient seulement qu'on a inseré en divers endroits les additions que l'Auteur y
avoit faites.

Richard Stanihurst oncle d'*Usserius*,
composa contre le Livre de son neveu un petit Ouvrage qui sembloit
par le titre devoir être suivi d'autres
plus considerables, qui n'ont pas cependant paru ; il a pour titre, *Richar-
di Stanihurstii, Hiberni Dubliniensis
brevis Præmonitio pro futura concerta-
tione cum Jacobo Usserio, qui in sua
historica explicatione conatur probare
Pontificem Romanum (Legitimum in
terris Christi Vicarium) verum & ger-
manum esse Anti-Christum. Duaci.* 1615.
in 8°. On voit par ce titre qu'il étoit
Catholique. Il mourut à *Bruxelles* en
1618.   *Usserius*

Uſſerius de retour en ſa patrie ſongea à ſe marier, & épouſa la fille
unique de *Jacques Challoner*, qui étoit
mort à *Dublin* le 27. Avril 1612. &
qui plein d'eſtime pour *Uſſerius* avoit
par ſon Teſtament recommandé à ſa
fille de n'avoir jamais d'autre époux,
ſi elle avoit deſſein de ſe marier.

Il y eut en 1615. en Irlande un
Parlement & une Aſſemblée du Clergé, où l'on dreſſa certains articles
touchant la Doctrine & la Diſcipli-
ne Eccléſiaſtique. Ce fut *Uſſerius* qui
eut ce ſoin, & ils furent ſignez par
le Chancelier d'Irlande, & par les
Orateurs de l'Aſſemblée des Evêques
& du Clergé. Le Roi *Jacques* les approuva auſſi, quoiqu'il y eut quelque
difference entre ces articles & ceux
de l'Egliſe Anglicane. Des perſonnes
mal intentionnées prirent neanmoins
de-là occaſion de ſemer des bruits fâ-
cheux contre *Uſſerius*. On l'accuſa
de Puritaniſme, ce qui n'étoit pas
une petite hereſie dans l'eſprit du
Roi, & l'on ſe ſervit de cet artifice
pour le rendre odieux, de même que
tous ceux qui étoient dans ſes ſentimens.

Tome V. K

J. USSE-
RIUS.

J. Usse-
rius.

Le peuple ne favoit pas à la verité
ce que fignifioit ce mot , & en quoi
confiftoit l'Herefie; mais il favoit que
le Roi haiffoit mortellement les Puritains , & cela fuffifoit pour lui faire
regarder ces Puritains comme des
heretiques très-dangereux. C'eft ce
qui obligea un Théologien d'Irlande
d'écrire en ce temps-là à *Ufferius* , qui
étoit paffé en Angleterre fur la fin de
l'an 1619. qu'il feroit à propos de
prier le Roi de définir le Puritanif-
me , afin que tout le monde pût reconnoître ceux qui étoient entichez
de cette herefie ; mais *Ufferius* n'eût
pas befoin de cette voye pour fe juf-
tifier. Quelques entretiens qu'il eut
avec le Roi à *Wefminfter*,& dans lefquels il lui expliqua fes fentimens fur
la Doctrine & la Difcipline de l'Eglife Anglicane , fatisfirent tellement ce
Prince , & le mirent fi bien dans fon
efprit , que l'Evêché de *Meath* en
Irlande étant venu à vaquer fur la fin
de l'année 1620. il le lui donna , &
dit même enfuite , qu'*Ufferius* étoit
un Evêque qu'il avoit fait , parce
qu'il l'avoit nommé, fans que perfonne l'en eut follicité.

Le premier Dimanche de Carême J. USSE-
de l'année suivante, *Usserius* prêcha RIUS.
devant la Chambre-Basse du Parlement assemblé à *Westminster*,& on fut
si content de son sermon, qu'on ordonna de le faire imprimer.

2. *Substance d'un Sermon sur le ver-
set* 17. *du chapitre* 10. *de la* 1. *Epitre de S. Paul aux Corinthiens :* Car
étant plusieurs, nous ne sommes tous
qu'un seul pain & un seul corps,
nous qui participons tous à un même pain. (*En Anglois.*) *Londres in
4o. 1621. &* 1631.

Il ne fut pas plutôt de retour en
Irlande la même année 1621. qu'il se
fit sacrer Evêque par *Hampton* Archevêque d'*Armagh.* Il se crut alors
plus que jamais obligé de prêcher &
d'instruire son peuple ; & ce fut pour
faire connoître à tout le monde les
dispositions où il étoit sur ce sujet,
qu'il fit graver sur le Sceau Episcopal
ces paroles de S. Paul , *Malheur à
moi si je ne prêche l'Evangile ;* paroles
qu'il conserva après qu'il eut été
transferé à l'Archevêché d'*Armagh.*

Il publia peu de temps après l'Ouvrage suivant.

J. Usse-
rius.

3. *De la Religion des anciens Irlan-*
dois & Bretons. (en Anglois) imprimé à la fin d'un Ouvrage de *Christo-*
phe Sibthorp sur le même sujet, à *Du-*
blin 1622. *in* 4o. & réimprimé à
Londres en 1631. *in* 4o. *Richard*
Parr, & après lui M. *le Clerc,* se sont
trompez en comptant cette édition
de 1631. pour la premiere. *Usserius*
pretend montrer dans cet Ouvrage,
que l'ancienne Religion d'Irlande &
des peuples qui habitent le Nord de
l'Ecosse & de l'Angleterre, étoit à
l'égard des points essentiels la même
Religion qui est presentement établie
en Angleterre, & qu'elle étoit fort
differente de celle des Catholiques
Romains.

Il fut ensuite honoré de la Charge
de Conseiller d'Etat. On l'engagea
depuis à faire un discours à quelques
personnes de qualité de la Religion
Catholique, pour les porter à faire le
serment de *Supremacie* & d'*Allegean-*
ce qu'ils refusoient de prêter. Ce difcours a été imprimé sous ce titre:

4. *Discours prononcé dans le Châ-*
teau de Dublin pour l'instruction de quel-
ques Officiers qui refusent de prêter le

ſerment de Supremacie. (En Anglois] J. Usse‐
Londres in 4°. 1623. *&* 1631. Le rius.
Roi *Jacques* I. écrivit à *Uſſerius* pour
le remercier de ce diſcours qu'il lui
avoit envoyé, & cette Lettre a été
imprimée à la ſuite du diſcours mê‐
me.

En 1623. *Uſſerius* fit un nouveau
voyage en Angleterre , pour recueil‐
lir les materiaux neceſſaires pour l'ou‐
vrage qu'il méditoit ſur les Egliſes
d'Angleterre, d'Ecoſſe , & d'Irlande.
Il eut l'honneur en cette occaſion de
prêcher devant le Roi & ſa Cour.
Ce Sermon eſt imprimé.

5. *Sermon ſur le* 13e *verſet du* 4e *cha‐
pitre de l'Epitre de S. Paul aux Ephe‐
ſiens.* Juſqu'à ce que nous parvenions
tous à l'unité d'une même Foy &
d'une même connoiſſance du Fils de
Dieu , à la meſure de l'âge & de la
plenitude, ſelon laquelle Jeſus-Chriſt
doit être formé en nous. [En An‐
glois) *Londres* 1625. *in* 4°.

Il publia la même année un Ouvra‐
ge intitulé :

6. *Réponſe au défi d'un Jeſuite Ir‐
landois , où l'on fait connoître les ſenti‐
mens de l'ancienne Egliſe ſur les dog‐*

J. Usse-
RIUS.

*mes controversez , & les innovations de
la doctrine de l'Eglise Romaine d'apre-
sent. (* En Anglois*) Londres in* 4°.
1625. *&* 1631. Cet ouvrage est contre le P. *Guillaume Malon ,* qui répondit à cet ouvrage en 1628. *Usserius* a mis à la fin un Catalogue des
Auteurs qu'il avoit cité , selon l'ordre chronologique , dans lequel cependant il n'a pas affecté d'être parfaitement exact. Il reservoit cette
exactitude pour un plus grand ouvrage , qu'il vouloit intituler *Bibliotheque Theologique* , & où il devoit
donner un détail de tout ce qui regardoit les anciens Auteurs Ecclesiastiques. Il avoit fait de grands recueils pour cela ; mais d'autres occupations , les malheurs de l'Irlande &
les guerres civiles de l'Angleterre ,
l'empêcherent d'achever ce qu'il avoit
commencé. Il ordonna en mourant
qu'on remit son Manuscrit entre les
mains de *Gerard Langbaine* Docteur
en Theologie , pour le mettre en ordre , suppléer à ce qui y manquoit &
le mettre au jour. Ce savant homme
s'engagea d'abord dans cet utile travail; mais sa mort arrivée en Fevrier

1657. ſuivant la maniere de compter d'Angleterre, l'empêcha de rien finir. On voit encore dans la Biblio-
theque Bodleienne à *Oxford* le MS.
d'*Uſſerius*, qui eſt en deux volumes
in fol. & que perſonne n'a encore entrepris d'achever ; peut-être parce
que l'ouvrage que *Cave* a donné ſur
le même ſujet, a rendu celui d'*Uſſerius* moins neceſſaire.

Uſſerius étoit encore en Angleterre,
lorſque *Chriſtophe Hampton* Archevêque d'Armagh, mourut le troiſiéme Janvier 1624. ſelon le ſtile d'Angleterre, ou 1625. ſelon le nôtre.
Le Roi ne balança pas ſur le choix
de ſon ſucceſſeur. Il conféra auſſi-
tôt l'Archevêché à *Uſſerius*. Ce nouveau Prelat ſongea alors à retourner
en Irlande ; mais une fiévre quarte
qui lui ſurvint, le retint encore neuf
mois en Angleterre, & il ne put y
être qu'au mois d'Aouſt 1626.

L'Hyver qui ſuivit l'arrivée d'*Uſſerius* en Irlande, on mit encore ſur le
tapis l'affaire de la Tolerance des
Catholiques Romains. Les circonſtances des temps ſembloient la demander. On avoit beſoin de trou-

pes pour empêcher les mécontens de remuer dans le commencement d'un Regne ; (car *Jacques* I. étoit mort le 6 Avril 1625. & *Charles* I. lui avoit succedé,) & il falloit que chacun contribuât pour les entretenir. Mais comment y engager les Catholiques qui faisoient le plus grand nombre, si l'on n'adoucissoit les loix penables établies contr'eux ? C'est aussi ce que souhaitoit le Lord *Falkland*, Deputé du Roi en Irlande. Il convoqua pour cela une Assemblée de toute la Nation. Mais les Evêques convoquez de leur côté par *Usserius* leur Primat, s'opposerent avec chaleur à la Tolerance, & firent leurs protestations contre. *Usserius* agit même avec tant d'ardeur dans cette affaire, qu'il détermina enfin les Seigneurs Protestans à n'accorder aucune faveur aux Catholiques ; cela fut cause que malgré les instances de ce Prelat pour les engager à contribuer à la défense de l'Etat, ils refuserent de le faire.

Ces soins & ces embarras n'occupoient pas tellement *Usserius*, qu'il oubliât entierement les sciences qui
avoient

avoient été fa premiere paffion. Il J. Usse-
amaffoit de toutes parts des Livres rius.
& des Manufcrits qu'il faifoit chercher jufques dans l'Orient, & donnoit tous les momens que les affaires
& les fonctions de fa Charge lui laif-
foient libres à l'étude & au travail.
On en vit des fruits en 1631. dans
l'Ouvrage fuivant.

7. *Gottefchalci & Prædeftinatianæ
Controverfiæ ab eo motæ Hiftoria. Dublini. 1631. in 4°. It. Hanov. 1662.
in 8°.* C'eft le premier Livre Latin
qu'on ait jamais imprimé en Irlande.

Il publia l'année fuivante un autre
Ouvrage, qui a pour titre :

8. *Veterum Epiftolarum Hibernicarum
Sylloge, quæ partum ab Hibernis partim
ad Hibernos partim de Hibernis vel, rebus Hibernicis funt confcriptæ. Dublini
1632. in 4°. It. Paris, 1665. in 4°.*
Les Lettres de ce Recueil ont été
écrites depuis le Pontificat de faint
Gregoire Pape, jufqu'à la fin du douziéme fiecle ; quelques-unes avoient
déja paru, mais il y en a plufieurs qui
n'avoient pas encore été données au
public. On peut y apprendre bien des
chofes fur les antiquitez de l'Irlande.

Tome V. L

J. Usse-
rius.

Le Parlement d'Irlande étant prêt à s'assembler en 1634. il s'éleva une dispute sur la préséance entre les Archevêques d'*Armagh* & de *Dublin*. Mais *Usserius* fit voir si clairement le droit qu'il avoit de préceder l'Archevêque de *Dublin*, que l'affaire fût jugée en sa faveur.

Après avoir été quelque temps sans rien donner au Public, il publia un nouvel ouvrage intitulé :

9. *Corps de Theologie*, ou *Traité de l'Incarnation de Jesus Christ* (en Anglois) *Dublin* 1638. in 4°. It. *Oxford* 1643. It. *Londres* 1645. & 1648. c'est un Livre excellent.

Il donna ensuite.

18. *Britannicarum Ecclesiarum Antiquitates, quibus inserta est pestifera adversus Dei gratiam à Pelagio Britanno in Ecclesiam inductæ Hæreseos Historia. Dublinii* 1639. *in* 40. 2ᵃ. *Editio Autoris manu passim aucta. Londinii* 687. *fol.* Tous ceux qui ont écrit l'Histoire Ecclesiastique des Bretons & des Saxons se sont servis de cet ouvrage. On y voit bien des fables ; ce qui a fait dire au Chevalier Mackensye dans ses Historiens d'Ecosse, que ce

n'étoit qu'*un amas confus de fables & de fadaiſes.*

En 1640. *Uſſerius* fit un voyage en Angleterre avec ſa famille, dans le deſſein de retourner bien-tôt en Irlande, mais les troubles qui ſurvinrent ne le lui permirent pas. Les Puritains commençoient à remuer, & on reconnut bientôt dans le Parlement qui s'aſſembla ſur la fin de cette année à *Weſtminſter* qu'ils executeroient le deſſein qu'ils avoient d'abolir l'Epiſcopat. *Uſſerius* plia un peu en cette occaſion, & pour le bien de la paix conſentit à quelque réformation par rapport aux differens ordres de l'Egliſe. On publia même les avis qu'il avoit donnés au Parlement & le Sermon qu'il avoit prêché devant la Chambre Baſſe ſur ce ſujet ; mais il prétendit que ces deux pieces étoient entierement défigurées, ainſi il ne voulut pas les reconnoître pour ſon ouvrage & les fit ſupprimer par l'autorité de la Chambre Baſſe.

On a prétendu qu'il porta l'année ſuivante le Roy à ſigner la condamnation du Comte de *Strafford*, mais les Auteurs de fa vie *Parr* & *Smith* l'en juftifient amplement.

Deux ouvrages qu'il publia en 1641. firent connoître fes veritables fentimens fur l'Epifcopat. Le premier eft.

11. *De l'Origine des Evêques & des Metropolitains* (en Anglois) *Oxford* 1641. *in* 40. Ufferius y fait voir que l'inftitution de l'Epifcopat a été fait fur le modele du Gouvernement de l'Eglife Judaïque , & que comme les Sacrificateurs étoient chez les Juifs d'un ordre fuperieur aux Levites , il en eft de même des Evêques chez les Chrétiens par rapport aux Prêtres.

12. *Differtation fur l'Afie Lydienne ou Proconfulaire & les fept Metropolitains qui y étoient* (en Anglois) *Oxford* 1641. *in* 4°. It. *Nouvelle Edition corrigée & augmentée. Oxford* 1643. *in* 40. Ces deux petits ouvrages ont été traduits en Latin & imprimez avec quelques autres pieces de même genre écrites par differens Aueteurs , à *Londres* 1687. *in* 80.

Sur la fin de l'année 1641. les Catholiques d'Irlande prirent les armes, s'emparerent de la plûpart des Villes,

& firent pendant deux mois un maſ-
ſacre ſi horrible de tout ce qu'ils pû-
rent trouver de Proteſtans, qu'il en
périt plus de cent cinquante mille.
Uſſerius perdit dans cette occaſion
tous ſes biens, il n'y eut que ſa Bibliotheque qui fut ſauvée du pillage,
parce que la Ville de *Droghedah* où
elle étoit ne pût être alors forcée. Il la
tranſporter dans la ſuite en Angleterre.

Réduit ainſi à un triſte état, il ſe
vit prêt à manquer du neceſſaire. Le
Roy Charles I. pour le dédommager
un peu de ſes pertes, lui donna en
Commande l'Evêché de *Carliſle*
qui vint alors à vaquer par la mort
de *Potter*; mais l'armée Ecoſſoiſe qui
étoit entrée en Angleterre, étoit ſi
proche de cette Ville, qu'il ne pouvoit pas en retirer grand revenu. Les
Anglois revoltés eurent pitié de ſon
ſort, & l'eſtime qu'ils avoient pour
ſa vertu les engagea à lui aſſigner une
penſion de quatre cent livres ſterlin;
mais cette penſion ne fut pas payée
long-temps.

Les Etrangers prirent auſſi part à
ſes malheurs. Le Docteur *Bernard* aſ-

L iij

J. Usse-
Rius.

sure que le Cardinal de *Richelieu* lui
offrit une retraite en France, où il
auroit la liberté de professer sa Religion, & une grosse pension. *Smith*
révoque ce fait en doute ; ce qu'il y
a de sûr, c'est que ce Cardinal envoya à *Usserius* une Medaille d'or
avec son portrait, & que dix ans
après la Reine *Anne* d'Autriche le
fit solliciter de venir en France. Les
Curateurs de l'Université de *Leyde*
lui offrirent aussi, selon M. *Bernard*,
une pension considerable, avec le titre de Professeur honoraire, s'il vouloit se rendre en Hollande. C'est un
fait que *Smith* révoque encore en
doute.

Usserius avoit demeuré jusques-là à
Londres; mais le Roy en étant sorti,
il en sortit aussi & alla demeurer à
Oxford. Ce fut dans cette Ville qu'il
publia l'ouvrage suivant.

13. *Polycarpi & Ignatii Epistolæ
Græce & Latine, cum dissertatione de
eorum scriptis, deque Apostolicis Cano-
nibus & Constitutionibus Clementi tri-
butis. Oxonii. 1644. in 4º.*

Comme les affaires du Roy alloient,
toûjours de plus en plus en déroute,

& qu'on menaçoit d'affieger *Oxford,*
Ufferius crut devoir en fortir, & fe
retirer à *Cardiffe* dans le Pays de Gal-
les chez le Chevalier *Tyrrel* fon gendre, qui étoit Gouverneur de cette
Ville. Il demeura fix mois dans cette
retraite, où il trouva du repos, & fe
remit de nouveau à l'étude.

Il paffa de là au Château de S.
Donat, invité à cela par la Dame du
lieu, mais en y allant il fut fort mal
traité par les Habitans des montagnes; on lui enleva fes livres & fes
papiers qu'il eut bien de la peine à
recouvrer, & dont il perdit même
quelques-uns qui contenoient des remarques touchant les Vaudois, & qui
devoient lui fervir à continuer fon
livre de la Succeffion des Eglifes
Chrétiennes.

Il eut le plaifir de trouver à S.
Donat une Bibliotheque nombreufe
& choifie; mais une maladie qui le
mit à l'extrémité un mois après fon
arrivée en ce lieu, l'empêcha d'en retirer les avantages qu'il en efperoit.
Dès qu'il eut recouvré la fanté, la
Comteffe de *Peterborough* l'invita à fe
rendre à *Londres,* l'affurant de fa

J. Usse-
rius.

protection. Il crut devoir répondre à ses offres, & il n'eut point depuis d'autre maison que la sienne.

En 1645. la Societé des Avocats, dite de *Lincoln*, le choisit pour son Prédicateur avec l'agrément des Parlementaires, qu'elle eut cependant bien de la peine à obtenir, & lui assigna une pension honnête.

Se trouvant alors un peu tranquille il publia.

14. *Appendix Ignatiana. Londini* 1647. *in* 4º. On voit dans cet Appendix une nouvelle édition des Lettres veritables de S. Ignace avec une nouvelle version latine, quelques pieces qui ont rapport à S. Ignace, & des remarques où *Usserius* fait voir la verité de ces Lettres, & éclaircit plusieurs points d'Antiquité.

15. *De Romanæ Ecclesiæ Symbolo Apostolico vetere, aliisque fidei formulis, tum ab Occidentalibus, tum ab Orientalibus in prima Catechesi & Baptismo proponi solitis. Londini* 1647. *in* 4º. *It.* Avec les Annales de l'ancien & du nouveau Testament. *Geneva* 1722. *fol.*

16. *De Macedonum & Asianorum*

AnnoSolari differtatio. Londini 1648. J. Ussе-
in 8o. *It.* Avec les Annales de l'an- RIUS.
cien & du nouveau Teftament. *Ge-*
neva 1722. *fol. Ufferius* fait voir dans
cet Ouvrage le rapport des mois des
Années Solaires des Macedoniens &
des Peuples de l'Afie, avec les mois
des Romains.

Le parricide des Anglois à l'égard
du Roi *Charles* I. fit une impreffion
fort vive fur l'efprit d'*Ufferius* ; il
étoit monté fur la terraffe de la Maifon de la Comteffe de *Petterborough*,
qui étoit près de *White-hall*, pour
voir cette fanglante tragedie ; mais il
ne put en foutenir la vûe, il tomba
en foibleffe, de forte qu'on fut obligé de le porter dans fon lit, & qu'on
eut bien de la peine à le faire revenir.

Vers le milieu de l'année 1650. il
acheva la premiere partie de fes Annales, dont il donna la fuite quatre
ans après.

17. *Annalium pars prior à tempo-*
ris Hiftorici principio, ufque ad Mac-
cabaicorum initia producta, una cum
rerum Afiaticarum & Ægyptiarum
chronico. Londini, 1650. fol. Pars
pofterior, in quà præter Maccabaicam

Mém. pour servir à l'Histoire

& novi Testamenti historiam, Imperii Romanorum Cæsarum sub C. Julio & Octaviano ortus, rerumque in Asia & Ægypto gestarum continetur chronicon, ab Antiochi Epiphanis exordiis, usque ad Imperii Vespasiani initia, atque extremum Templi & Reip. Judaicæ excidium deductum Londini. 1654. *fol.* Les deux parties de cet Ouvrage ont ensuite paru ensemble sous le titre de *Annales veteris & Novi Testamenti. Parif.* 1673. *fol.* It. *Geneva* 1722. *fol.* On a joint à cette derniere édition trois Opuscules d'*Usserius* qui avoient déja paru, & sa vie par *Thomas Smith.* On trouve dans ces Annales tout ce qu'on peut souhaiter dans une Histoire Universelle, exacte & judicieuse. C'est le jugement de M. le Clerc.

On vit ensuite paroître quelques autres Ouvrages d'*Usserius.*

18. *Epistola ad Ludovicum Capellum de Textus Hebraici variantibus Lectionibus. Londini* 1652. *in* 4°.

19. *De Græca Septuaginta interpretum versione Syntagma ; cum Libri Esthera editione Origenica, & Vetere Græca altera. Londini* 1655. *in* 4°. II

a joint à cet Ouvrage , *De Cainane* J. Usse-
in vulgata LXX. interpretum editione RIUS.
ſuperaddito Diſſertatio , avec la Lettre
precedente , & une autre que *Guillaume Eyre* lui avoit écrite en 1607.

La réputation d'*Uſſerius* fit naître
à *Cromwel* l'envie de le voir. Ce
Prelat ſe rendit donc chez le Protecteur , qui après l'avoir reçû avec aſſez
de civilité , lui promit de le dedom-
mager d'une partie des pertes qu'il
avoit faites en Irlande. Mais il ne lui
tint point parole , non plus que ce
qu'il lui promit enſuite , qu'on ne
moleſteroit plus le Clergé Epiſcopal ,
comme on avoit fait juſqu'alors.
Uſſerius avoit tiré cette promeſſe dans
une viſite qu'il avoit rendue à *Cromwel*; il fut obligé pour l'en faire reſ-
ſouvenir , de lui en rendre une ſeconde; mais *Cromwel* lui declara net-
tement qu'il ne pouvoit pas accorder
la liberté de conſcience à des gens
qui étoient ennemis jurez de ſon gouvernement , & qui travailloient ſans
ceſſe à le détruire.

Uſſerius ne vêcut pas long-temps
après cela , car étant tombé malade
le 20 Mars 1655. d'une pleureſie que

J. Usse-
rius.

les Medecins ne connurent point, il mourut le jour suivant à *Rygate*, dans une maison de campagne de la Comtesse de *Peterborough*, dans le Comté de *Surrey*, âgé de 75 ans. Il avoit été 56 ans dans les Ordres, pendant lesquels il n'avoit presque point cessé de prêcher ; quatorze ans Professeur en Theologie dans l'Université de *Dublin* ; quatre ans Evêque de *Meath*, & trente-un Archevêque d'*Armagh*.

Le Chevalier *Tyrell* son gendre, & la Comtesse de *Peterborough*, étoient convenus de le faire enterrer décemment, mais sans pompe, dans le tombeau des *Hovvards*, de la famille desquels elle étoit. Mais *Cromvvell*, soit pour plaire au peuple dont il savoit qu'*Usserius* étoit fort aimé, soit à la persuasion de *Nicolas Bernard* qui avoit beaucoup de credit auprès de lui, voulut qu'on l'enterrât solemnellement à *Westminster*, dans la Chapelle de S. *Erasme*, quoiqu'il ne voulut point se charger des frais des funerailles, qu'il fit prendre sur les aumônes destinées au soulagement des pauvres.

Il fit auſſi une choſe qui cauſa beaucoup de dommage à ſes heritiers. C'eſt qu'il leur défendit de vendre la Bibliotheque ſans ſon conſentement. Il y avoit plus de dix mille volumes, & l'on en avoit refuſé des ſommes conſiderables du Roi de Danemarc & du Cardinal Mazarin, qui avoient voulu l'acheter. Mais *Cromvvel* obligea les heritiers de la vendre beaucoup mbins qu'elle ne valoit à l'armée qu'il avoit en Irlande, dont les chefs s'étoient cottiſé pour l'acheter afin d'en faire preſent à l'Univerſité de *Dublin*. Elle fut cependant long-temps à l'abandon dans les chambres du Château de cette Ville, ce ne fut qu'en 1661. qu'on la joignit à la Bibliotheque de l'Univerſité par ordre du Roy *Charles II*.

Les Ouvrages d'*Uſſerius* qui parurent après ſa mort ſont ceux-ci :

20. *Chronologia Sacra. Oxonii* 1660. *in* 40. It. avec les Annales de l'ancien & du nouveau Teſtament. *Geneve* 1722. *in fol.* Cette chronologie éſt imparfaite, parce que l'Auteur eſt mort pendant qu'il y tra-

J. Usse-
rius. vailloit. Il semble qu'il s'y étoit proposé d'y rendre raison de la disposition de ses Annales.

21. *Historia Dogmatica Controver-*
siæ inter Orthodoxos & Pontificios de
scripturis & Sacris vernaculis. Ac-
cessere ejusdem Dissertationes duæ de
Pseudo-Dionysii scriptis, & de Epis-
tola ad Laodicenos. Descripsit, digessit,
& Notis atque Auctuario locuple-
tavit Henricus Wharton. Londini
1690. *in* 4°.

22. *Bernard* avoit donné en 1658.
un Recueil de diverses pieces Angloises sur des points de Theologie,
qui ne meritoient pas de voir le jour,
selon *Smith.*

23. Il a paru aussi en 1661. un
ouvrage de sa façon de la puissance
des Rois, & de l'obéissance des sujets, qui s'étoit perdu pendant sa vie,
mais qu'on a retrouvé après sa mort.

24. Ses Lettres au nombre de trois
cens ont été publiées par *Richard*
Parr. à *Londres* en 1686. *in fol.* avec
sa vie.

On a trois vies de ce savant homme. La premiere recueillie des differens Auteurs, mais principalement

de *Nicolas Bernard* qui avoit été ſon
Chapelain, & que *Cromwel* à qui
il ſauva la vie dans la priſe de la
Ville de *Drogheda* fit enſuite ſon Au-
monier. La deuxiéme beaucoup plus
longue eſt de *Richard Parr*, qui étoit
Chapelain d'*Uſſerius*, lorſqu'il mourut. La troiſiéme a été écrite par
Thomas Smith; elle eſt plus longue &
plus exacte que les deux autres dont
elle corrige pluſieurs fautes. Elle ſe
trouve dans le livre intitulé : *Vitæ*
quorumdam eruditiſſimorum Virorum.
Londini 1707. *in* 4°. & dans l'édition des Annales de l'ancien & du
nouveau Teſtament faite à *Geneve* en
1722.

ANDRE' VESAL.

L A famille *des Veſal* tire ſon origine de *Veſel* Ville du Duché de
Cléves, & a été feconde en Medecins.
Jean Veſal, biſayeul de celui dont j'ai
deſſein de parler fut Medecin de *Marie*
de Bourgogne feule heritiere de cette
Maiſon, & premiere femme de *Ma-*
ximilien I. qui fut après ſa mort Roy

A. VESAL des Romains & Empereur. Il alla
dans sa vieillesse demeurer à *Louvain*
pour y pratiquer la Medecine avec
plus de tranquillité. *Everard Vesal*
son ayeul a fait des Commentaires
sur les livres de *Rhasis*, & sur les
quatre premieres sections des Apho-
rismes d'*Hipocrates*, & étoit fort
habile dans les Mathematiques. *André Vesal* son pere étoit Apoticaire
de l'Empereur Charles Quint.

André Vesal dont j'ai à parler nâquit à *Bruxelles* l'an 1512. On ne
convient pas du jour de sa naissance. Les uns la mettent le 19 ou
le 31. Decembre, d'autres comme
Castellanus & *Swertius* le 30 Avril.
Son pere voyant en lui beaucoup de
disposition pour les sciences, prit
un grand soin de son éducation. Il
fit ses Humanitez, & sa Philosophie
à *Louvain*, & il fit juger dès lors
qu'il iroit loin dans la connoissance
du corps humain. Car il se diver-
tissoit souvent à faire des dissections
de rats, de taupes, de chats & de
chiens, & à examiner leurs en-
trailles.

Il vint ensuite à *Paris* étudier en
Medecine

Medecine ſous *Jacques Sylvius*. Il s'y A. VESAE
attacha principalement à l'Anato-
mie, qui étoit devenue une ſcience
preſque inconnue ; car quoi qu'on
eut autrefois diſſequé des corps, on
en avoit perdu l'uſage ; on regardoit
même cette diſſection comme un ſa-
crilege ; & on voit une conſultation
que l'Empereur *Charles-Quint* fit faire aux Theologiens de *Salamanque*,
pour ſavoir ſi en conſcience on pouvoit diſſequer un corps humain pour
en connoître la ſtructure.

Après s'être perfectionné dans
cette ſcience, il en fit des leçons
aux autres ; il alla enſuite à *Louvain*
faire part des connoiſſances qu'il
avoit acquiſes. Il ne crut pas cependant devoir ſe borner à cette
Ville, il fit des démonſtrations Ana-
tomiques dans pluſieurs Villes d'I-
talie, comme à *Boulogne* & à *Piſe*.

Vers l'an 1537. la Republique de
Veniſe lui donna une chaire dans
l'Univerſité de Padoue, où il enſeigna l'Anatomie pendant ſept ans.
L'Empereur *Charles-Quint* ayant entendu parler de lui le choiſit pour
ſon Medecin ; qualité qu'il eut auſſi

Tome V. M

A. Vesal auprès de *Philippe* II. Roy d'Espagne.

Son habileté & les cures merveil-
leuses qu'il fit à la Cour lui acquirent bien tôt une grande réputation.
M. *de Thou* cite à son sujet ce trait
singulier; *Maximilien d'Egmont* Comte de *Buren* grand General & favori
de l'Empereur étant malade, *Vesal*
lui déclara qu'il n'en pouvoit revenir, & qu'il n'iroit que jusqu'à une
certaine heure qu'il lui marqua. Le
Comte persuadé de la verité de ses
paroles, & voyant le moment pré-
dit s'approcher fit inviter ses amis à
un grand festin; il se mit à table
avec eux, leur fit après le repas à
chacun de riches presens, leur dit
le dernier adieu avec un esprit tranquille, & s'étant ensuite remis au
lit, expira précisement au moment
que *Vesal* avoit marqué.

Sa réputation ne faisoit qu'augmenter de jour en jour, lorsque tout
d'un coup il forma le dessein de
faire un voyage dans la Palestine.
On a fort raisonné sur les causes qui
l'y déterminerent. *Hubert Languet*
dans une lettre à *Caspar Peucer* dit

que *Veſal* croyant qu'un Gentilhomme Eſpagnol qu'il traitoit dans ſa
maladie étoit mort, demanda à ſes
parens la permiſſion d'en faire l'ouverture ; ce qui lui ayant été accor-
dé, il n'eut pas plûtôt enfoncé le
raſoir dans ſon corps, qu'il y re-
marqua des ſignes de vie, & ayant
ouvert la poitrine, il y vit le cœur
palpitant. Les parens du défunt
l'ayant ſçû, ne ſe contenterent pas
de le pourſuivre comme meurtrier;
ils l'accuſerent encore d'impieté devant l'Inquiſition, dans l'eſperance
que *Veſal* ſeroit puni avec plus de
rigueur par les Juges de ce Tribu-
nal. Comme la faute de *Veſal* étoit
notoire, l'Inquiſition vouloit l'en
punir ; mais le Roy d'Eſpagne par
ſon autorité, ou plûtôt par ſes prieres le tira de ce danger à condition
cependant qu'il expieroit ſon crime
par un Pelerinage à la Terre Sainte;
c'eſt là un pur conte que d'autres
ont tourné autrement. Ainſi *Lanciſi*
dans ſon ouvrage *des Morts ſubites*,
dit que *Veſal* ayant été appellé pour
ouvrir le corps d'une femme qu'on
croyoit être morte ſubitement, ne

M ij

A. VESAL s'apperçût de l'erreur que par le cri qu'elle poussa lorsqu'il lui enfonça le couteau ; & que la honte & le chagrin qu'il en eut furent si grands, qu'il en mourut de melancolie. *Jean Metel* prétend qu'il n'entreprit ce voyage que pour s'enrichir, & pour satisfaire l'ardeur insatiable qu'il avoit pour les richesses, comme si le voyage de Jerusalem avoit été un moyen propre pour cela. Ce sont là des calomnies inventées par ses ennemis. Il est plus probable que les chagrins & les traverses que lui procurerent ses envieux qui ne pouvoient souffrir son merite & l'estime qu'on faisoit de lui, aussi bien que ceux qui étoient attachez à la Doctrine de *Galien* qu'il censuroit sans aucun menagement, & les efforts qu'ils faisoient pour le détruire dans l'esprit du Prince le dégouterent de la Cour, & lui firent former un dessein aussi extraordinaire ; *Jean Imperialis* est de ce sentiment. *Swertius* en trouve une autre cause dans sa propre maison, que l'humeur imperieuse & querelleuse de sa femme lui rendoit insupportable. D'autres

l'attribuent à un vœu qu'il avoit A. VESAE
fait depuis long-temps, ce pouvoit
être là un prétexte dont il se servoit
pour ne point faire connoître les
veritables raisons qui le faisoient
agir.

Il partit avec *Jacques Malatesta
de Rimini*, General de l'armée des
Venitiens, & alla avec lui en *Chypre*, d'où il passa à *Jerusalem*. Mais
comme il en revenoit à l'invitation
du Senat de *Venise*, qui l'avoit nommé pour remplir la place de *Fallope*
Professeur de Padoue mort en 1563.
il fut jetté par les vents contraires
dans l'isle de *Zante*, où son vaisseau fit naufrage. Après y avoir
erré quelque temps dans des lieux
deserts, & y avoir souffert les dernieres extremitez de la faim, il finit
miserablement sa vie, privé de tout
secours le 15. Octobre 1564. âgé de
52. ans, & non pas de 58. comme
il est marqué dans son Epitaphe,
qu'a suivi le *Dictionnaire de Morery*.
Son corps ayant été reconnu par
un Orfevre qui aborda par hazard
en ce lieu quelque temps après, fut
enterré par ses soins dans l'Eglise de

A. VESAL *Sainte Marie* , qui eſt dans cette
Iſle.

Veſal a paſſé avec raiſon pour le
reſtaurateur de l'Anatomie, M. de
Thou dit qu'étant à *Paris* il fit un
eſſai ſingulier de ſon habileté en ce
genre : car ayant les yeux bandez, il
défia qu'on pût le tromper aux os
d'un homme , &aſſura que quelque
os qu'on lui preſentât , il le nomme-
roit auſſi-tôt , ce qu'il fit effectivement.

Etant à *Baſle* en 1542. il fit pré-
ſent à l'Academie de cette Ville d'un
ſquelette humain qu'il avoit préparé
lui-même ; on le voit encore dans
l'Auditoire de Medecine avec une
longue inſcription.

Catalogue de ſes Ouvrages.

1. *De humani corporis fabrica libri VII. Baſileæ* 1543- 1555- 1563.
*in fol. Cum elegantiſſimis ligno inciſis
iconibus. It. Venetiis* 1568. *in fol.
It. Lugduni* 1552. *in 16. ſive figuris* 2. *tom. It. Amſtelodami* 1617. Cet
ouvrage que *Veſal* compoſaà l'âge
de dix-huit ans lui acquit la reputation du plus Savant de tous les
Auteurs qui euſſent écrit ſur l'Anatomie.

2. *Epitome librorum de humani cor-* A. VESAL. *poris fabrica. Cum iconibus elegantis-simis. Basileæ* 1543. *in fol. Parisiis* 1560. *in* 8°. *Witteberga* 1582. *in* 80. *sine figuris. Coloniæ Agrip.* 1600. *in folio.*

3. *Anatomicarum Gabrielis Fallo-pii observationum examen, magni hu-mani corporis fabricæ operis Appen-dix. Venetiis* 1564. *in* 40. *It. Ha-noviæ* 1609. *&* 1610. *in* 80. Cette derniere édition est un abregé fait par *Jean Geffenius.*

4. *Epitome Anatomica, cui acces-sere notæ & Commentaria Petri Paaw. Amstelodamensis. Lugd. Bat.* 1616. *in* 40. *Amstelodami. Cum iconibus* 1617. *in fol. It. cum annotationibus Nicolai Fontani Amstelodami* 1642. *in fol.*

5. *Epistola docens venam Axilla-rem dextri cubiti in dolore laterali se-candam, & melancolicum succum ex venæ portæ ramis ad sedem pertinen-tibus purgari. Basileæ* 1539. *in* 40.

6. *Chirurgia magna in septem libros digesta, à Prospero Borgarutio recogni-ta, emendata, ac in lucem edita. Ve-netiis* 1569. *in* 80. *Prosper Borgarucci*

A. Vesal Medecin Italien ayant trouvé à *Paris* le manuscrit de la grande Chirurgie de *Vesal*, l'acheta & le fit imprimer avec ses corrections.

7. *De Radice Chinæ Epistola in lucem edita à Francisco Vesalie fratre. Venetiis* 1542. *in* 80. *Basileæ* 1543. *in* 80. *&* 1546. *in fol.*

8. *Paraphrasis in librum IX. Rhazæ ad Regem Almansorem, de Affectuum singularum corporis partium curatione. Basileæ* 1537. *in* 8°. *Lugduni* 1551. *in* 16. *Wittebergæ* 1587. *in* 8°. Ce livre passe pour supposé, & plusieurs croyent que *Vesal* n'en est pas l'Auteur.

9. *Consilium pro Terræ-novæ Ducis Fistula, ex levi axilla in Thoracis concavum pervia. Venetiis* 1568. *in* 40. avec un ouvrage de *Jean Philippe Ingrassias* intitulé : *Quæstio de Purgatione per Medicamentum.*

10. *Consilium pro visu partim depravato, partim abolito. Basileæ* 1583. *in fol.* Dans l'*Appendix* des Conseils de *Montanus.*

11. *De Arthritide consilia quædam. Francof.* 1592. *in* 80. Dans l'ouvrage d'*Henri Garetius* sur la Goutte.

12.

12. *Confilia aliquot Medica apud* A. VESAL. *Scholtzium. Francofurti* 1598. *in fol.*

13. Il a traduit auffi en Latin quelques ouvrages de *Rhafis* : Mais comme il ne favoit pas la Langue Arabe, il a très-mal réuffi dans cette verfion.

V. *Melchior Adam Vitæ Med. Ger. Swertii Athenæ Belgicæ. Joan. Imperialis Mufæum. Caftellani vitæ Med. Lindenius renovatus.*

JOSEPH ANTELMI.

JOSEPH *Antelmi* nâquit à *Frejus* le 25. Juillet 1648. Après fes études faites il fut pourvû d'un Canonicat de la Cathedrale de cette Ville par la démiffion de *Pierre Antelmi* fon oncle. Un petit ouvrage qu'il fit en ce temps là, & qui n'a pas été imprimé, parce que ce n'eft proprement que le canevas d'un plus grand, *De Periculis Canonicorum,* fait voir qu'il envifageoit la qualité de Chanoine, & les devoirs qui y font attachez avec des yeux plus chrétiens qu'on ne le fait communement.

En effet l'accomplissement de ces devoirs & l'étude l'occupoient uniquement. Son habileté dans les affaires Ecclesiastiques le firent retirer de *Frejus* en 1684. M. J. B. de *Verthamon* ayant été fait Evêque de *Pamiers*, & ayant besoin d'une personne assez habile & assez entendue pour retablir la paix dans son Diocese, où l'affaire de la Regale avoit causé beaucoup de desordre, choisit l'Abbé *Antelmi* par le conseil du R. P. de la *Chaize*, sous lequel il avoit fait sa Theologie à Lyon, & qui avoit conservé depuis ce temps là de l'amitié pour lui, & le fit son grand Vicaire & son Official. *Antelmi* répondit parfaitement aux esperances qu'on avoit conçûes de lui. Il sçût par sa prudence, sa douceur & son adresse menager si bien les esprits, que l'Evêque à son arrivée dans le Diocese y trouva la paix & la tranquillité.

Les mouvemens & les peines qu'il fut obligé de se donner pour cela ne l'empêchoient pas de s'appliquer à l'étude ; il lui donnoit tout le temps que les affaires lui laissoient libre. Il

étoit d'un temperamment délicat,
& il reffentit bien-tôt des mauvais
effets de fon peu de menagement. Sa
fanté s'altera fi fort, qu'il fut obligé au commencement de 1697. de
retourner à *Frejus* pour y prendre
l'air natal. On efperoit que le lait
lui feroit du bien, mais fon mal ne
fit qu'augmenter de jour en jour, &
il mourut à *Frejus*, & non pas à *Pamiers*, comme le dit M. *du Pin*, dans
fa *Bibliotheque des Auteurs Ecclefiaftiques*, le 21. Juin 1697. dans fa
49. année. M. *du Pin* fe trompe encore en ne lui donnant que 40 ans,
lorfqu'il mourut.

Voici le caractere que ce fameux
Auteur en fait. Il avoit beaucoup
d'efprit, d'honnêteté, de douceur
& d'érudition. Il étoit fondé en conjectures, & s'y laiffoit aller un peu
trop facilement.

Catalogue de fes Ouvrages.

1. *De Initio Ecclefia Forojulienfis
Differtatio Hiftorica, Chronologica,
Critica, Prophano-Sacra. Acceferunt
I. Præfulum Forojulienfium Nomen-
clatura Chronologica. II. Diatriba de
Ecclefia Reïenfi & de Monafterio Li-*

N ij

J. An-rinensi. Aquis sextiis 1680. in 40.

TELMI. M. *Antelmi* ayant formé le dessein de donner une Histoire complette de la Ville & de l'Eglise de *Frejus*, a crû devoir donner par avance cette dissertation, où il s'attache principalement à éclaircir l'Antiquité & l'établissement de cette Eglise, qu'il met environ au milieu du IV. siecle. On y trouve un grand nombre de choses curieuses. L'Histoire entiere est en MS. entre les mains de M. l'Evêque de Grasse son frere.

2. *De sanctæ Maximæ Virginis Callidiani in Forojuliensi Diœcesi cultu & Patria. Epistola ad V. Cl. Danielem Papebrochium.* Cette lettre se trouve dans les Actes des Saints d'*Anvers* au 16. de Mai.

3. *De translatione corporis S. Auxilii Epistola ad V. Cl. Ludovicum Thomassinum de Mazaugue.* M. l'Evêque de Grasse qui parle de cette lettre ne marque pas quand elle a été imprimée.

4. *De veris operibus SS. Patrum Leonis Magni & Prosperi Aquitani Dissertationes criticæ, quibus capitula de Gratia Dei, Epistolam ad Demetria-*

dem, *nec non duos de Vocatione om-*
nium Gentium libros Leoni nuper ad- J. AN-
ſcriptos abjudicat & Proſpero poſtili- TELMI.
minio reſtituit Joſephus Antelmius. Pa-
riſ. 1689. *in* 4º. Le principal objet
de M. *Antelmi* dans cet ouvrage eſt
de rendre à S. *Proſper* les trois traitez qui ſont marquez dans le titre,
& que le P. *Queſnel* ſur quelques
conjectures avoit donné le premier à
S. *Leon.* Mais il va encore plus loin;
il fait auſſi la Critique de tous les ouvrages vrais ou ſuppoſez de S. *Leon*
& de S. *Proſper.*

5. *Deux Lettres de l'Auteur des*
Diſſertations ſur les ouvrages de Saint
Leon & de Saint Proſper à M. l'Ab-
bé..... pour ſervir de réponſe aux
deux parties de la Lettre du P. Queſnel.
Paris 1690. *in* 4º. Le P. *Queſnel* avoit
répondu à M. *Antelmi* par une Lettre inſerée dans le Journal des Savans du 8 & du 15 Août 1689. M. *du*
Pin a donné dans cette diſpute la
victoire au P. *Queſnel.* M. l'Evêque de Graſſe dit avoir eu en main
une feuille de ſa Bibliotheque des
Auteurs Eccleſiaſtiques, où il avoit
témoigné approuver le ſentiment

J. An-
TELMI.

de M. *Antelmi* ; mais qu'il la suppri-
ma à la sollicitation des amis du
P. *Quesnel*, & en fit imprimer à la
place une autre où il se déclara entierement pour celui-ci.

6. *Nova de Symbolo Athanasiano
Disquisitio. Paris. 1693. in 8°.* Cet
ouvrage est encore contre le P. *Quesnel* qui avoit conjecturé que le Symbole attribué à S. *Athanase* étoit
de *Vigile de Tapse* Evêque d'Afrique
dans le VI. siecle. M. *Antelmi* donne ce Symbole à *Vincent de Le-
rins.*

7. *De Ætate S. Martini Turo-
nensis Episcopi & quorumdam ejus ges-
torum ordine, anno mortuali, nec non
de S. Priccio successore Epistola ad
R. P. Ant. Pagium. Paris. 1693. in 8o.*
M. *Antelmi* & le P. *Pagi* ont travaillé
de concert à cet ouvrage ; l'un s'est
attaché à examiner *Gregoire de Tours*,
& l'autre *Sulpice Severe.* (*Hist. des
Ouvrages des Sav. 1692. Novemb.*)

8. *Assertio pro unico S. Eucherio
Lugdunensi Episcopo. Opus Posthu-
mum. Accedit Concilium Regiense sub
Rostagno Metrop. Aquensi anni 1285.
nunc prima prodit integrum & notis*

*illuftratum opera Car. Antelmi defigna-
ti Epifc. Graffens. Præpof. Foroj. Parif.* 1726. *in* 40. M. *Charles Antelmi*
Prevôft de *Frejus* & enfuite Evêque de *Graffe* a donné au public cet
ouvrage, qui eft le feul qu'il ait trouvé entierement achevé parmi fes manufcrits ; il l'a orné d'une Preface où
il donne un détail abregé de la Vie
& des Ouvrages de fon illuftre frere.

GERARD DU BOIS.

GERARD *du Bois* étoit fils de
Gerard du Bois Greffier & Notaire de la Ville d'*Orleans*, & de
Claudine Gervafi. Il nâquit dans
cette Ville l'an 1629. & entra dans
l'Oratoire l'an 1650. âgé de 21. ans.
Il fut occupé plufieurs années à enfeigner les Humanitez & la Rhetorique ; à fes heures de loifir il s'appliqua à l'Hiftoire facrée & profane,
fur tout à celle de France ; ces connoiffances le rendirent capables de
plus grandes chofes. Ses Superieurs
l'appellerent enfuite à *Paris* à la mai-

N iiij

GERARD
DU BOIS.

fon de S. Honoré, où il fit des conferences fur l'Histoire Ecclesiastique qui lui acquirent la reputation de Savant critique, & l'amitié & l'estime du fameux Pere le Cointe. De là il fut à Saint Magloire enseigner la positive ; le grand nombre de Savans qui assistoient à ses leçons , & les applaudissemens qu'il reçût étoient des preuves non équivoques de son merite. *Desmol. in præf. T. 2. Hist. Paris.*

Resolu de faire travailler à l'Histoire de l'Eglise de Paris, M. de Harlay pria le P. le Cointe de lui indiquer quelque Savant qui entrât dans ses vûes, & qui fût en état de s'en bien acquitter. Ce Pere lui proposa le P. du Bois dont il connoissoit l'exactitude, l'habileté & les talens. M. l'Archevêque y consentit & lui fit assigner par le Clergé une pension de mille francs ; ainsi utilement occupé il perdit son ami le P. le Cointe. Il fut fait Bibliothecaire à sa place, & herita de ses écrits, ce qui l'engagea à prendre soin de l'édition du 8e vol. de ses Annales Ecclesiastiques de France qu'il fit imprimer

l'an 1683. au Louvre, ainfi que l'a- GERARD
voient été les autres volumes ; il le DU BOIS.
dédia au Roy, & y mit une Prefa-
ce qui ne contient autre chofe que
la vie de ce favant Annalifte. *Defm.*
ut fup.

Il a donné au public *Hiftoria Eccle-*
fiæ Parifienfis. Ce 1. vol. parut *in fol.*
à *Paris* chez Muguet l'an 1690. Il le
dédia à M. de Harlay, fon Epitre
dédicatoire eft écrite avec beaucoup
d'efprit, de délicateffe ; c'eft un beau
panegyrique de ce Prelat. Ses infirmitez habituelles, & la mort qui
l'enleva au mois de Juillet 1696.
dans fa 67. année l'empêcherent de
l'achever. Il a mêlé dans ce volume
l'Hiftoire civile de France avec l'Ecclefiaftique ; & fi fes digreffions ont
rendu fon ouvrage plus long, elles
y ont répandu auffi plus de varieté
& plus de clarté ; ce qui a encore
contribué à l'augmenter, font les fa-
vantes Differtations qu'on y trouve ; car fi elles prouvent fa profonde érudition, elles ne prouvent pas moins fon admirable fa-
gacité pour le difcernement du vrai
& du faux, & peuvent fervir beau-

GERARD
DU BOIS.

coup à ceux qui écrivent l'Histoire. Il écrit parfaitement bien Latin. La beauté, la noblesse du style jointes à une grande exactitude & à des recherches très-curieuses relevent infiniment le merite de cette Histoire.

Le deuxiéme volume n'a paru que 14. ans après sa mort l'an 1710. plusieurs Peres de l'Oratoire y ont mis la main, mais celui qui y a eu la principale part est le Pere de la Ripe, il trouva le manuscrit du Pere du Bois si imparfait, & rempli de tant de fautes à cause de ses continuelles infirmitez qu'il prit des peines infinies pour le rétablir. Pour cela il eut soin de recourir aux originaux, & les confera avec soin & avec exactitude. Sur le point de le mettre en état de paroître, ses Superieurs le chargerent d'un travail & plus long & plus utile à l'Eglise. Le Pere Desmolets prit sa place, & s'appliqua comme le Pere de la Ripe à corriger un nombre infini de fautes qui s'étoient glissées dans l'impression depuis la page 15. jusques à la 41. soit par la negligence d'une personne qui avoit d'a-

bord été chargée de cet ouvrage, GERARD
foit par celle des Imprimeurs. Quoi- DU BOIS.
qu'il en foit le Pere Defmolets ref-
titua les lacunes, rectifia les endroits
défectueux ; & pour ne pas engager
le Libraire en de nouvelles dépen-
fes, il ne fit point réimprimer ces
feuilles, mais fe contenta de mettre
à la tête un long errata ; c'eft à ce
même Pere que nous fommes rede-
vables de l'Epitre Dédicatoire à M. le
Cardinal de Noailles, de la Préface
& des Tables.

Le premier volume qui va jufques
à l'an 1108. contient l'Hiftoire de
900. ans, le deuxiéme finit à l'an
1364., de forte que ces deux volumes renferment l'Hiftoire de plus
de onze cens foixante ans.

Dans la Bibliotheque des PP. de
l'Oratoire de Paris on conferve deux
volumes *in fol.* MS. de fes conferences fur l'Hiftoire Ecclefiaftique &
fur les Conciles. Le Pere du Bois
étoit Prevôt de Sueve dans l'Eglife
de Tours, ce Benefice ne l'obligeoit
pas à refidence. Cette vie eft de M.
M. B. d. L.

TITE-LIVE.

PAdoue Ville celebre de *l'Etat de Venise* se glorifie avec raison d'avoir donné la naissance à *Tite-Live*. Trompez par un vers *de Martial*, (*a*) quelques modernes l'ont fait naître dans le Village d'*Apone*. Ils n'ont pas fait reflexion qu'il ne paroît pas qu'alors il y eût de Village de ce nom, mais seulement une fontaine celebre dans *Padoue*, & que le Poëte pour la commodité du vers a mis la fontaine pour la Ville. Il étoit d'une famille illustre qui a donné plusieurs Consuls à Rome; mais ce qui l'a illustrée davantage est *Tite-Live* lui-même. Il est surprenant qu'aucun ancien n'ait pris soin d'écrire sa vie. C'est inutilement qu'on en cherche quelques circonstances dans son Histoire; il est si modeste qu'il ne parle jamais de lui. On n'auroit pas même sçû en quel tems il a écrit, sans un mot qui lui est

(*a*) *Censetur Apona Livio suo Tellus,* Mart. L. 1. Epig. LXXII.

échapé par hazard dans le 1. tom. **TITE-**
de son Histoire ch. 19. sur le Tem- **LIVE.**
ple de *Janus* qu'il dit avoir vû fer-
mer après la bataille d'*Actium. Voss.*
de Hist. Lat. l. 1. c. 19.

  Cette Epoque que les Savans fixent
au cinquiéme Consul d'Auguste l'an
725. de la Fondation de *Rome*, leur
sert à déterminer l'année de l'arrivée
de *Tite-Live* dans cette Ville & celle
de son âge qui étoit selon eux la 29,
& par consequent il doit être né
l'an 697. Quelques-uns prétendent
qu'il s'étoit déja fait connoître à ce
Prince par des Dialogues qu'il lui
avoit dédiez. Quoiqu'il en soit, il
est probable qu'il commença dès
lors son Histoire Romaine & qu'il
s'y mit tout entier. L'amour de son
travail l'attacha uniquement à son
cabinet, & lui fit absolument ne-
g'iger tout ce qui pouvoit servir à
son élevation & à sa fortune. Les distractions qu'il trouvoit dans Rome
l'obligerent quelquefois a se retirer
à *Naples* pour travailler plus tran-
quillement. Il lût à *Mecenas*, & à
Auguste quelques endroits de son
Histoire ; ce Prince en conçût une

si bonne opinion qu'il le choisit pour
avoir soin de l'éducation de *Claude*
son petit fils, qui fut ensuite Empereur ; ce fut par les exhortations,
& par les conseils de ce savant maître que ce Prince composa plusieurs
volumes sur l'Histoire Romaine,
comme nous l'apprend *Suetone* dans
le 41. ch. de la vie de *Claude*.

Après la mort d'Auguste, *Tite-
Live* fit un voyage à *Padoue* où il
fut reçû avec des honneurs extraordinaires par ses Compatriotes. Il
est probable qu'il retourna à *Rome*,
puisque *Pline le jeune* nous apprend
qu'il vint des extrêmitez de l'*Espagne* un homme exprez dans cette
Ville pour le voir, & qu'il se retira après avoir contenté sa curiosité.
S. *Jerôme* ajoûte, qu'il en vint aussi
des *Gaules* uniquement attirez par
sa reputation. De sorte qu'on fût
surpris de voir arriver des gens à
Rome pour y voir & admirer autre
chose qu'elle. *Tite-Live* mourut dans
sa patrie la quatriéme année du Regne de *Tibere*, la 770. de *Rome*, la
17. de l'Ere vulgaire, & la 76. de son
âge, ainsi que nous l'apprenons d'*Eu-*

febe. Le même jour qui étoit le pre-
mier de Janvier mourut *Ovide*, à
Tomis en Scythie. *Pl. L. 2. Ep. 3.
Hyer. ad Paul. 1. 3. Eufeb. in Chron.*

On éleva un Maufolée à notre
Hiftorien dans le Temple de *Junon*,
où l'on a bâti dans la fuite le Mo-
naftere de *Sainte Juftine*; l'on y trouva l'an 1413. l'Epitaphe fuivante :

    Offa Titi-Livii Patavini,
Omnium Mortalium judicio digni,
Cujus prope invicto calamo invicti
Populi Romani res geftæ
    Confcriberentur.

On conferve encore précieufement
fes cendres & fes os dans un fameux
Maufolée qui eft dans le Palais ou
Pretoire appellé communément *Pa-
lazzo delle Rugioni.* On montre même féparément fa langue & fa ma-
choire. *Alfonfe* Roy d'*Arragon* faifoit
un tel cas de cet Hiftorien, qu'il fit
demander l'an 1451. aux Padouans
un de fes bras. On le lui accorda,
(*a*) & ce Prince le fit tranfporter

TITE-
LIVE.

[*a*] *Inclyte Alfonfio Arragonum Regi,
ftudiorum Fautori, Reipub. Venetæ fœde-
rato Ant. Panormitano Poëta legato fuo
orante, & Mathæo Victurio hujus urbis*

TITE-LIVE.

à *Naples* où il le reçût avec honneur. La raison qui l'engagea à cette démarche est, que le plaisir qu'il avoit trouvé à la lecture de son Histoire avoit contribué à lui faire recouvrer la santé. *La Moth. le Vay. Hist. Lat. Art. Tit. Liv. tom.* 1.

Il est certain que Tite-Live eût un fils à qui il adressa, dit *Quintilien*, une lettre sur l'Eloquence ; une inscription parle d'une de ses filles nommée *Livia quarta*, peut être est-ce celle qui avoit épousé l'Orateur *Lucius Magius* que *Seneque* appelle le beau-fils de *Tite-Live*, cet Orateur, dit-il, recevoit de grands applaudissemens toutes les fois qu'il parloit en public, uniquement à cause de son beau-pere. *Voss. ut sup. Senec. in præm. L.* 5. *controvers.*

Son Histoire lui a attiré des éloges dans tous les tems; en effet fut-il jamais, dit *Vossius*, un Ecrivain plus sublime, & plus fecond ? en fut-il,

prætore Constantissimo intercedente ex Historiarum parentis Titi-Livii, ossibus quæ hoc tumulo conduntur, Brachium Patavii cives in munus concesserunt an. Christi 1451. XIV. Kal. Septembris.

dit

dit *Seneque*, de plus ſincere eſtima- TITE-
teur du merite des grands hommes. LIVE.
Les autres Hiſtoriens louent quelquefois les hommes illuſtres dont ils
rapportent la mort, *Tite-Live* n'y
manque jamais. Qu'*Herodote* ne ſe
fâche pas , dit Quintilien , ſi je
dis que *Tite-Live* lui eſt comparable.
ble. Eſt-il un Hiſtorien plus agrea-
ble dans les narrations, plus ſincere dans les faits , plus éloquent
dans les harangues , & qui poſſede
mieux que lui cette connoiſſance parfaite des bienſeances ? ſcience très-
importante à un homme de ſa profeſſion , parce que rien n'a l'air du
vrai que par l'obſervance exacte de
ce qui ſied à chacun , auſſi perſonne
n'a jamais mieux ſçû que lui, diſtin-
guer les tems differens de la Republique, par le different eſprit & les differentes mœurs qui y regnoient. Les
graces de ſon ſtyle plaiſent infiniment à ceux qui cherchent plus le
ſolide que le brillant, & la verité
que l'apparence ; ſon air eſt grand
& noble dans ſa ſimplicité , il a une
douceur d'expreſſion qui eſt toûjours
ſoutenue de beaucoup de force & de

Tome V. Q

TITE-LIVE.

majesté. Personne ne sait mieux que lui émouvoir les passions, & affecter agreablement son Lecteur. Le tour, le nombre, les graces, avec lesquelles il anime tout ce qu'il dit, la justesse de ses paroles, la droiture de son sens, sa douce fecondité, tout est admirable. De sorte, continue Quintilien, que je puis avancer qu'il a atteint par ses differens talens cette vivacité & cette legereté de style qui rendra Salluste immortel, c'est pourquoi j'approuve très-fort le jugement de *Servilius Nonianus* qui disoit que ces deux Historiens étoient plus égaux que semblables.*(a)*

[a] *Nec indignetur Herodotus aquari Titum-Livium cum in narrando mira jucunditatis clarissimique candoris, tum in concionibus supra quam enarrari potest, eloquentem, ita dicuntur omnia eum rebus tum personis accomodata. . . . illa Livii Lacte aubertas docebit eum qui non speciem expositionis sed fidem quærit . . . sed affectus quidem præcipue eos qui sunt dulciores ut parcissime dicam nemo Historicorum commendavit magis, ideoque immortalem illam Sallustii velocitatem diversis virtutibus consecutus est. Nam mihi egregie dixisse videtur servilius Nonianus, pares eos magis quam similes. Quintil. l. 10. c. 1.*

Mais ce qui releve davantage notre T I T E
Hiſtorien eſt ſon amour pour la ve- L I V I.
rité. La conſideration qu'*Auguſte*
avoit pour luy ne l'empeſcha pas de
parler honorablement de *Pompée*, &
de loüer même *Brutus* & *Caſſius*, ces
ennemis de cet Empereur, qui étoient
les ſujets ordinaires des déclamations & des invectives des Ecrivains
de ce temps-là. *Cremutius Cordus* au
rapport de *Tacite*, ne pouvoit ſe
laſſer d'admirer *Tite-Live*; & ce qui
me paroît admirable dans *Auguſte*,
c'eſt qu'au rapport du même Hiſtorien ce Prince ne lui en ſçut pas mauvais gré, & ſe contenta de luy reprocher ſon attachement à *Pompée*.
La moderation d'*Auguſte* me paroît
auſſi admirable, que la ſincerité de
Tite-Live. Je ne crois pas, dit le *P.*
Rapin, qu'il y ait eu d'Auteur plus
ſage que *Tite-Live*; ſa maniere d'é-
crire donne une grande idée de ſa
probité; il paroît de l'air dont il
parle, qu'il ne ſçait ce que c'eſt que
la vanité; eſt-il rien de plus modeſte
que le début de ſon Hiſtoire Romaine, qui a été le chef-d'œuvre de l'antiquité le plus achevé, & l'admiration

TITE-LIVE. de tous les siecles ? *Je ne sçay*, dit-il, au commencement de sa Preface, *si l'histoire que j'écris des actions du peuple Romain depuis la fondation de Rome, sera un ouvrage digne de quelque consideration, & quand j'en serois persuadé, je ne sçay si j'oserois le dire.* Le seul *Tite-Live*, ajoûte le *P. Rapin*, a rempli toutes les parties d'un parfait Historien. La grandeur de son sujet a du rapport à son stile ; on ne peut écrire comme il faut d'une si grande matiere, que de la maniere dont il a écrit, il a possedé toutes les graces de la composition dans une perfection où jamais personne n'est arrivé. *Corn. Tacit. l. 4. Annal. Rap. comp. de Thucyd. & de Tit. Liv.*

C'est ce qui oblige *Casaubon* à luy donner le même éloge que *Seneque* le Rheteur donne à *Ciceron*, d'avoir eu le genie égal à l'Empire Romain : il se trouve même des Auteurs qui non contens de comparer *Tite-Live* à *Ciceron*, ont avancé que si celui-ci eut entrepris d'écrire l'histoire, il eut été inferieur à celui là. Sans vouloir deviner, dit la *Mothe le Vayer*, on

peut dire qu'ils ont tellement excellé T I T E-
tous les deux dans leur profession , L I V E.
que tout de même que *Ciceron* a mérité le premier rang parmy les Orateurs, de même *Tite Live* a eu la réputation la plus estenduë & la plus
glorieuse parmi les Historiens. *La*
Mothe le Vay. ut sup.

Quelques éloges qu'il mérite, il a eu
cependant ses censeurs. *Asinius Pollio*
luy reproche une certaine *Patavinité*
que chacun explique à sa maniere. Peut-
être que *Pollion* accoûtumé au langage
de la Cour ne pouvoit souffrir dans
Tite-Live son accent *Padouan* ; d'autres croyent que c'est du stile que
parle *Pollion. Pignorius* est d'un autre
avis, il prétend que cette *Patavinité*
n'est autre chose que l'ortographe
de certains mots, dans lesquels *Tite-*
Live employoit une lettre pour une
autre, écrivant *sibe* & *quase* , pour
sibi & *quasi. Chevreau* soutient que
ce reproche ne regarde nullement le
stile ; les *Padouans,* dit-il , avoient
conservé une inclination naturelle
pour la Republique , & devoient
estre par consequent ennemis d'*Au-*
guste. Pollion qui estoit d'un parti

contraire, c'est-à-dire, de celuy de
Cesar, reprochoit à *Tite-Live* qu'il
estoit dans le même sentiment que
ceux de *Padoüe*, qu'il témoignoit
dans son histoire plus de passion pour
Pompée que pour *Cesar*; & c'est ce
qu'il appelle *Patavinité*. *La Mothe le
Vayer* s'en tient à l'explication de
Quintilien, qui vrai-semblablement
devoit sçavoir la signification de ce
mot. Cet Auteur remarque qu'on
reprochoit à *Vectius* d'avoir employé
dans ses écrits des phrases *Sabines*,
Toscanes & Prænestines : de sorte que
Lucilius se mocquoit de son stile,
comme *Pollion* se mocquoit de la
Patavinité de *Tite-Live*; ainsi con-
clut-il, cette *Patavinité* n'étoit autre
chose que quelques phrases qui sen-
toient le terroir de *Padoüe*. Ce sentiment paroît le plus vrai-semblable.

Seneque le Rheteur l'accuse de préfe-
rer malignement *Thucydide à Salluste*,
non qu'il l'aimât d'avantage; mais
ajoûte-t-il, il loüe celui qu'il ne
craint pas, parce qu'il croit qu'il
luy sera moins honteux d'être vaincu par *Salluste*, lorsqu'il l'aura esté
par *Thucidide*. Il ne nous reste pas

aſſez d'écrits de *Saluſte* pour nous donner une idée de tout ſon méri- te; à la verité il nous en reſte aſſez pour donner bonne opinion de luy, mais non pas pour le comparer à Tite Live. *Quintil. L. 8. c. 1. cher. Hiſt. du Mond. t. 2. l. 3. c. 16. La Mothe ut ſup. Quintil. l. 1. Inſt. c. 9. Senec. l. 4.*

Au rapport de *Juſtin Trogue Pompée* cenſuroit les Harangues directes de Tite-Live, on attribuë ce reproche à la jalouſie ordinaire aux gens de même profeſſion. *Juſt. l. 38. Hiſt. c. 6.*

Les Empereurs *Caligula* & *Domitien*, ces monſtres dont on ne ſe ſouvient qu'avec horreur ſe declarerent ouvertement contre *Tite-Live*. Peu s'en falut que *Caligula* ne fit ôter de preſque toutes les Bibliotheques les portraits & les écrits de *Virgile* & de *Tite-Live*, ſelon lui, celui-là n'avoit ni eſprit ni ſçavoir, & celui-ci étoit un negligent & un babillard à cauſe de ſon ſtile diffus, il ne faiſoit pas reflexion que cet Hiſtorien n'eſt grand & majeſtueux que parce qu'il eſt diffus. La grandeur de ſon deſſein

TITE-LIVE.

la noblesse de ses idées demandoient un grand stile, & ce n'est presque que ce stile diffus qui fait toute sa majesté. Parmi les raisons qui obligerent *Domitien* à faire périr *Mecius Pomposianus*, *Suetone* remarque celle ci, qu'il se plaisoit à faire les voir Harangues que *Tite-Live* met à la bouche des Rois & des grands Capitaines. *Suet. in Calig. Rap. comp. de Thucyd. & de Tit.-Liv. Suet. in Domitian.*

Quelques Auteurs Modernes ont observé avec raison, qu'il ne rend pas justice aux *Gaulois* dans les occasions, où ceux-ci ont eu affaire aux *Romains*, en quoi il est semblable aux autres Historiens Latins de son temps qui ont méprisé toutes les autres nations pour relever la leur; s'il la fait par pure flatterie, ou par ignorance, il n'en est que plus blâmable, un Historien de son merite & qui se piquoit de sincerité, devoit rechercher avec soin tous les moyens de s'instruire, voir les memoires de ses ennemis comme ceux des Romains pour rendre justice également à tout le monde.

Mascardi se plaint qu'il a passé sous silence

lence, bien des circonſtances tres importantes qu'il n'auroit pas dû obmettre, & qu'on trouve dans *Appien.*
Mais l'étenduë de ſon ouvrage, & la fecondité de la matiere peuvent l'excuſer d'autant plus qu'un auſſi grand Maître pouvoit juger mieux que perſonne des circonſtances qu'il devoit rapporter ou taire ; le même *Maſcardi* lui fait un autre reproche qui n'eſt pas de grande conſequence, c'eſt qu'il a trouvé dans ſon hiſtoire pluſieurs vers. *Quintilien* avoit obſervé avant lui que *Tite-Live* avoit commencé ſon hiſtoire par un vers hexametre ; mais dans quelle proſe n'en trouve-t-on pas, lorſqu'on l'examine avec attention ? On n'ignore pas ce qui arriva autrefois à un ancien Philoſophe qui trouva trente vers dans *Socrate*, & voulant les luy reprocher, tomba dans la même faute dans l'Ecrit qu'il compoſa ſur ce ſujet. *Maſcard. T. 1. c. 4. & 6. Quintil. l. 9. c. 4.*

On fait encore un crime à *Tite-Live* d'avoir rapporté trop de prodiges dans ſon hiſtoire. Tantôt un bœuf a parlé, tantôt une mule

Tome V. P

TITE-
LIVE.

a engendré ; tantoſt les hommes &
les femmes, les coqs & les poules
ont changé de ſexe ; les ſtatues des
dieux ont parlé, pleuré, ſué du ſang;
Des ſpectres ſont apparus : on a vû
des armées en l'air prêtes à ſe battre ;
on a vû des étangs & des fleuves de
ſang, des pluyes de chair & de lait,
& mille ſemblables rêveries qui ne
méritent aucune créance ; mais on
doit faire attention qu'il n'a débité
ces choſes que comme de ſottes opi-
nions du vulgaire, & des bruits
dont il ſe moque le premier ; pro-
teſtant ſouvent que bien qu'il ſoit
obligé de les rapporter à cauſe de
l'impreſſion qu'elles faiſoient ſur la
plûpart des eſprits & du branle
qu'elles donnoient ſouvent aux affaires, il n'y avoit néanmoins que
de la vanité & de l'impoſture.
Ces ſuperſtitions avoient tellement
allumé le zele de *S. Gregoire le Grand*
contre *Tite-Live*, s'il en faut croire
S. Antonin, qu'il ne pouvoit ſouffrir
ſon hiſtoire dans aucune Bibliotheque
chrétienne. *Gretzer* doute de la vé-
rité du fait. *Decad.* 1. *l.* 5. *Decad.* 3.
l. 1. & 4. *Gretz. l.* 1. *de jur. prohit.*
lib. c. 30.

La Digreſſion que fait *Tite-Live* ſur Alexandre le grand dans le neu-
viéme livre de ſa premiere Decade,
ne luy a pas fait honneur; il examine cette queſtion : quel auroit été le
ſuccès des armes d'*Alexandre*, s'il
eut attaqué le peuple Romain ; il la
réſout, dit *la Mothe le Vayer* ſi dé-
ſavantageuſement d'une part , &
avec tant de flaterie de l'autre, qu'on
peut dire que c'eſt l'endroit de tout
ſon ouvrage qui contente le moins
un Lecteur judicieux. N'eſt-il pas ridicule de dire que le Senat d'alors
eſtoit compoſé d'autant de Rois
qu'il y avoit de Senateurs, & ne
devoit-il pas conſiderer qu'*Alexandre* avoit ſous luy une vingtaine de
Capitaines qui avoient & plus de
nom & plus d'experience que tous
les Senateurs Romains ? auſſi con-
clut il que cette Digreſſion eſt plus
digne d'un Déclamateur que d'un
Hiſtorien de la réputation de *Tite-
Live. La Mothe le Vayer, ut ſuprà.*

Venons à ſes ouvrages.

1. *Dialogi.* Ces dialogues eſtoient ſelon *Seneque* autant hiſtoriques que
Philoſophiques; il les dédia à ce qu'on

TITE-
LIVE. croit à *Auguste.*

2. Il composa *ex professo* une Philosophie qu'il divisa en plusieurs Livres. *Senec. Epist.* 100.

3. *Epistola ad filium.* On y lisoit au rapport de *Quintilien,* que pour devenir semblable à *Demosthene* & à *Ciceron,* il faloit étudier les ouvrages de l'un & de l'autre. *Quint. l.* 10. *c.* 1.

4. *Titi-Livii Patavini Historiarum ab urbe condita. lib* CLXII. Il ne nous en reste aujourd'huy que 35. encore ne sont-ils pas de suite. *Cælius Rhodiginus* croit que c'est *Tite-Live* luy-même qui avoit divisé son ouvrage en *Decades,* parce qu'il a mis à la teste de chacune une préface, ce qu'il n'auroit pas fait s'il n'avoit voulu diviser ainsi son histoire. *Sabellicus,* & quelques autres sont du même sentiment ; mais *Petrarque, Crinitus,* & *Politien* soutiennent l'opinion contraire, fondez sur ce que ni *Florus* qui a fait les argumens de *Tite-Live,* ni *Priscien,* ni les autres anciens qui l'ont cité n'ont fait aucune mention des *Decades de Tite-Live,* mais seulement des Livres ; ils attribuënt cette division aux Copis-

tes ou à ceux qui avoient ſoin des
Bibliotheques ; quoiqu'il en ſoit, de
14 *Decades* que nous devrions avoir,
il ne nous reſte que la premiere qui
contient la fondation de Rome ,
l'hiſtoire des ſept Rois , l'établiſſe-
ment des Conſuls , des Tribuns du
peuple, des Decemvirs, des Tribuns
militaires, les differentes Guerres des
Romains avec les Peuples de leur
voiſinage ; la priſe & la deſtruction
de *Rome* par les *Gaulois* ; la ſeconde
Decade eſt perduë, on y trouvoit la
guerre contre *Pyrrhus* ; la premiere
guerre punique & celle contre les
Gaulois ; il nous reſte la troiſiéme
toute entiere : elle renferme l'hiſtoire de la ſeconde guerre punique un
des plus beaux morceaux de l'Hiſtoire Romaine : nous avons auſſi la
quatriéme , où l'on trouve la guerre
contre *Philippe Roy de Macedoine* ;
celle contre *Antiochus* , &c. nous
avons encore la moitié de la cinquiéme qui fut trouvée à *Wormes*
par *Simon Grynæus* ; l'on trouve dans
ces cinq Livres quelques Lacunes ,
ils renferment l'hiſtoire de *Perſée* fils
de *Philippe* vaincu par *Paul Emile.*

**TITE-
LIVE.**

L'on a encore trouvé le commencement du 43ᵉ. Livre dans la Bibliotheque de *Bamberg*; bien des Sçavans
comme *Bartholin* & *Quærengus*, jugent
ce fragment autentique; il n'en est
pas de même de *Vossius*, & de quelques autres qui le prétendent supposé. *Joan. Sax. in præf. comment. in
Liv. Doujat. in Apend. de Livio. La
Mothe le Vay. ut sup.* Voila tout ce qui
nous reste de *Tite Live*; plus ce que
nous avons est excellent, plus il nous
fait regretter ce que nous avons perdu.

Nous avons encore des Sommaires de tous ses livres qui portent
le nom de *Florus*. *Denis Godefroy*,
au rapport d'*Albert Fabrice*, soup-
çonnoit que *Tite-Live*, selon la coutume des Anciens les avoit faits, &
mis à la teste de chacun de ses Livres; que ces Sommaires ont été
confondus dans la suite avec l'autre
abregé de l'histoire Romaine, &
qu'ils ont pû ainsi facilement estre
attribuez à *Florus*. En parlant de
celui-ci nous examinerons s'il est
veritablement auteur de cet ouvrage,
& nous dirons un mot du reproche
que luy fait *Bodin* d'avoir contribué

par fon Abregé à faire perdre l'ou-   Tite-
vrage de *Tite-Live*. *Albert. Fabr.* Live,
Bibliot. Latin.

   L'hiftoire de celui-ci comprend
plus de 700. ans, elle commence à
la fondation de *Rome*, & va jufqu'à
la mort de *Drufus* arrivée en *Germanie* : c'eft un travail de vingt ans.
Tite - Live l'ayant commencé l'an
725. & fini l'an 745. de la fondation
de *Rome*. Il eft furprenant que cet
Hiftorien n'ait pas marqué l'année
de l'Olympiade fous laquelle *Rome*
a efté bâtie, ou pour le moins les
années qui s'étoient écoulées depuis
la fondation de *Rome* jufqu'à lui.
Dodwel remarque qu'il a fuivi l'Ere
de *Caton*, qui eft tant foit peu differente de celle de *Varron*. *Joan. Clerici in.* 1. *Liv. not.* 6. *Dodwel Diff.*
X. *de Antiq. Rom. Cyclis.*

   Pierre de la Valle croyoit autrefois
qu'on trouvoit dans la Bibliotheque
du Grand Seigneur l'ouvrage de
Tite - Live tout entier traduit en
Arabe, 1. *Itin. Epift.* 9. *Paul Joue*
avance qu'un petit Roy d'*Ecoffe*
compagnon d'*Alaric* Roy des Gots,
après le fac de *Rome* porta chez lui

l'histoire de *Tite-Live*, & plusieurs
autres, & que dans une guerre qu'il
eut avec les *Danois* il fit transporter
dans une petite Isle de son Royaume tous ces ouvrages, & ordonna
qu'on en eut beaucoup de soin.
Paul. Jov. in descrip. Hib. Insul.

D'autres ont avancé qu'il estoit
dans la Bibliothèque de l'Escurial en
Espagne. *Colomiez* avoit appris de
Chapelain qu'on le trouvoit tout entier à *Fontevrault*, & qu'une Abbesse
l'ayant vendu à un Apoticaire, celui-ci le revendit à un Maître de
Jeu de Paume qui en fit des bales
pour son Jeu ; qu'un Sçavant ne s'en
apperçût que lorsqu'il ne restoit plus
qu'une feüille à employer. Cependant on n'a pû jusqu'ici venir à bout
de découvrir ce tresor, ni à *Constantinople* ni en *Espagne*, ni en *Ecosse*
ni en *France*. On avoit perdu toute
esperance de le recouvrer ; mais elle
commence à renaître depuis que le
Grand Seigneur a permis d'imprimer les Manuscrits de sa Bibliotheque. Reste à dire un mot des differentes éditions, nous nous conten-
terons de rapporter les principales.

Doujat. in Apend. de Liv. in opuſc. **TITE-**
page 105. **LIVE.**

La plus ancienne eſt celle d'*Auſ-
bourg*, de l'an 1470. *in fol.* Dans l'édition de *Baſle*, de l'an 1529. on
trouve des notes de *Beatus Rhena-
nus*, & de *Sigiſmond Giſlenius*. L'an
1535. *Frobenius* en donna une autre
dans la même Ville avec les mêmes
notes, & y joignit les obſervations
& une chronologie d'*Henry Glarean*;
il en parut une troiſiéme dans la
même Ville avec quelques remarques plus anciennes de *Cælius Cu-
rion*, & des corrections de *Sabellicus*
ſur pluſieurs endroits de la premiere
& troiſiéme *Decade*, & celles de *Laurent Valle*, ſur les ſix premiers Livres
de la ſeconde guerre punique. *Paul
Manuce*, dans l'édition qu'il donna
à *Veniſe* l'an 1566. ajoûta un plus
grand nombre de notes de *Sigonius*
ſur tous les Livres de *Tite-Live* qui
nous reſtent; il y joignit les obſervations de *Sigonius* contre *Glarean*, les remarques de *Robortellus*
contre le même, & les Réponſes
de *Glarean*. L'an 1573. on en donna
une à Paris dédiée à *Nicolas de Thou*

Evêque de *Chartres*, qui parut plus
commode que toutes les autres, parce qu'on y trouve à côté fur tous les
endroits difficiles ce qu'ont dit tous
les Commentateurs qui avoient paru
jufqu'alors. L'an 1578. on en fit une
à *Francfort*, qui outre les Commentaires, les fcholies & les notes de
tous ceux qui avoient travaillé fur
notre Hiftorien, eft ornée de belles
vignettes, où l'on voit les principaux évenemens. *François Modius de
Bruges* y ajoûta dix ans après dans
une autre édition des notes confiderables, partie de luy, partie de *Bar-
nabé Briffon*, partie de *Cujas* & partie de *Jufte Lipfe*, & une nouvelle
chronologie de *Sigonius*. Il en parut
enfuite trois autres, ou à *Paris* ou à
Francfort, qui portoient le nom de
Janus Gruterus; dans celle de *Paris* de
l'an 1628. on infera les notes de *Fulvius Urfinus*, & de *Marcel Donat* ; les
mêmes notes parurent encore dans
celle de *Venife* de l'an 1604. *Fab.
Bibl. lat. Douj. in Apend. de Liv.*

Malgré toutes ces éditions, *Gronovius* fe mit à la revifion du texte,
& le fit imprimer en 3. vol. *in-12.*

à *Leyde* l'an 1624. il augmenta ſon TITE-
Tite-Live d'un volume l'an 1645. & LIVE.
le dédia à *Claude de Meſme* Comte
d'Avaux. Neuf ans après il en donna une troiſiéme édition ſous les
auſpices de la Reine *Chriſtine de
Suede* ; elle parut de noûveau à
Amſterdam l'an 1664. chez *Daniel-
Loüis Elzevir*, l'on y trouve quelques notes choiſies de *Sigonius*, *de
Gruter*, de *Taneguy le Fevre*, des ex-
plications de *Turnebe*, & des notes
geographiques d'*Eſtienne*; cette édition l'emporte ſur toutes les autres,
il n'y a que celle de Paris de *Jean
Doujat* qu'on puiſſe lui preferer ; elle
parut *ad uſum Delphini* en 5. *vol.*
in 4º. les années 1679. 1680. &
1681. On trouve dans cette édition,
non ſeulement les ſupplemens des
dix premiers Livres de *Tite-Live*,
compoſez par *Jean Frenshemius*, &
imprimez à *Ulme*, *in* 12. l'an 1649.
dediez à la Reine *Chriſtine*, & lesſup-
plemens des 60. autres Livres qui
parurent à *Straſbourg* en 1664. *in*
4º. mais encore les ſupplemens
des 35. autres qui reſtoient, & qui
n'avoient pas encore vû le jour.

TITE-LIVE.

Doujat les acheta des heritiers de *Freinshemius*, & les fit paroître pour la premiere fois dans son édition ; il eut ainsi la gloire de donner le premier un *Tite-Live* complet. On a réimprimé cette édition à *Venise* en 6 *vol. in-4°.* les trois premiers en 1714. & les trois autres en 1715. elle est augmentée des notes de *Jean le Clerc*, il y a des additions considerables dans les tables ; on y a inseré quelques fragmens de *Tite-Live*, & les Medailles des Grands Hommes ; on a revû le texte ; outre les Prefaces & les Prologomenes qui servent d'introduction, *Le Clerc* a mis à la marge les années des principaux évenemens. *M. Crevier* travaille à une nouvelle édition, ceux qui voudront avoir une Liste plus exacte des éditions de *Tite-Live*, en trouveront un beaucoup plus grand nombre dans la Bibliotheque latine d'*Albert Fabricius*.

Il est tems de dire un mot des differentes traductions de *Tite-Live* faites en differentes langues ; je ne m'étendrai que sur les Françoises. La plus ancienne est celle dont parle

la *Croix du Maine*, il nous apprend
que *Pierre Berchorius* ou *Berthorius*,
traduifit en François *Tite-Live* par
ordre du Roy Jean, & qu'il mourut
l'an 1362. on trouve cette traduction manufcrite dans la Bibliotheque
de Sorbonne, elle eft écrite fur le
velin & ornée de vignettes en taille
douce. *Henry Salneuve* fit imprimer
à *Poitiers* fa traduction l'an 1553. La
même année *Blaife de Vigenere* donna la fienne à Lion. *Claude Guichard*
en fit imprimer une à Paris l'an
1562. celle d'*Antoine de Faye* parut
auffi à *Paris* l'an 1582. & 1584. en
trois vol. La traduction de *Pierre du*
Rier de l'Academie Françoife, vit le
jour à *Paris* l'an 1653. en 2. *vol.*
infol. & à *Lion* en 14. *vol. in* 12. la
même année, à *Roterdam* en 1700.
en 8. *vol. in* 12. M. *Laurent* qui
nous a donné l'Hiftoire Ottomane,
en a fait une nouvelle; on efpere que
fes heritiers n'en priveront pas le
Public. Il feroit ennuyeux d'ajoûter
ici toutes les verfions faites en Italien, il fuffit de remarquer que la
plus recente eft de *Jacques Nardi*,
imprimée à *Venife* l'an 1547. & 1554.

TITE-LIVE. *in fol.* On a auffi traduit *Tite-Live* en Flamand, en Allemand, en Efpagnol, en Anglois, & même en Arabe; car *Thomas Erpenius* affûre que les Arabes l'ont tout entier en leur langue. *Erp. Orat. 2. de ling. Arab.* Cette vie eft de M. B. d. I.

PAPIRE MASSON.

P. MASSON. PAPIRE *Maffon* naquit le fix May 1544. à *S. Germain-Laval*, Bourg du Forez, de *Noël Maffon*, riche Marchand de ce lieu, & d'*Antoinette Girinet*; il reçut au baptême le nom de *Jean*, qu'il changea dans la fuite en celui de *Papire*, pour fe diftinguer de fon frere, Chanoine & Archidiacre de *Bayeux*, qui avoit le même nom de *Jean*, ou pour quelqu'autre raifon.

Il perdit fon pere dès fa premiere jeuneffe. Sa mere qui fe remaria quelque temps après, ne perdit pas pour cela, comme il n'arrive que trop fouvent, la tendreffe & l'amour qu'elle devoit à fes enfans du premier lit. Elle en prit au contraire un foin particulier.

Dès que *Papire* eut atteint l'âge   P. Mas-
de huit ans, elle l'envoya à *Lion*, son.
& confia le foin de fon éducation à
fon frere *Philibert Girinet* Chanoine
de faint Etienne. Celui-ci l'envoya
auffi-tôt étudier à *Ville-Franche* fous
Pierre Godefroy de *Troyes*, qui y en-
feignoit avec réputation.

Lorfqu'il fut un peu plus âgé, il
le mit au College des Jefuites de
Billon en Auvergne. Il y continua
fes études pendant quatre ans,
& y fit fon cours de Philofophie
avec beaucoup de fuccès. Son oncle
le rappella enfuite à *Lion*, dans le
deffein de l'envoyer à *Touloufe* étudier en Droit; mais les troubles qui
s'eleverent alors en France au fujet
de la Religion l'empêcherent de
l'executer. M. *Perrault* fe trompe,
lorfqu'il dit dans fes éloges qu'il y
alla.

Papire Maffon arrêté de ce côté-
là, retourna à *Billon* où il avoit laiffé
fon frere, & recommença à s'appliquer aux Belles Lettres & à la Philofophie. Il fe trouva dans ce temps-
là à *Billon*, un de fes Compatriotes
nommé *Antoine Challon* qui y étu-

dîoit avec un de ses freres. La res-
semblance de leurs études & de leurs
goûts forma bien-tôt entr'eux une
liaison étroite. La pieté qui les ani-
moit tous les deux leur fit prendre
d'un commun accord la resolution
d'entrer dans la Compagnie de
Jesus.

Ils entreprirent pour cela le voyage
de *Rome*, où ils prirent l'habit. *Papire
Masson* fit dans cette Ville l'Oraison
funebre d'un Cardinal en presence
des autres Cardinaux, & d'un nombre infini d'Auditeurs, avec de grands
applaudissemens.

Après quelque séjour à *Rome*, les
deux amis allerent à *Naples*, où
Masson enseigna deux ans dans le
College des Jesuites. Ils revinrent
ensuite ensemble en France, où *Challon* sortit de la Societé ; il entra depuis dans les Ordres, & fut Grand
Vicaire de trois Archevêques de
Lion.

Mais *Masson* demeura encore
quelque temps dans la Societé. Il
enseigna quelque mois dans le College de *Tournon* en Vivarez ; & vint
ensuite à *Paris*, où il professa dans le
College

College de *Clermont*, d'abord les Humanitez, & après la Philoſophie.

La réputation qu'il s'acquit alors ne fut pas capable de le retenir plus long-temps dans la Société; il ſuivit l'exemple de ſon ami, il en ſortit, & alla enſeigner au College du *Pleſſis*. Dans la harangue qu'il fit à l'ouverture de ſes leçons, il rendit raiſon de ſa ſortie avec tant d'honnêteté & de moderation, que non-ſeulement les Auditeurs, mais les Peres même qu'il avoit quittez, en furent très ſatisfaits, n'ayant bleſſé par aucune parole l'honneur & la réputation de la Compagnie, quoi qu'en ce temps-là pluſieurs autres en faiſant la même démarche ſe fuſſent emportez en des invectives ſcandaleuſes, dit M. *de Thou* dans ſon éloge.

Laſſé du travail des Claſſes, il les quitta à l'âge de 26 ans, dans le deſſein de tendre à quelque choſe de plus relevé.

Le mariage de *Charles IX.* Roy de France avec *Eliſabeth*, fille de l'Empereur *Maximilien* s'étant célebré le 26. Novembre 1570.

Tome V. Q

Mezieres sur la Meuse, *Papire Masson* qui y étoit allé à la suite d'une
personne de consideration, fit une
description fort éloquente de cette
ceremonie, qui lui attira l'estime &
l'amitié des Sçavans, & lui inspira
le courage d'entreprende des ouvrages plus considerables.

Il resolut à son retour de s'appliquer au Droit, & alla dans ce dessein à *Angers* étudier sous le fameux
François Baudouin, qu'il avoit connu
particulierement à *Paris* ; & après
deux années d'étude en cette science,
il revint à *Paris*, où *Philippe Hu-
rault de Chiverny* Chancelier du Duc
d'Anjou, qui aimoit fort les sciences
& les gens de Lettres, & qui se for-
moit une riche Bibliotheque, le prit
chez lui, & lui donna le soin de sa
Bibliotheque.

Papire Masson demeura dix ans
dans cet emploi, qui lui fut d'une
grande utilité pour se perfectionner
dans la connoissance de l'Histoire
& des livres.

En 1576. il se fit recevoir Avocat au Parlement, mais il ne plaida jamais qu'une cause, qu'il gagna

avec un applaudiſſement univerſel, & qui fut même trouvée de ſi gran- de importance , que l'Arrêt en fut prononcé en Robes rouges.

Il ne quitta pas pour cela entie-rement le Barreau & la pratique ; car il fut Referendaire en la Chan-cellerie , & Subſtitut du Procureur General du Parlément de *Paris* , Charges qu'il n'acheta point , mais qui furent données à ſon merite.

Lorſque les troubles de la France eurent été appaiſés , il ſongea à ſe marier , & épouſa *Deniſe Godard* ſœur d'un Conſeiller au Parlement, avec laquelle il a vêcu dans une gran-de union pendant 34 ans, mais dont il n'a laiſſé aucun enfant.

Il étoit d'une humeur gaye & ai-ſée , ſincere & genereux au-delà de ſa fortune , donnant ſon temps & ſa peine pour le ſervice des grands Seigneurs, ſans en attendre d'autre recompenſe que le plaiſir de leur ren-dre ſervice.

Les infirmitez de la vieilleſſe com-mencerent à l'attaquer par les jam-bes, qui lui manquerent quelque temps avant ſa mort. Une fievre

P. MAS-
SON.

lente qui le tourmenta pendant près de cinq ans le mina insensiblemen,, & le conduisit enfin au tombeau. Il mourut le 9 Janvier 1611. âgé de 67. ans. Il fut enterré aux Billettes avec cette Epitaphe, qu'il s'étoit faite lui-même.

Si Sepulchra sunt domus mortuorum, Papirius Massonus Annalium scriptor in hac domo quiescit, de quo alii fortasse aliquid, ipse de se nihil, nisi quod olim qui hæc legerit, illum vidisse cupiet.

Catalogue de ses Ouvrages.

1. *Entier discours des choses qui se sont passées à la reception de la Reine & mariage du Roy. Paris* 1570, *in* 8o. It. *Lyon* 1571. *in* 8o. C'est cet ouvrage qui commença à lui donner un nom. Le P. *le Long* en releve cependant une faute (*Bibl. des Hist. de France*) *Masson* dit que l'Archevêque de *Treves* qui conduisoit la Reine, préceda le Duc d'Anjou, circonstance qui est contredite par les Memoires du Chancelier de *Chiverny*.

2. *De Satu Andegavensis Academia Oratio Panegyrica dicta. anno*

1571. *Pariſ.* 1571. *in* 80.   P. MAS-

3. *Elogium Franciſci Balduini Ju* SON.
riſconſulti Atrebatenſis cum Epita-
phio, Papiro Maſſono & aliis auc-
toribus. Pariſ. 1573. *in* 4°. Cet éloge a été inſeré dans les Eloges de
Maſſon tom. 2. p. 255.

4. *Hiſtoria Vitæ Caroli IX. Fran-*
corum Regis. 1577. *in* 80 Cette Hiſtoire ſe trouve auſſi dans le premier
tome des Eloges de *Maſſon.*

5. *Annalium libri IV. quibus res*
geſtæ Francorum explicantur à Clo-
dione ad Franciſci I. Obitum. Pariſ.
1577. *in* 4°. 2. *editio à Pharamun-*
do ad Henricum II. Pariſ. 1598. *in*
4°. *Maſſon* a compoſé cet ouvrage
en Latin & en François, mais il
n'a pas été publié en cette derniere
Langue. Il s'eſt ſervi dans le titre
du nom d'Annales, quoiqu'il ne
ſe ſoit pas aſtreint à rapporter à chaque année ce qui s'y eſt fait. Il y
a inſeré pluſieurs bonnes remarques;
il eſt aſſez exact, mais il n'eſt pas
aſſez profond ; c'eſt pour cela qu'on
le lit peu. Dans ſa premiere édition
il n'a pas parlé de *Pharamond,* parce que *Gregoire de Tours* n'en fait

P. MAS- pas mention. C'est ainsi qu'en par-
SON. lent l'Abbé *Lenglet* & après lui le
P. *le Long.*

6. *Vita Claudii & Francisci pri-*
morum Guisiæ Ducum in 80. *Paris.*
1577. It. inferée dans le 1. tome
des Eloges de *Masson.*

7. *Elogium Renati Biragæ S. R. E.*
Cardinalis & Cancellarii Franciæ. Pa-
ris. 1583. *in* 40. It. inferé dans le
2. tom. des Eloges de *Masson.*

8. *Consolatio ad Philippum Che-*
vernium Franciæ Cancellarium super
obitu Annæ Thuanæ Uxoris. Paris.
1584. *in* 40.

9. *Vita trium Etruriæ Principum*
Dantis Aligherii, Francisci Petrar-
chæ, & Joh. Boccatii. Paris. 1587.
in 80. It. inferez dans les Eloges de
Masson.

10. *Justinianei Cæsares, quorum*
nomina & constitutiones Justinianus
in codicem retulit. Paris. 1588. It.
inferez dans le 1. volume des Eloges.

11. *Elogium Joannis Aurati Poetæ*
Latini. Paris. 1588. *in* 80. It. inferé
dans le 2. vol. des Eloges.

12. *Vita Inclyti Principis Joannis*
Engolisma & Petragoriorum Comitis

è Regia stirpe Francorum. Paris. 1588. P. Mas-
in 8°. Cette Vie qu'on trouve aussi son.
dans le tome 1. des Eloges a été
traduite en François par *Jean du
Port* sieur de *Rosieres*, & imprimée
à *Angoulême* 1589. & 1602. *in* 4°.
& à *Paris* 613. *in* 8°.

13. *Vita Jacobi Cujatii Jurisconsulti.* Paris. 1590. *in* 4°. Cette vie
se trouve encore à la tête des Oeuvres Posthumes de *Cujas.* Paris 1617.
in fol. & dans le 2. vol. des Eloges
de *Masson.*

14. *Petri Pithæi Jurisconsulti Elogium.* Paris. 1597. *in* 4°. It. dans
le 2. vol. des Eloges.

15. *Annæi Anglurii*, cognomento
Givrii, *Nobilissimi fortissimique Equitis
Elogium.* Paris. 1594. *in* 4°. It.
dans le 1. tom. des Eloges.

16. *Christophori & Augusti Thua-
norum Elogium.* Paris. 1595. *in* 4°.
It. dans le 2. tome des Eloges.

17. *Vita Lucii Titii apud Juris-
consultos celeberrimi. viri ex Pandec-
tarum libris recens edita.* Lugduni 1597.
in 8o. It. dans le 1. tome. des Eloges.

18. *Caroli Borboni S. R. E. Cardinalis Elogium.* Paris. 1599. *in* 4°.

P. Mas- It. dans le 1. tome des Eloges.

son. 19. *Notitia Episcopatuum Galliæ, quâ Franciâ est. Paris.* 1606. *in* 80. *editio* 2ª. *auctior. Paris.* 1610. *in* 80. It. dans le Recueil de *du Chesne* des Historiens de France tom. 1. p. 45.

20. *Renati Chopini Vita. Paris.* 1609. *in* 80. It. dans le 2. vol. des Eloges.

21. *Relatio Ceremoniarum Baptismi Ludovici Delphini primogeniti Henrici Magni. Paris.* 1606. *in* 80.

22. *Tumulus & Elogia Claudii Puteani Senatoris Parisiensis Aut. Papp. Massono & Josepho Scaligero. Paris.* 1607. *in* 40.

23. *Pomponii Bellevrii Cancellarii Magni Franciæ Elogium. Paris.* 1607. *in* 40. It. dans le 2. tome des Eloges.

24. *Arverni Municipii descriptio è Bibliotheca Papirii Massoni edita à Joanne Fratre. Paris.* 1611. *in* 40.

25. *Elogium Henrici Joyosæ Ordinis Capucinorum. Paris.* 1611. *in* 80. It dans les Eloges tome 1.

26. *Gerberti Remorum & Ravennatum Archiep. postea Sylvestri II. Papa, Joannis Sarisberiensis, & Stephani*

phani Tornacenfis Epiftolæ ; nec non P. MAS-
Stephani X. Nicolai II. & Alexan- SON.
dri II. ad Gervafium Remenfem Ar-
chiepifcopum Epiftolæ. Edente Papirio
Maffono. Parif. 1611. *in* 4°. Le Pere
du Moulinet Chanoine Regulier de
Sainte Genevieve a donné une nouvelle édition des Lettres d'*Etienne
de Tournay* revûe & augmentée de
60. nouvelles Lettres. Son édition
a paru à *Paris* en 1679. *in* 80.

27. *Defcriptio Fluminum Galliæ,*
quâ Francia eft. Parif. 1618. & 1678.
in 80. *It. cum notis Antonii Mi-*
chaelis Baudrand. Parif. in 12. 1685.
Cet ouvrage eft affez eftimé. Cependant M. *de Valois* le trouvoit confus
& peu exact. On en a fait une traduction Françoife, mais qui n'a
pas été imprimée.

28. *Hiftoria Calamitatum Galliæ,*
quas fub aliquot Principibus Chriftia-
nis invita pertulit à Conftantino Cæ-
fare ufque ad Majorianum, qui vi-
cit in Atrebatibus Clodionem Regem
Francorum, Pharamundi fuccefforem.
Opus Papirii Maffoni, fed Pofthu-
mum & variis adhuc in locis imperfec-
tum, recens ex Auiographo Joannis

Tome V. R

B. Massoni fratris ipsius evulgatum.
Cet ouvrage se trouve dans le 1. tom.
des Historiens de France de *du Chesne* p. 52.

29. *Elogia Sereniss. Ducum Sabaudiæ à Joan. B. Massono fratre edita.*
Paris. 1619. *in* 8o. It. dans le 1. vol.
des Eloges.

30. *Tumulus Margaretæ Valesiæ*
Taurinensium Dominæ à Joan. B. Massono editus. Paris. 1619. *in* 8o. It.
dans le 1. vol. des Eloges.

31. *Joan. Papirii Massonis Elogiorum Pars I. quæ Imperatorum, Ducum, aliorumque insignium Heroum*
virtute maxime bellica illustrium vitam
complectitur. Pars II. quæ vitam eorum
complectitur qui amplissimarum dignatum titulis, vel eruditionis laude & publicatis litterarum monumentis claruerunt. E Musæo Joannis Balesdens in
Sen. & Regiâ Adv. Paris. in 8o. 2.
tom. 1638. *Balesdens* n'a pas mis
dans ce Recueil tous les Eloges de
Papire Masson, qui étoient au nombre de cinquante ; il y en a même
inseré qui ne sont pas de lui. Ainsi
la Vie de *Calvin* qui se trouve à la
page 407. du tome 2. n'est point de
lui, quoi qu'elle se soit trouvée après

la mort entre ſes papiers, mais de P. MAſ-
J. Gillot Conſeiller Clerc au Parle- son,
ment de *Paris* mort en 1619. De
même l'Eloge de *Simon Pietre* qui eſt
à la page 377. du même volume eſt
de *Guy Patin*, ſelon M. *Colomiez*.

32. *Elogium Michaelis Mareſcotti
Doctoris Medici Pariſienſis.* Cet éloge eſt imprimé à la page 596. des
Opuſcules de *Loyſel. Paris* 1652. *in*
4o. Il n'eſt point dans le Recueil
des Eloges de *Maſſon.*

33. *Geſta Collationis Carthaginenſis
inter Catholicos & Donatiſtas. Pariſ.*
1589. *in* 80. C'eſt *Papire Maſſon* qui
a donné le premier au public les
actes de cette conference, qui ont
paru enſuite avec les corrections de
P. *Pithou. Paris* 1631. *in* 80. Mais
comme ces éditions & celles qui ont
été faites deſſus étoient fort peu
correctes, M. *Baluze* les a collationnées de nouveau avec les MSS. &
a donné ces Actes bien plus cor-
rects dans ſa nouvelle collection des
Conciles.

34. *Servati Lupi Epiſtolæ Pariſ.*
1588. *in* 80. C'eſt *Papire Maſſon* qui
a donné le premier ces Lettres ; mais

P. Mas-
son.

son édition est pleine de fautes. M.
Baluze en a donné une bien meilleure en 1664. *in* 80.

35. *Agobardi Episcopi Lugdunen-*
sis opera. Paris. 1605. in 80. *Papire*
Masson qui a donné le premier ces
Ouvrages au public en trouva par
hazard le manuscrit. Il étoit à
Lyon chez un Relieur qui alloit le
déchirer pour s'en servir à couvrir
des livres. Il le retira aussi-tôt de
ses mains & l'acheta. On l'a accusé
d'infidelité dans cette édition, &
on dit qu'il a pris la liberté d'y
changer plusieurs choses, comme il
a été facile de le reconnoître par le
manuscrit même dont il s'est servi,
& qui est dans la Bibliotheque du
Roy. M. *Baluze* en a donné une
nouvelle édition plus exacte & plus
conforme à l'original.

36. *Libri VI. de Episcopis Urbis*
seu Romanis Pontificibus. Paris. 1586.
in 40. Le Cardinal *Baronius* qui estimoit les ouvrages de *Masson*, lui
écrivit un jour qu'il n'y trouvoit
rien à redire, excepté quelques endroits dans celui-ci ; mais *Masson*
ne voulut rien y changer, s'en rap-

portant ſur cela à la poſterité, qu'il P. Maſ-
en laiſſoit Juge. M. *Perrault* dans son.
l'Eloge de *Papire Maſſon* a fait une
plaiſante faute en traduiſant ce trait
de la vie Latine de ce Savant. Il a
rendu ces mots de *Epiſcopis Urbis*,
par ceux ci, des Evêques de Paris.
   V. *Vita Papirii Maſſoni Autore*
Jacobo Aug. Thuano, & Perrault Hom-
mes Illuſt. tom. I.

MELLIN DE SAINT GELAIS.

Mellin de S. Ge-
lais.

MELLIN *de Saint Gelais* dont
on trouve quelquefois le nom
écrit *Meſlin* ou *Merlin* nâquit à *An-*
goulême ſur la fin du XV. ſiecle.
Quelques-uns diſent qu'il étoit fils
naturel d'*Octavien de S. Gelais* Evêque d'*Angoulême*. Mais cela n'eſt pas
ſûr, ce ne ſont que de ſimples ſoupçons. *La Croix du Maine* dit ſeulement que quelques-uns le prétendent. Ce qui pourroit en faire douter, c'eſt qu'il ne paroît pas qu'aucun de ſes ennemis lui ait reproché
cette naiſſance. Il eſt vrai qu'alors
elle n'étoit pas honteuſe ; mais quoi-

R iij

qu'elle ne le fut pas, il est vrai pourtant qu'elle n'etoit pas si honorable qu'une naissance legitime, & que ses ennemis auroient bien pû en prendre occasion de dire quelque chose de desobligeant de lui. Quoiqu'il en soit, si cela n'est pas, cela est trèspossible, car outre que l'Episcopat n'empêche pas ceux qui en sont revêtus de s'abandonner quelquefois à des passions illicites, *Octavien de S. Gelais* n'étoit ni scrupuleux ni ennemi de l'amour.

Mellin de S. Gelais fit paroître dans sa jeunesse tant d'heureuses dispositions, qu'il paroissoit également propre à tout. Mais enfin son genie pour la Poësie l'emporta sur le reste. Les applaudissemens qu'on donna à ses premiers ouvrages, le goût qu'il avoit pour la Musique, le penchant pour la tendresse, la reputation d'*Octavien de S. Gelais*, la mode [car il n'y a jamais eu tant de Poëtes en France que de son temps] furent d'assez puissans motifs pour le porter à entrer dans une carriere, qui paroissoit devoir être pour lui plus éclatante que perilleuse.

Il fit ſes premieres études à *Poi-* MERLIN
tiers : on dit qu'il étudia à *Padoue* , DE S. GE-
& qu'il fit encore dans la ſuite d'au- LAIS.
tres voyages en Italie.

Iſſu d'une maiſon qu'on prétend
être deſcendue de celle de *Luſignan*,
ſa naiſſance & ſa reputation le firent paroître avec diſtinction à la
Cour de *François I.* Ce Prince lui
donna l'Abbaye de *Reclus* & le nomma Aumônier du Dauphin. Lorſque ce Dauphin fut parvenu à la
Couronne ſous le nom de *Henri II.*
S. Gelais continua d'être ſon Aumônier, & fut fait ſon Bibliothecaire, Charge qui ne paroît pas trop
convenir à un Poëte, mais qui con-
venoit à un Poëte de la reputation
de *S. Gelais*, qui étoit regardé comme Mathematicien, Philoſophe, Orateur, Theologien, Juriſconſulte,
Medecin & Aſtronome tout enſemble.

Il y a lieu de croire qu'il ne meritoit pas toutes ces qualitez ; mais
celle qu'on ne peut lui refuſer, c'eſt
que perſonne ne ſavoit mieux que
lui faire de ces ſortes de vers qui ne
diſent pas grand choſe, mais qui ſont

MELLIN
DE S. GE-
LAIS.

fort propres à être mis en chant. En effet *S. Gelais* les chantoit parfaitement bien, & il avoit l'art de marier agreablement sa voix avec les accords de son Luth ou de sa Guitarre.

On voit par plusieurs traductions qu'il a faites, & par les éditions qu'il a procurées qu'il savoit le Grec, le Latin & l'Italien.

Il fut toûjours ami particulier de *Clement Marot*, il prit part à toutes ses disgraces, & écrivit même contre ses ennemis. L'un & l'autre n'étoient cependant pas seulement Poëtes, mais encore Poëtes de même espece, & d'un merite égal, si même *Marot* ne l'emportoit pas. Du moins est-il vrai, que si la reputation de *S. Gelais* a contrebalancé, ou peut-être même passé celle de *Marot* du temps de ces deux Poëtes, la posterité s'est entierement déclarée en faveur du dernier. Cependant *Ronsard* ne crût pas *S. Gelais* exempt de cette jalousie de metier ; quoiqu'il fit paroître en plusieurs endroits de ses ouvrages qu'il l'estimoit, il ne laissa pas de l'accuser de dé-

truire à la Cour les autres Poëtes. MELLIN
Mais l'animoſité qui s'éleva entre eux DE S. GE-
fut de courte durée. LAIS.

Une note manuſcrite de l'exemplaire de *la Croix du Maine* qui eſt
à la Bibliotheque du Duc de *Noailles*
marque qu'il mourut en 1558. S'il
n'eſt pas ſûr qu'il ſoit mort cette
année là, il eſt du moins ſûr qu'il
vivoit encore, puiſqu'il a fait l'E-
pitaphe de *Jules Ceſar Scaliger* qui
mourut cette année. Il mourut, ſelon *Sainte Marthe*, âgé d'environ
67. ans, & fut enterré à *Paris* à
S. Thomas du Louvre.

Il fit dans ſa derniere maladie &
preſque à l'extremité ces ſix vers.

Barbite, qui varios leniſti pectoris
 æſtus,
Dum juvenem nunc ſors, nunc agi-
 tabat amor,
Perfice ad extremum, rapidæque in-
 cendia febris
 Qua potes infirmo fac leviora ſeni.
Certe ego te faciam, ſuperas evectus
 ad auras,
 Inſignem ad cithara ſydus habere
 locum.

On accuſe *Mellin de S. Gelais*

d'avoir eu une fille naturelle, &
l'on prétend que c'est à elle qu'est
adressée une de ses plus belles pieces
de vers, qui a pour titre : *A Diane
ma niece.* Quoiqu'il en soit, il étoit
d'humeur assez galante, & il pensa
un jour lui en couter la vie. Un jaloux voulut le faire assassiner, &
en chargea un valet, qui ne fit que
le blesser. Voici comme il raconte
cette avanture, dont il prend occasion de dire une douceur à sa
belle.

*Quand Chaluan vit qu'un de ses
  valets*

Avoit failli à sa longue entreprise ;
Qui fut d'ôter la vie à Saint Gelais,
Par jalousie en son courage éprise :
Il le tança de ce qu'en la surprise
Tâché n'avoit donner au cœur tout
  droit.

Ha ! dit-il, Maître, il avoit là en-
  droit

D'une autre main autre playe & mar-
  tyre,

Dont s'il ne meurt peu y aura à dire :
Lui blessant donc la main, l'aine, &
  la bouche,

Vengé vous ai, tant qu'il vous doit
  suffire,

De ce qu'il ſçeut & parler & écrire , MELLIN
Et du ſurplus qui plus au cœur vous DE S. GE-
touche. LAIS.

Les Poëſies de *Mellin de S. Gelais* n'ont paru pendant ſa vie qu'imprimées en differens Recueils , où
elles ſe trouvoient mêlées avec les
ouvrages de pluſieurs autres. *Antoine de Harſy* Libraire de *Lyon* les
recueillit & en fit une édition *in* 8o.
qui parut à *Lyon* en 1574. ſous le
titre d'*Oeuvres Poëtiques de Mellin
de S. Gelais.* Cette édition fut ſui-
vie d'une autre faite auſſi à *Lyon* en
1582. par *Benoît Rigaud ,* petit *in*
12. Elle eſt ſemblable pour les pieces à celle de *Harſy. Charles de Sercy*
en fit une nouvelle à *Paris* en 1656.
in 12. Mais celle-ci eſt très défec-
tueuſe : onze pieces qui ſont dans les
éditions de *Lyon* y manquent , &
on y en a mis quatre qui ne ſont
point de *S. Gelais.* Cependant elle
eſt devenuë trés-rare. C'eſt ce qui a
engagé *Urbain Coutelier* Libraire de
Paris à en publier une *nouvelle édition augmentée* d'un très-grand nombre
de pieces Latines & Françoiſes. *Paris* 1719. *in* 12. C'eſt la plus ample

MELLIN
DE S. GE-
LAIS.

& par conſequent la meilleure ; elle
eſt cependant encore très-imparfai-
te ; il y a peu d'ordre dans la diſtribution des pieces ; pluſieurs ſont
confondues ſous le même titre, qui
devroient être diſtinguées. On
trouve ſouvent dans des vers des
mots ſuperflus, il y en a d'obmis,
ou placez où ils ne doivent pas être.

Au reſte il faut avouer que quoique
ces Poëſies ſoient eſtimées, on auroit de la peine à trouver parmi
les cinq cens pieces qui compoſent
cs Recueil, une centaine qu'ón pût
regarder comme vraiement dignes
d'être conſervées à la Poſterité. *S.*
Gelais n'excelle que dans l'harmo-
nie du vers & dans la richeſſe des
rimes, en quoi aucun Poëte François ne l'a peut être égalé. Mais le
grand nombre d'Epithetes, les di-
verſes idées qu'il veut joindre enſemble avant que de finir un ſens,
beaucoup d'inexactitude dans la
conſtruction le rendent en pluſieurs
endroits, & même dans de petites
pieces preſque inintelligible; ajoûtez
à cela des penſées fauſſes, & inſipi-
des, des mauvais jeux de mots, des

obſcenitez groſſieres, & un mélange MELLIN
des choſes les plus ſaintes avec lesplus DE S. GE-
prophanes, qui ne ſe rencontrent que LAIS.
trop ſouvent dans pluſieurs pieces.

Mellin de S. Gelais a encore, traduit du Grec en François, ſuivant
la Croix du Maine, ou compoſé,
ſelon *du Verdier* la Tragedie de *So-*
phonisbe, qui a été imprimée à *Pa-*
ris par *Richard Breton* en 1560. *in*
8o. Les chœurs ſeulement ſont en
vers, & le reſte en proſe.

Il a auſſi revû & corrigé le Cour-
tiſan du Comte *Balthaſar de Chaſtil-*
lon, ou *Caſtiglione*, que *Jean Colin*
avoit traduit de l'Italien en François. Cette édition de *S. Gelais* a
été faite à *Paris* par *Gilles Corrozet*
en 1549. *in* 8o. *La Croix du Maine*
ſemble faire entendre que c'eſt là la
premiere qui ait paru avec les corrections de *S. Gelais*, on en trouve
cependant une précedente faite à
Lyon en 1538. *in* 8o.

On lui a encore obligation des
Voyages avantureux du Capitaine Jean
Alphonſe Xaintongeois, que les *Mar-*
néſs firent paroître à *Poitiers* en 1559.
in 4o.

V. *La Croix du Maine & Verdier.*

206 *Mém. pour servir à l'Histoire*
les Eloges de Sainte Marthe, & l'Eu-
rope Savante tom. II.

FRANÇOIS VILLON.

LE vrai nom du Poëte dont je me propose de parler est *François Villon*, il n'en a jamais pris d'autre; personne ne lui en a non plus donné d'autre jusqu'au Président *Fauchet*, c'est-à-dire pendant plus de cent ans; son pere & un de ses oncles portoient le même nom de *Villon*. Ainsi ce n'est point un surnom qu'on lui ait donné à cause de ses friponneries. Le mot de *Villon* signifiant autrefois un frippon a donné lieu à quelques-uns de le croire, mais mal à propos. C'est aussi mal à propos que d'autres ont crû que le mot de *Villon* avoit reçû sa signification de fripon à cause de notre Poëte, puisqu'il l'avoit avant lui. Le nom de *Corbueil* que le Président *Fauchet* lui donne ne lui appartient pas. Il a été trompé par une fausse copie de son Epitaphe, qu'il dit avoir trouvée ainsi conçûe :

Je suis François, dont ce me poise,
Nommé Corbueil en mon surnom,

Natif d'Auvert enprès Pontoise,
Et du commun nommé Villon,
Ou d'une corde d'une toise.
Sauroit mon col que mon cul poise ;
Se ne fût un joli appel ,
Le jeu ne me sembloit point bel.

Son Epitaphe veritable qui se trou-
ve dans toutes les éditions de ses
Oeuvres, & dans Rabelais est telle :
Je suis François , dont ce me poise ,
Né de Paris emprès Pontoise ,
Or d'une corde d'une toise
Saura mon col que mon cul poise.

Une preuve certaine que la premiere Epitaphe est fausse , c'est qu'il
y est dit que *Villon* est d'*Auvert ,* au
lieu qu'il est incontestable par ses
œuvres qu'il étoit de *Paris.* D'ailleurs au cinquiéme vers il y a *ou,*
qui marque que c'étoit à *Pontoise*
qu'il devoit être pendu , au lieu que
c'étoit à *Melun.*

Il peut se faire qu'on a fait du qua-
train de *Villon* un huitain long-tems
après lui , pour l'adapter à un particulier nommé *Corbueil,* qui apparemment étoit surnommé *Villon* parmi
ses camarades , parce que peut-être
il s'aidoit des deux métiers de *Villon ,* c'est-à-dire, de la friponnerie &

F. Vil-
lon.

de la Poësie , & qui ayant été condamné à *Pontoise* à être pendu , en
auroit appellé à l'exemple de *Villon.*

Villon nâquit à *Paris* l'an 1431.
car il fit son grand testament en
1461. & le data de la 30e année de
son âge. Il parle de ses parens comme
de gens fort pauvres , qui n'avoient
ni fonds ni revenus. Ils ne laisse-
rent pas de le faire étudier , mais il
se laissa entraîner à la débauche. Il
se fit souvent des affaires & il fut
mis en prison plusieurs fois. De la
maniere dont il parle du Châtelet
dans son petit Testament qu'il composa à l'âge de 25. ans, il paroît qu'il
l'avoit frequenté avant cet âge ; il ne
faut pas cependant s'imaginer que
les friponneries qu'on lui reproche
eussent quelque chose de bien odieux.
Si l'on en peut juger par ses *Re-
pues franches*, la plûpart de ses friponneries se terminoient à quelques bons tours, qui alloient à es-
camoter du pain , du vin , &c. pour
se réjouir aux dépens d'autrui avec
ses camarades.

Mais selon toutes les apparences
il s'agissoit de quelque chose de plus
serieux

ſerieux dans l'affaire qui cauſa ſa priſon de *Melun*. Il falloit que le crime
fût conſiderable, puiſqu'après trois
ou quatre mois paſſez dans les ca-
chots, il fut condamné à être pendu avec cinq de ſes camarades. Il y
a d'autant plus lieu de préſumer que
ſon affaire ſonnoit mal, que lui qui
dans ſes poëſies parle aſſez librement
de ſa priſon, de ſa condamnation
& de ſon appel, ne dit pas un mot
du crime pour lequel il avoit été condamné; il ſe contente ſans rien ſpe-
cifier de remonter à la cauſe éloignée,
c'eſt-à-dire, à la miſere & à la pauvreté qui l'avoit jetté dans le pré-
cipice. Quelques-uns ont crû que
c'étoit pour crime de fauſſe Mon-
noie; mais la choſe n'a nulle apparence, puiſqu'il eſt conſtant, que
dans ce tems-là le ſupplice ordinaire
des faux Monnoyeurs étoit d'être
jettez dans une chaudiere bouil-
lante.

Quelqu'ait été le crime de *Villon*,
il eſt ſûr qu'il fut mis en priſon à
Melun au commencement de l'Eté
de 1461. lui & cinq de ſes camarades.
Après quatre ou cinq mois de priſ-

fon ils furent condamnez à être pen-
dus. *Villon* en appella, comme il
nous l'apprend dans une Ballade fur
cet appel qui eft une piece fi inge-
nieufement maniée, & dont les tours
font fi naifs & les chutes fi naturel-
les qu'il ne feroit pas poffible de rien
faire de mieux.

On voit dans cette Ballade, que
c'étoit alors l'ufage que quand on
prononçoit une Sentence de mort
à un criminel, il devoit y avoir un
Notaire préfent à la prononciation,
apparemment afin de prendre acte
de l'acquiefcement, ou de l'appel de
celui à qui on avoit prononcé la
Sentence.

Il appella fans efperer un meilleur fort, & feulement pour gagner
du temps, & ce fut alors qu'il fit
fon Epitaphe; mais il trouva de la
protection auprès de *Louis* XI. qui
ne faifoit que de monter fur le trône. Il y a lieu de croire que quelque grand Seigneur s'intereffa pour
lui auprès du Roy & parla en fa
faveur. Peut-être fut-ce le Duc de
Bourbon, qu'il regardoit comme fon
protecteur. Ce qu'il y a de certain,

c'eſt que ce fut *Louis* XI. qui le tira
de priſon, & lui ſauva la vie. La
grace qu'il lui accorda ne fut pas
cependant abſolue & entiere, & il
falloit que ſon crime fût conſiderable, puiſque toute la faveur qu'on
pût lui faire fut de commuer ſa peine
en banniſſement.

Il paroît que ce banniſſement n'é-
toit pas hors du Royaume, puiſqu'il
ſe retira en Poitou à *S. Genou* près
de *S. Julien.* L'état de miſere & de
pauvreté où il ſe trouva là lui fit
faire des réflexions ſerieuſes ſur ſes
égaremens. Il fit alors ſon grand
Teſtament à l'âge de trente ans. On
n'a gueres de vers de ſa façon, qu'on
puiſſe juger avoir été faits depuis.
Peut être devint-il pareſſeux dans la
ſuite, parce qu'il ſe trouva plus à
ſon aiſe. Car ſi l'on en croit *Rabelais* [*a*] il fut fort en faveur auprès d'*Edouard* V. Roy d'Angleterre.

On ne ſait pas préciſément en quel
temps il mourut. A l'égard du lieu,
il eſt probable que ce fût à *S. Mai-*

[*a*] *Liv.* 4. *ch.* 67. *de ſon Pantagruel.*

S ij

F. VIL-*xent* en Poitou, où selon le témoi-
LON. gnage de *Rabelais* il s'étoit retiré sur
ses vieux jours , & où il vivoit , dit-
il , *sous la faveur d'un homme de bien*
Abbé dudit lieu.

Villon est dans ses poësies beaucoup plus égal & plus soutenu que
Clement Marot, dont il y a plus de
la moitié des Ouvrages qu'il faut
laisser , & qu'on ne lit jamais , parce qu'il seroit impossible d'en soutenir la lecture , au lieu qu'il n'y a
pas un couplet de huit vers dans
Villon , où l'on ne rencontre quelque chose qui fasse plaisir. Tout y
coule de source , & est manié avec
un badinage fin & spirituel , soutenu par des expressions vives &
enjouées , qui reveillent le lecteur.
Ses vers ont le tour tel que le demande la poësie , & ne tombent jamais dans le ton prosaique Chaque
vers fait un sens complet & il est rare
que l'un enjambe sur l'autre. Son
langage quoique suranné par rapport à plusieurs termes ne l'est presque point pour le style. Sa rime outre cela est toûjours fort riche. On
peut le regarder comme le Pere de

nos bons Poëtes en fait de poëſie enjouée : c'eſt lui qui a formé *Clement Marot*, & ce que nous avons de meilleur en ce genre. M. de *la Fontaine* le connoiſſoit bien, & il avoit beaucoup profité de ſes œuvres. C'eſt le jugement que le P. *du Cerceau* habile connoiſſeur en ce genre fait des ouvrages de *Villon*.

Il ſeroit difficile, & même inutile de donner un détail de toutes les éditions des Poëſies de cet Auteur. On en a fait pluſieurs avant *Clement Marot*, qui indigné qu'on l'y eut défiguré entierement entreprit pour plaire au Roy *François* I. qui goûtoit fort *Villon*, d'en donner une nouvelle conforme, autant qu'il étoit poſſible, à l'original de l'Auteur. C'eſt ſur cette édition faite à *Paris* en 1533. *in* 16. que s'eſt faite celle qu'*Urbain Coutelier* a donné à *Paris* en 1723. *in* 80. & qui l'emporte ſur toutes les autres.

V. la Lettre du P. *du Cerceau* qui précede cette derniere édition.

MARSILE FICIN.

MARSILE *Ficin* nâquit le 19.
Octobre 1433. à *Florence* où
son pere étoit Medecin & Chirurgien. *Côme de Medicis* instruit de
son beau naturel, se fit un plaisir
de contribuer à son éducation. *Boif-
sard* (*a*) & après lui *Wharton* (*b*)
se sont trompez en attribuant ce
fait à *Laurent de Medicis.*

Il apprit la Grammaire sous les
plus habiles Maîtres qu'il y eut alors
à *Florence*, il ne prit pas cependant
sous eux un bon style ; car le sien
n'est pas pur, & il y a de l'obscurité ; ce qu'on doit attribuer sans
doute à la lecture continuelle qu'il
faisoit de *Platon.*

Il étudia ensuite la Philosophie ;
mais son ardeur pour apprendre étoit
trop vive pour en demeurer là. Il
voulut savoir la Theologie & la Medecine, quoique ces deux sciences

[*a*] *Icon, Vir. Illust, part.* 1. *p.* 155.
[*b*) *App. ad Hist. script. Eccl. Cave*
fol. 152.

n'ayent aucun rapport entre elles. M. FICIN.
Il apprit auffi la Mufique pour y
trouver de quoi fe délaffer dans le
cours de fes études.

Il reçût pendant ce temps-là la
Prêtrife, & fut fait Chanoine de
l'Eglife Cathedrale de *Florence. Laurent de Medicis,* à l'éducation duquel
il avoit travaillé, n'eut pas pour lui
moins de confideration qu'en avoit
eu *Côme* fon grand pere, il le com-
bla de biens jufqu'à la fin de fa vie.

Son habileté dans la Philofophie
de *Platon* le fit choifir pour l'enfeigner aux autres dans l'Academie de
Florence, & il le fit avec un fuccès
qui lui attira plufieurs écoliers des
pays les plus éloignez.

Au refte il aimoit le repos, & vivoit le plus qu'il lui étoit poffible
hors du commerce des hommes ; non
point pour paffer les jours dans l'oifiveté, mais pour travailler avec plus
de tranquillité, & pour n'être point
interrompu.

On loue fa douceur, fa moderation, fa fidelité pour fes amis, fon
éloignement pour l'ambition ; ce
font là fes bonnes qualitez ; mais il

M.FICIN. avoit aussi des défauts. Une foiblesse extraordinaire pour l'Astrologie judiciaire, qu'on ne peut excuser que parce que c'étoit le goût de son siecle, & une basse adulation que l'on remarque aisément dans plusieurs de ses Lettres. *Wharton* ajoûte que l'étude de la Philosophie avoit alteré en lui l'esprit de la Religion ; mais que les Prédications du fameux *Savonarole* le ranimerent & lui inspirerent même de la dévotion.

Au reste c'étoit un parfait Sectateur de *Platon*, & on ne peut rien ajoûter aux éloges qu'il a fait des écrits de ce grand Philosophe. Son amour pour lui l'a même porté à des excès que l'on peut appeller avec justice des extravagances. Ainsi il prétend que le Dialogue de *Platon* intitulé *Criton* renferme les fondemens de la Religion Chrétienne ; il veut que les Philosophes qui ont vêcu avant Jesus Christ, comme *Pithagore*, *Socrate*, *Platon*, &c. ayent été après leur mort dans les Limbes, d'où ils ont été tirez par Jesus-Christ pour monter dans le Ciel, il n'a pas eu honte de faire passer

Socrate

Socrate pour une figure de notre M. FICIN, Sauveur , & de faire entr'eux une comparaiſon , dans laquelle ils ſe reſſemblent en tout. Il n'eſt pas ſur-prenant après cela qu'il ait voulu qu'on enſeignât dans les Egliſes la Philoſophie de *Platon* comme une choſe ſacrée , & que prêchant une fois, il en ait recommandé l'étude à ſes Auditeurs. Il ne l'eſt pas non plus, qu'il ait eu de l'eſtime & de l'amitié pour tous ceux qui faiſoient profeſ-ſion à ſon exemple d'eſtre les Secta-teurs du Philoſophe dont il faiſoit ſon idole , & qu'il les appellât ſes freres en *Platon*. Mais on auroit pû lui dire ce vers d'un Poëte.

O Corydon, Corydon, quæ te dementia cepit !

Il eſt mort en 1499. dans une maiſon de campagne à *Carreggi ,* près de *Florence ,* & fut enterré aux dépens de cette Ville dans l'Egliſe Cathedrale. Il étoit alors âgé de 66. ans. Pluſieurs Auteurs ſe ſont trom-pez ſur le temps de ſa mort , & ſur l'âge qu'il avoit alors. *Reuſner* & *Negri* en lui donnant alors 70. ans. *Cardan* en le faiſant mourir à 80.

Tome V.   T

M. FICIN. ans, & *Jacques Boissard* en rapportant sa mort à l'an 1484. & à la 71e
année de son âge.

Il étoit d'une taille des plus petites, & d'un temperamment si deli-
cat, qu'il ne vivoit que par les mé-
nagemens infinis qu'il avoit pour sa
santé. Il ne s'habilloit jamais sans
avoir consulté le temps qu'il faisoit,
& le vent qui souffloit, afin d'y pro-
portionner les habits qu'il devoit
mettre ; car il en avoit pour toutes
sortes de temps.

Le Cardinal *Baronius* rapporte
dans ses Annales Ecclesiastiques sur
l'année 411. un fait de *Marsile Ficin*
qu'il dit avoir appris du petit-fils
de *Michel Mercati*. Le voici. *Marsile Ficin* & *Michel Mercati*, qu'un
pareil attachement pour la Philosophie de *Platon* rendoit amis, raison-
nant un jour sur l'immortalité de
l'ame, & sur ce qu'elle devenoit
dans l'autre vie, convinrent ensemble que celui d'entr'eux qui mour-
roit le premier viendroit, sous le
bon plaisir de Dieu, dire au survi-
vant s'il y avoit une autre vie. Quelques jours après *Michel Mercati*

étant occupé de grand matin à méditer ſur des matieres philoſophiques, entendit un cheval courir à
toute bride dans la ruë & s'arrêter à
ſa porte, & ouit dans le même moment la voix de *Marſile Ficin*, qui
lui diſoit, *Michel, Michel, cela eſt
vrai. Mercati* s'étant levé auſſi-tôt,
ayant ouvert ſa fenêtre, vit un fan-
tome blanc monté ſur un cheval de
même, qui continuant ſa courſe diſ-
parut auſſi-tôt. *Mercati* envoya auſſi-tôt chez *Ficin* qui venoit de mourir. Peu de Lecteurs ſeront aſſez
crédules pour ſe perſuader ce fait,
dans lequel il ſe trouve une circonſ-
tance qui eſt certainement fauſſe ;
car *Baronius* dit que *Ficin* étoit alors
à *Florence* où il mourut ; au lieu
qu'il eſt ſûr qu'il mourut à la campagne.

Tous ſes ouvrages ont été imprimez enſemble en deux volumes *in
fol. Venetiis* 1516. *Baſileæ* 1561.
1576. *Paris.* 1641.

Le premier volume contient.

1. *De Religione Chriſtiana.* Cet
ouvrage que *Ficin* compoſa en 1474.
a été imprimé pluſieurs fois ſepare-

M.FICIN. ment. *Louis Crocius* le publia à *Breme* avec ses notes en 1617. *in* 12. *Ficin* l'a traduit en Italien, & il y a une édition faite en cette langue à *Florence* en 1568. *in* 8º. on en a aussi imprimé une traduction Françoise à *Paris* en 1578. *in* 8º.

2. *Theologiæ Platonicæ de immortalitate animorum*, *libri* XVIII. imprimée à *Florence* 1482. *fol.* It. *Paris* 1559. *in* 8º.

3. *In Epistolas D. Pauli Commentarius & Ascensus ad tertium cælum ad Paulum intelligendum.* Ce titre n'est pas juste, car il n'y a dans l'ouvrage que l'explication des trois premiers Chapitres, & de la moitié du quatriéme de l'Epître aux Romains.

4. *Prædicationes aut Conciones.*

5. *De Vita libri tres*, 1º. *De Studiosorum sanitate tuenda.* 2. *De Vita producenda.* 3. *De Vita cælitus comparanda. Venetiis* 1584. *in* 4º. *Argentorati* 1511. *in* 4º. Cet ouvrage a esté traduit en Italien, & imprimé en cette langue à *Venise* en 1548. *in* 8º. le premier livre a été imprimé separément en latin avec les notes de

G. *Pictonius* à *Basle* en 1569. *in* 80. M. Ficin.

6. *Apologia, in qua de Medecina, Astrologia, vita mundi, item de Magis qui Christum statim natum salutaverunt agitur.* Cette Apologie qui a été imprimée separément à *Venise* en 1498. ne tient que trois pages dans *l'in fol.*

7. *Quod necessaria sit ad vitam securitas & tranquillitas animi.* Ouvrage qui ne tient qu'une page.

8. *Epidemiarum Antidotus tutelam bonæ valetudinis continens. Ficin* avoit écrit ce Livre en Italien. *Jerôme Riccius* a pris soin de le traduire en Latin, & il a été imprimé separement en cette Langue à *Basle* en 1532. & avec le Livre *De Vita. Lugduni* 1657. *in* 16.

9. *Epistolarum Libri* XII. Ces Lettres ont été imprimées separement à *Venise* en 1495. *in fol.* & à *Nuremberg* en 1497. *in* 40. *Felix Fillivcci de Sienne* les a traduites en Italien, & elles ont été publiées en cette Langue à *Ferrare* en 1546. Il y a peu à apprendre dans ces Lettres ; on n'y trouve rien de l'histoire litteraire de ce temps. Les matieres

M. Ficin. philosophiques qui y font traitées font enveloppées d'une obscurité qui rebute le lecteur ; ajoutez à cela que l'Auteur y parle trop souvent des folies de l'Astrologie judiciaire dont il étoit entêté. C'est un défaut qui se trouve dans plusieurs de ses autres ouvrages, entr'autres dans celui *De Vita.* Il se trouve parmi ces Lettres une piece intitulée : *Oratio Gregis Christiani ad Pastorem Sixtum IV.* qui a été imprimée separement à *Basle* en 1519.

10. *De sole liber Allegoricus & Anagogicus.* Ce livre avoit été imprimé à *Florence* en 1493. on en trouve l'Apologie parmi ses Lettres.

11. *De Lumine liber.*

12. *De voluptate liber. Venetiis.* 1497. Cet ouvrage a été traduit en François sous ce titre : *De l'honnête Amour, traduit par Gui le Ferre de la Boderie. Paris* 1578. *in* 8°.

Le deuxieme volume contient :

1. *Dionysii Areopagitæ translatio cum suis argumentis,* imprimée separement à *Cologne* en 1536.

2. *In omnia Platonis Opera Epito*

me, *ſeu argumenta,* Commentaria, Col- M. FICIN.
lectanea & Anotationes.

3. *In Plotini Libros* 54. *De rebus
Philoſophicis argumenta, quibus tota
ejus Philoſophia comprehenditur.*

4. *Expoſitio in Interpretationem
Priſciani ſuper Theophraſtum de ſenſu
Phantaſia, & intellectu.*

5. *Mercurii Triſmegeſti Pimander
de poteſtate & ſapientia Dei. Ficino
Interprete & Aſclepius de voluntate
Dei. Lucio Apuleio Interpret, ecum com-
mentariis Ficini.*

6. *Athenagora Athenienſis de Re-
ſurrectione excerpta.*

7. Pluſieurs petits ouvrages de
Philoſophes Platoniciens, dont la
traduction avoit déja paru à *Veniſe*
en 1497.

Ce qu'il y a de *Platon* & de *Plo-
tin* dans le Recueil des ouvrages de
Ficin ne ſont que des Sommaires.
Les ouvrages ont paru ſeparement.

Ficin eſt le premier qui ait entrepris de traduire *Platon.* On ne peut
pas ſçavoir au juſte quelle année ſa
traduction commença à voir le jour.
La premiere édition s'en eſt faite à
Florence; mais l'année n'y eſt pas mar-

M. FICIN. quée ; on a cependant sujet de croire qu'elle a été faite avant l'an 1490. Elle est *in fol.* en caracteres Gotiques menus, & elle fourmille de fautes. Il s'en est fait depuis une à *Venise* en 1491. & celle-ci a été suivie de plusieurs autres. On dit que lorsque *Ficin* eut commencé la traduction de *Platon*, il en porta un morceau à *Marc Musurus* pour lui en demander son sentiment ; *Musurus* après en avoir lû la premiere page, trempa ses doigts dans l'encre, & l'en couvrit entierement. *Ficin* prit bien la chose, & recommença l'ouvrage avec beaucoup plus de soin, qu'il n'en avoit apporté auparavant.

Après que *Platon* eut été donné au public, il travailla à la traduction de *Plotin* qu'il donna en 1492.

Les Critiques ne conviennent pas du mérite de ses traductions. *Nannius* dit que *Ficin* est un fidele traducteur, qu'il ne s'écarte jamais de la phrase de ses Auteurs, qu'il s'attache scrupuleusement à leurs mots, qu'il en exprime même la pensée ; mais qu'il n'en a point pris le caractere ni le genie. M. *Huet* dans ſon livre *de Claris Interpretibus*, en M. FICIN. juge autrement ; car il dit que *Ficin* a entierement negligé les mots de ſes Auteurs, qu'il ne s'eſt pas ſoucié de les ſuivre à la lettre, que quelquefois il étend trop leurs penſées, mais auſſi qu'il les reſſerre trop quelquefois, & que cela paroît particulierement dans ſa traduction du prétendu *Triſmegiſte*.

Sa vie a été écrite par *Dominique Mellini*, par *Paul Jove* dans ſes éloges, *Warthon* dans ſes additions à la Bibliotheque Eccleſiaſtique de *Cave*, *Negri* dans ſa Bibliotheque des Auteurs Florentins ; mais aucun ne l'a fait plus exactement que *Jean-George Schelhorn* dans le premier volume de ſes *Amœnitates Litterariæ*, puiſqu'il l'a tirée des Oeuvres même de *Ficin*.

HENRI DE VALOIS.

HENRI *de Valois* nâquit à *Paris* le 10 Septembre 1603 de *Charles de Valois*, qui préferant le repos à une vie tumultueuſe, y vivoit de

H. DE VALOIS.

H. DE son revenu sans aucun emploi, &
VALOIS. de *Claudine de la Morliere*. Il commença ses études à *Verdun* sous les
Jesuites, & fit connoître deslors ce
qu'on pouvoit esperer de lui. Malheureusement il tomba sous un Regent qui ne faisoit consister la bonté
du Latin que dans le stile ampoulé ;
mais il avoit déja assez de jugement
& de goût pour ne pas tomber dans
un défaut dont il appercevoit le ridicule. Il s'en mocquoit même en
repetant souvent cette phrase qu'il
avoit entendu dire à son Maître,
pour exprimer le point du jour. *Di-
lucescebat, & emissa jam uberioris af-
futuræ lucis quasi præcone Aurora, fla-
vescentem auro Cæsariem pullulantibus
in altum radiis sol matutinus depec-
tebat.*

Henri de *Valois* n'avoit été envoyé à *Verdun* que parce que le College des Jesuites de *Paris* avoit été
fermé par ordre du Parlement ; mais
le Roy l'ayant fait ouvrir de nouveau en 1618. son pere le fit revenir à *Paris* après cinq ans de séjour à *Verdun*. Il continua donc ses
études au College de Clermont, où

il fit fa Rhetorique fous le P. *Petau*, qui conçût beaucoup d'eftime pour lui, de même que le P. *Sirmond*.

Après y avoir foutenu des Thefes de Philofophie avec beaucoup d'applaudiffement, il alla à *Bourges* en 1622. étudier en Droit Civil. Il employa deux ans à cette étude, & revint enfuite à *Paris* fe faire recevoir Avocat au Parlement. Il frequenta le Barreau pendant plus de fept ans, moins par goût, que pour contenter fon pere. Le peu de pratiques qui lui venoit acheva de le dégouter d'un métier qu'il n'aimoit pas, & qu'il quitta enfin pour fe livrer entierement aux belles Lettres.

Les Auteurs Grecs & Latins firent alors toute fon étude, & tout fon plaifir. Le Dimanche étoit deftiné à fes exercices de devotion, il donnoit à fes amis le Samedi après midi; tout le refte de la femaine étoit pour la lecture & le travail. Comme les Livres de fa Bibliotheque ne lui fuffifoient pas, il en empruntoit de toutes parts, & avoit coutume de dire à ce fujet, que les Livres prêtez étoient ceux dont il tiroit le

H. DE
VALOIS.

plus de fruit, parce qu'il les lifoit avec plus de foin, & qu'il en faifoit des extraits, dans la crainte de ne pouvoir plus les revoir.

Les connoiſſances qu'il acquit par ſon travail lui firent bien-tôt une grande réputation, qui augmenta encore par les ouvrages qu'il mit au jour. Une diſgrace vint troubler le cours de ſes études. Il avoit toûjours eu la vûë aſſez foible, mais ſon application continuelle à la lecture l'altera ſi fort qu'il perdit l'œil droit, & ne voyoit preſque point de l'autre.

Cet accident le mettoit dans l'obligation de diſcontinuer ſes études, ou de prendre un Lecteur. Il aimoit trop le travail pour pouvoir ſe reſoudre à l'abandonner ; mais auſſi de prendre un Lecteur étoit pour lui une dépenſe qu'il n'étoit pas en état de faire, & à laquelle ſon pere étoit d'une humeur trop épargnante pour vouloir contribuer. Cette ſituation le mettoit dans un embarras dont il parloit ſouvent à ſes amis ; ils avoient trop d'eſtime pour lui pour n'y prendre point part, & ils lui procure-

rent bien-tôt les ſecours dont il avoit
beſoin.

   Henri de Meſmes, Preſident à
Mortier averti de l'état où il ſe trouvoit lui offrit une penſion de deux
mille livres, s'il vouloit lui faire part
de ſes collections & de ſes remarques. *De Valois* n'aimoit pas trop à
communiquer ces ſortes de choſes
qu'il ne faiſoit que pour lui-même,
mais il n'y avoit pas à balancer, & il
accepta le parti qu'on lui propoſoit.
Il avoit alors quarante ans, & cette
penſion lui fut payée pendant ſept
ans, c'eſt-à-dire juſqu'en 1650. que
ce Preſident mourut. Il prit alors un
Lecteur qui écrivoit auſſi ce qu'il
compoſoit & ce qu'il lui dictoit.

   En 1650. il perdit ſon pere qui
mourut le 20 Juillet, & quelques
mois aprés le Preſident de *Meſmes*
ſon protecteur. La même année il fit
un diſcours à la loüange de la Reine
de Suede, qui venoit de monter ſur
le throne; cette Princeſſe lui en fit
témoigner ſa reconnoiſſance avec
promeſſe de lui envoyer une chaîne
d'or, & l'invita à venir en Suede
avec *Samuel Bochart*; mais la chaîne

H. DE
VALOIS.

ne parut point, & l'invitation qu'on lui avoit faite n'eût point de suite. Il y eut en cela un peu de sa faute. Quoi qu'il ne fût pas naturellement grand parleur, cependant il eut l'imprudence, lorsqu'il pensoit au voyage de Suede, de dire par tout que lorsqu'il seroit auprès de la Reine *Christine* il empêcheroit bien qu'elle n'appellât dans ses Etats des demi-Sçavans & des ignorans. Ces discours déplurent à quelques personnes qui s'y croyoient designez, ils écrivirent en Suede contre lui, & indisposerent ainsi l'esprit de la Reine, qui ne parla plus de lui.

Il fut un peu dédommagé de la perte qu'il fit de la pension que lui donnoit M. *de Mesmes*, par celle que le Clergé lui donna la même année 1650. elle fut d'abord de six cens livres, & on l'augmenta de deux cens en 1670. En 1658. le Cardinal *Mazarin* lui en fit aussi une de quinze cens livres, qui lui a été continuée pendant toute sa vie, même après la mort de ce Cardinal, qui l'avoit ainsi ordonné par son testament.

En 1660. le Roi l'honora de mê- H. DE
me que ſon frere *Adrien de Valois* VALOIS.
de la qualité d'Hiſtoriographe de
France, avec douze cens livres de
gages chacun. Ce fut en conſideration de ſa nouvelle édition d'*Euſebe*,
qui avoit paru l'année précedente.

En 1662. il perdit l'œil gauche,
& fut trois mois ſans voir clair. Un
Oculiſte lui leva les cataractes de
ſes deux yeux, mais il s'en forma
bien-tôt une nouvelle à l'œil droit,
& il fut de nouveau obligé de ſe contenter de voir un peu du gauche.

En 1663. le Roi lui donna une
nouvelle penſion de douze cens livres, & ſon frere en eut auſſi une
pareille.

Henri de Valois n'avoit été juſ-
ques-là occupé que de ſes études &
de ſes livres ; mais à l'âge de ſoixan-
te ans il ſongea à ſe marier & à ſe
donner une compagne qui pût être
la conſolation de ſa vieilleſſe. Il aimoit depuis quelque temps une jeune & belle perſonne nommée *Marguerite Cheſneau.* Reſolu à l'épouſer,
il quitta le dernier Octobre 1664.
la maiſon paternelle, où il demeu-

H. DE
VALOIS.

roit avec sa mere & ses freres, & en ayant loué un autre pour se mettre en ménage, il se maria le 18. Novembre suivant. Ce mariage ne fut pas sterile ; car dans l'espace d'onze ans & sept mois, il en sortit sept enfans, quatre filles qui moururent avant leur pere, & trois garçons qui lui ont survécu.

Les deux dernieres années de sa vie furent fort douloureuses pour lui ; car il fut accablé d'infirmitez : il est mort le 7 Mai 1676. dans sa soixante-treiziéme année, & a été enterré à S. Nicolas des Champs, où est la sepulture de ses ancêtres.

La lecture & l'étude ont rempli la meilleure partie de sa vie ; il aimoit la solitude afin de s'y appliquer plus serieusement, & pour méditer sur ce qu'il lisoit, persuadé que la lecture n'est pas d'un grand usage sans la méditation. Sa memoire étoit si heureuse qu'il disoit à point nommé les endroits & les pages des livres, où l'on trouveroit les passages dont il avoit besoin ; & c'étoit pour lui une grande commodité, dans la situation où il se trouvoit.

II

H. DE VALOIS.

Il n'étoit pas prodigue de louanges, & peu d'ouvrages avoient l'avantage de lui plaire ; il reſervoit toute ſon eſtime & ſa complaiſance pour les ſiens. Hardi à blâmer ceux des autres, il ne ſouffroit pas patiemment qu'on reprit quelque choſe dans ce qui venoit de lui ; ceux qui s'aviſoient de le faire paſſoient dans ſon eſprit pour des ignorans.

Quand il ſe portoit bien, il traitoit de pareſſeux & de gens aimant le lit ceux de ſes parens que la maladie ou les infirmitez obligeoient d'y reſter. Mais quand il étoit lui-même malade, il faloit des précautions infinies pour ne point l'incommoder ; il ne vouloit voir perſonne, il ne pouvoit même ſouffrir la lumiere, il pleuroit, crioit, ſe lamentoit comme un enfant ; la maladie paſſée, il diſoit que ſon mal avoit été peu de choſe, & il faloit pour lui complaire ne lui en parler en aucune maniere, mais le feliciter au contraire ſur ſa bonne ſanté. A l'âge de ſoixante-dix ans il vouloit encore paſſer pour jeune. *Jacques Gronovius* lui ayant en ce temps-là écrit une lettre où il luy

V

H. DE souhaitoit une longue & heureuse
VALOIS. vieilleſſe, il en fut choqué & rejetta
la lettre avec indignation, en diſant
que c'étoit un jeune étourdi. Il avoua
depuis qu'avant cela il n'avoit jamais
penſé qu'il fût vieux.

Catalogue de ſes ouvrages.

1. *Excerpta Polybii, Diodori Sicu-*
li, Nicolai Damaſceni, Dionyſii Ha-
licarnaſſenſis, Appiani Alexandrini,
Dionis, & Johannis Antiocheni ex
Collectaneis Conſtantini Auguſti
Porphyrogenetæ, nunc primum Græce
edita, Latine verſa, cum notis. Pariſ.
1634. in 4°. L'Empereur *Conſtantin*
Porphyrogenete mort en 959. avoit
fait des extraits des Hiſtoriens
Grecs, dont il avoit tiré ce qu'il
avoit jugé de plus utile. Il avoit
rangé ces extraits ſous certains titres ou lieux communs, qui étoient
au nombre de cinquante-trois. Chacun contenoit deux livres, dont l'un
renfermoit les extraits de ceux qui
avoient écrit ſur l'hiſtoire univerſelle, & l'autre, les extraits des hiſtoires des Empereurs. Il ne nous reſte
que deux de ces titres; l'un, qui eſt
De Legationibus, & dont *Fulvius*

Urſinus nous a donné le premier H. DE
Livre intitulé : *Ecloga Legationum* VALOIS.
ex Libris Polybii ; accedunt & aliæ ex
Dionyſii Halicarnaſſenſis, Diodori Si-
culi, Dionis Caſſii & Appiani ſcrip-
tis congeſtæ cum notis. Antuerpiæ.
1582. *in* 40. Et *David Hoeſchelius ;*
le ſecond ſous ce titre : *Ecloga Le-*
gationum Dexippi Athenienſis, Eu-
napii Sardiani, Petri Patricii, Priſci
Sophiſtæ, Malchi Philadelphienſis,
Menandri Protectoris. Auguſtæ Vindel.
1604. *in* 40. L'autre titre qui eſt,
De Virtutibus & Vitiis, fut imprimé par les ſoins de M. de Valois, &
c'eſt l'ouvrage dont il s'agit ici. Un
Marchand de Marſeille en avoit apporté un ancien manuſcrit de l'Iſle
de Chypre, & l'avoit vendu à M.
Peireſc ; celui-ci l'envoya à *Paris,* où
il demeura long-temps negligé ;
mais enfin *Pierre Pithou* engagea
Henri de Valois à le traduire & à le
donner au Public. *De Valois* le dédia
à M. *Peireſc,* de qui venoit originai-
rement cet ouvrage, & qui étoit
extrêmement ardent pour tout ce
qui regardoit la littérature, comme
on pourra le juger, par ce qu'il fit

H. DE
VALOIS.

quelque temps après pour M. *de Valois.* Ce sçavant avoit lû dans un ancien Auteur quelque chose sur le Port de la Ville de *Smyrne*, qu'il n'étoit gueres possible de comprendre, sans avoir vû la disposition des lieux mêmes. Il écrivit à M. *Peiresc* sa difficulté ; & celui-ci fit aussi-tôt partir un Peintre sur un vaisseau de *Marseille* qui alloit à *Smyrne* ; pour prendre le plan & la vuë de son Port. Il envoya tout cela à M. *de Valois*, qui le remercia de ses soins ; mais qui suivant sa coutume de ne trouver rien de bien, lui manda en même temps, qu'il n'étoit pas entierement éclairci sur ce qu'il souhaitoit. M. *Peiresc* fâché d'avoir fait inutilement une si grande dépense, lui récrivit qu'il avoit tâché de le satisfaire, mais que si cela ne suffisoit pas, il ne devoit s'en prendre ni à lui, ni à son Peintre, mais à son propre esprit qui n'étoit jamais content de rien. Ces extraits ont été réimprimez à *Paris* 1648. *in fol.* & font la premiere partie de l'histoire Byzantine : on y trouve des lambeaux de plusieurs Auteurs,

dont les écrits ſont entierement H. DE
perdus. VALOIS.

2. *Ammiani Marcellini rerum geſ-
tarum qui de* XXXI. *ſuperſunt Libri*
XVIII. *Ope MSS. Codicum emendati
ab Henrico Valeſio & notis illuſtrati.
Pariſ.* 1636. *in* 4°. *It. Auctioribus adnotationibus illuſtrati. Editio poſterior.
Pariſ.* 1681. in fol. *Henri de Valois*
a fait à *Ammian Marcellin*, dont le
texte étoit fort corrompu, quantité
de corrections ingenieuſes, & y a
ajouté de très ſavantes notes. La
premiere édition a été effacée par la
ſeconde, à laquelle *Adrien de Valois*
ſon frere qui l'entreprit à la ſollicitation de M. *Colbert* a ajouté de nouvelles notes qu'il avoit laiſſées en
mourant, les ſiennes propres, celles
de *Lindenbrog*, & les fragmens d'un
ancien Auteur. Celle-ci a été auſſi
effacée à ſon tour par celle que *Jacques Gronovius* a donnée à *Leyde* en
1693. *in fol. & in* 4°. à laquelle il a
ajouté ſes notes, & qu'il a renduë
bien plus correcte.

3. *Euſebii Pamphili Hiſtoria Ec-
cleſiaſtica, ejuſdemque libri de vita
Conſtantini & Panegyricus, atque*

H. DE
VALOIS.

Oratio Constantini ad Sanctos, *Græce*
& Latine cum adnotationibus. Parif.
1659. fol. It. *Moguntiæ* 1672. fol. It.
Amstelodami. 1695. fol. La feconde
édition qui paroît par le titre imprimée à *Mayence*, l'eft à *Francfort fur*
le Mein; elle eft fort vilaine & remplie de fautes, fur tout dans le Grec.
Celle qui femble la troifiéme & imprimée à *Amfterdam*, n'eft réellement
que celle de *Francfort*, à laquelle on
a mis un nouveau titre.

4. *Socratis & Sozomeni Hiftoriæ*
Ecclefiaftica Græce & Latine cum ver-
fione & adnotationibus H. Valefii.
Parif. 1668. fol. It. *Moguntiæ* 1677.
fol.

5. *Theodoreti & Evagrii Hiftoria*
Ecclefiaftica. It. *Excerpta & Hiftoria*
Ecclefiaftica Philoftorgii ex Theodori
Lectoris cum verfione Latina & anno-
tationibus H. Valetii. Parif. 1673.
fol. It. *Moguntiæ* 1679 *in fol.*

On a fait une nouvelle édition de
ces Hiftoriens Ecclefiaftiques Grecs
à *Amfterdam* en 1699. en trois volumes *in fol.* & un autre à *Cambrige* en
1710. en 3 *vol. in fol.* par les foins de
Guillaume Reading; qui y a ajouté

quelques remarques. On avoit fait
auparavant une édition Latine feulement à Paris, en 1677. en un volume *in fol.*

M. *de Montchal* Archevêque de
Toulouse a donné occafion à M. *de
Valois* de travailler fur ces Auteurs ;
comme il étoit favant, le Clergé de
France l'avoit prié d'en donner une
nouvelle édition, & ce Prelat pour
y mieux réuffir avoit fait tout fon
poffible pour engager M. *de Valois* à
aller avec lui à *Toulouse* pour l'aider,
fans qu'il y parut, dans ce travail.
Mais M. *de Valois* étoit trop jaloux
de fa gloire, pour vouloir que les
autres profitaffent du fruit de fes
peines ; ainfi il refufa de faire ce que
M. *de Montchal* fouhaitoit de lui.
L'Archevêque diftrait par d'autres
occupations, ou peut-être craignant
que l'entreprife ne fût au-deffus de
fes forces, s'en déchargea peu de
temps après, & pria l'Affemblée du
Clergé d'en charger M. *de Valois*, qui
étoit l'homme le plus capable d'y
réuffir. Le Clergé fe conforma à fes
defirs, & M. *de Valois* fut prié d'en-
treprendre ce grand ouvrage, au-

H. DE quel il travailla auſſi-tôt, & dont il
VALOIS. commença la publication par l'édition d'*Euſebe* qu'il dedia au Clergé
qui l'avoit favoriſé d'une penſion.

Quoique la traduction qu'il a faite
de ces Auteurs Grecs ſoit excellente,
& qu'elle ait anéanti toutes celles
qui l'ont precedée, les habiles gens
y ont cependant trouvé trois défauts. Le premier, c'eſt qu'il l'a faite, non pas tant pour être miſe à
côté du Grec de ces Hiſtoriens, afin
de ſervir à l'intelligence du texte
pour ceux qui ont beſoin de comparer les mots de la verſion avec l'original, que pour être lûe à part par
ceux qui n'entendent que le Latin.
Cela a fait qu'il s'eſt plus attaché à
la netteté & à l'élegance de l'expreſſion, qu'à ſuivre exactement & à la
rigueur les paroles de ſon Auteur.
Il a un ſtile periodique & tout different de celui d'*Euſebe*, & des autres Hiſtoriens, qui n'eſt rien moins
que cadencé; de ſorte que les perio-
des du Latin ne repondent ſouvent
point aux diſtinctions du Grec.
Mais il faut avouer qu'il étoit difficile à *Henri de Valois* de faire autrement,

H. DE
VALOIS.

ment, parce qu'étant presque aveugle, il traduisoit ces Auteurs sur la lecture qu'un autre lui faisoit de l'original. Cependant cela rend sa version beaucoup moins utile à la plûpart de ses Lecteurs, qui ne s'en servent que pour mieux entendre le Grec. Secondement, cette maniere de traduire a fait qu'il a pris trop de liberté en quelques endroits; en ajoutant, en retranchant, & en transposant des choses qui ne semblent rien changer dans le sens, mais seulement rendre l'expression plus élegante & plus nette, on change quelquefois effectivement la pensée, sans s'en appercevoir; & c'est ce qui lui est arrivé plusieurs fois. Troisiement, quoiqu'il fût très habile dans la Langue Grecque, on a remarqué qu'il n'étoit pas assez versé dans la Theologie des Peres, pour entendre ce qu'ils disoient en quelques rencontres.

6. *Nota & Animadversiones in Harpocrationem & Philippi Jacobi Maussaci notas. Ex Bibliotheca Guilielmi Prousteau. Lugd. Bat.* 1682. *in* 4°. C'est *Jacques Gronovius* qui a fait

Tome V.   X

imprimer cet ouvrage posthume.
L'année suivante *Nicolas Blanchard*
le fit reparoître de nouveau avec
Harpocration qu'il publia à *Leyde*,
in 4°. M. *de la Roque* témoigne dans
le Journal des Savans, que les notes
de M. *de Valois* sont belles & savan-
tes, & qu'elles ont quelque chose de
curieux & de singulier pour ce qui
regarde la délicatesse de la Poësie &
de l'éloquence Grecque, la Fable, &
la Geographie.

7. *Oratio in Obitum Jacobi Sir-
mondi*, inserée dans le Recueil de
Guill. Bates, intitulé : *Vita Selectorum
aliquot virorum. Londini* 1681. *in* 4°.

8. *Oratio in Obitum Petri Puteani*,
inserée dans le même Recueil.

9. *Oratio in Obitum Dion. Petavii*.
Dans le même Recueil. Ces trois
Savans étoient les amis intimes
d'*Henri de Valois*, & il eut le chagrin de les perdre en trois années
consecutives. Le P. *Sirmond* en 1651,
Pierre du Pui en 1652. & le P. *Petau* en 1653. Le Cardinal *François
Barberin* lui écrivit à l'occasion de
son discours sur le P. *Sirmond*, qu'il
avoit excellemment parlé d'un si sa-

vant homme , mais qu'il en avoit   H. DE
moins dit qu'il ne méritoit.   VALOIS.

10. *Soteria pro Ludovico Magno.*
1663. C'eft un Poëme en vers exa-
metres fur le retabliffement de la
fanté du Roi.

11. *Harangues à la Reine de Suede ,*
& quelques autres petites pieces.

12. On trouve dans l'édition de
quelques ouvrages d'*Origene* faite
par M. *Huet*, des morceaux que
Henri de Valois a traduits en Latin.

Sa vie a été écrite par *Adrien de*
Valois fon frere , & elle fe trouve
dans le Recueil de *Bates.*

AUGUSTIN VALERIO.

AUgustin *Valerio*, ou plûtôt A. VA-
Valiero, comme l'appelle le LERIO.
Journal de *Venife* , nâquit à *Venife*
le 7. Avril 1531. d'une famille des
plus confiderables de cette Ville.

Après avoir commencé fes études
dans fa patrie , il alla à l'âge de feize
ans à *Padoüe* étudier les belles Lettres fous *Lazare Bonamico* ; il fit enfuite fa Philofophie fous *Baffiano*
Lando , & fous *Marc - Antoine*

X ij

Genua; & ses progrès furent si
grands, qu'on jugea bien-tôt qu'il
deviendroit un jour un grand homme. A l'âge de dix-huit ans il composa l'Oraison funebre de son
Maître *Bonamico*, suivant ce qu'il
assure lui-même; il faut cependant
qu'il y ait du mécompte dans son
calcul, car suivant la chronologie
des Professeurs de *Padouë*, *Bonamico*
ne mourut que le 10 Fevrier 1552.
temps auquel *Valerio* avoit vingt-
un ans.

Valerio ne s'arrêta pas à la Philosophie, il voulut aussi étudier en
Theologie & en Droit Canon, parce
qu'il se destinoit à l'état Ecclesiastique & se fit recevoir Docteur en
l'une & l'autre Faculté.

De retour à *Venise*, il alla à *Rome*
avec les Ambassadeurs que le Senat
envoya au Pape *Paul IV*. en 1555.
pour le feliciter sur son exaltation
au Pontificat, du nombre desquels
étoit son oncle maternel *Bernard
Navagerio* qui fut depuis Cardinal.
Quelques mois après se voyant vingt-
cinq ans accomplis, qui est l'âge necessaire pour pouvoir avoir place

parmi les *Sages des Ordres*, il fongea à faire les pourfuites neceffaires pour cela. Ces *Sages des Ordres* font cinq jeunes gens de la premiere qua-lité, à qui on donne entrée au Col-lege où fe traitent les affaires de la Republique, afin qu'ils fe forment au Gouvernement. Comme ce font des places fort briguées, la crainte & la timidité le retint d'abord, mais enfin il les furmonta, & obtint bien-tôt ce qu'il demandoit. Perfonne ce-pendant ne follicita pour lui, mais les écrits que l'on avoit déja de lui, loient en fa faveur.

Jacques Fofcarini qui profeffoit la Philofophie à *Venife* ayant été fait en 1558. Avocat general, le Senat à qui il appartient de nommer à cet employ, & qui choifit toujours un noble Venitien, lui donna pour fu cefleur *Auguftin Valerio*, dont le mérite & l'habileté étoient déja con-nus.

Il n'avoit alors que vingt-huit ans, mais malgré fa jeuneffe il s'ac-quitta de fa charge avec beaucoup d'éclat, & donna de nouvelles preu-ves de fon favoir en publiant de

A. VA-
LERIO.

nouveaux ouvrages fur des matieres Philofophiques. C'étoit principalement la morale qu'il avoit à enfeigner, & c'eſt fur ce ſujet que roulent ces ouvrages, dont quelques-uns ſeulement ont été donnez au Public.

Il n'y avoit pas trois ans qu'il étoit dans ce poſte, lorſqu'il apprit l'élevation de ſon oncle *Bernard Navagerio* au Cardinalat. Ce cher oncle qui l'avoit toujours traité comme ſon fils, fut fait Cardinal au mois de Fevrier 1561. & l'invita auſſi-tôt après à venir à *Rome* auprès de lui.

Valerio ſe rendit à ſes inſtances après avoir obtenu du Senat permiſſion de s'abſenter quelque temps, & alla à *Rome*, où il demeura près d'un an. Il fit alors connoiſſance avec le Cardinal *Charles Borromée* qui le prit en affection, & lui procura une entrée dans l'Academie celebre qui ſe tenoit au Vatican. *Navagerio* ayant été nommé Legat en 1562. pour aſſiſter au Concile de *Trente* avec le Cardinal *Moron*, *Valerio* l'y accompagna, & demeura quelques mois en ce lieu.

Il retourna enſuite à *Veniſe* reprendre ſon poſte, qui avoit été rempli en ſon abſence par *Marc-Antoine Mocenigo*, & qu'il garda juſqu'en 1565.

Il prit alors l'habit Eccleſiaſtique, & ſon oncle que le Pape *Pie* IV. avoit fait Evêque de *Verone* avant ſon départ pour le Concile, en étant revenu & ſe trouvant accablé d'infirmitez, lui procura deux mois après, c'eſt-à-dire, au mois de Mai ſuivant ſon Evêché, que le Pape lui donna à ſa Requeſte. Le Cardinal ne ſurvécut pas long-temps à ſa démiſſion, car il mourut le 27 Mai, avant que d'avoir appris la nomination de ſon neveu, dont la nouvelle arriva ce jour là même, quelques heures après ſa mort.

Rien n'eſt plus édifiant que la conduite qu'il tint pendant ſon Epiſcopat. Il ne ſe contenta pas d'inſtruire le peuple qui lui étoit confié par ſa conduite reguliere, il voulut le faire auſſi par ſes diſcours. Il y trouvoit à la verité un obſtacle dans la difficulté qu'il avoit à parler ; car quoiqu'il s'exprimât fort aiſement en

A. VA-
LERIO.

A. VA-
LERIO.

Latin, & que les termes se presen-
tassent tout d'un coup à son esprit
en cette langue; il n'en étoit pas
de même, quand il lui faloit parler
Italien, il sembloit que ce fût pour
lui une langue étrangere, il hésitoit
à tout moment, & avoit de la peine
à trouver les expressions & les tours
necessaires pour faire entendre ses
pensées. Cette difficulté ne lui fit pas
cependant abandonner la prédica-
tion, qu'il regardoit comme une
fonction essentielle de son ministere.
Le remede à cela étoit de composer
ses sermons & de les apprendre exactement par cœur.

Je ne parlerai point ici de sa charité & de toutes ses autres vertus
que ceux qui ont parlé de lui relevent par tant d'éloges; ce sont des
choses étrangeres à mon dessein;
l'estime que Saint *Charles* a toujours
témoignée pour lui, & l'amitié qui
les unissoit ensemble suffisent pour
faire juger favorablement de lui.

Il ne songeoit qu'à s'acquitter de
ses devoirs, lorsque le Pape *Gregoire*
XIII. le fit Cardinal du Titre de
Saint *Marc* au mois de Decembre

1583. Ce Pontife le fit enfuite venir
à Rome, & le mit à la tête de plufieurs Congregations. Sous le Pontificat de *Clement* VIII. il paffa du
Titre Saint *Marc* à l'Evêché de *Pa-*
leftrine.

L'interdit que le Pape *Paul V.*
jetta fur fa patrie lui caufa un chagrin qui lui donna la mort. Il mourut à *Rome* le 24. Mai 1606. âgé de
75. ans ; fon corps fut d'abord enterré dans cette Ville, d'où il fut
tranfporté dans la Cathedrale de
Verone.

Il a prodigieufement compofé &
prefque toute fa vie s'eft paffée à
écrire. Il dit dans un endroit de fon
ouvrage intitulé : *De Cautione ad-*
hibenda in edendis Libris, qu'il avouë
qu'il auroit pû employer fon temps
plus utilement, en le donnant à la
priere ou à l'étude de la Theologie,
qu'on ne peut gueres tant écrire
fans y être pouffé par quelque defir
de fe faire un nom, & fans en tirer
de la vanité ; qu'il croit cependant
que l'inclination qu'il a euë à compofer lui a été donnée de Dieu, puif-
qu'elle lui a fervi à éviter l'oifiveté,

A. VA-
LERIO.
& l'a empêché de s'embarrasser des
affaires du monde. Cette justifica-
tion est d'autant plus recevable
que tout ce qu'il a fait tend à la
pieté, à la correction des mœurs,
& au bien de ceux pour qui il écrivoit.

Il compte lui-même quatre-vingt-
un Opuscules de sa façon dans le
Livre que je viens de citer, & *Jean*
Antoine Volpi qui l'a donné au public, y en ajoûte encore trente-sept
qu'il a fait depuis. Mais la plus
grande partie n'est point imprimée,
& il n'a pas même voulu qu'elle le
fût. *Sint in manibus Gentilium meo-*
rum, dit-il à la fin de son livre *De*
Cautione adhibenda, *& aliquorum*
Venetorum consanguineorum & affi-
nium nostrorum : illi Gentilis, Consan-
guinei aut affinis sui industria & hor-
tationibus ad bonarum Artium studia
excitentur: Amici mei legant, quasi
mecum loquantur, si pro sua humani-
tate interdum libuerit. Obrui meis scrip-
tionibus Rempublicam Litterariam non
est necesse. Précaution fort sage, puisqu'il est une infinité d'ouvrages qui
quoique bons & utiles en eux-mê-

mes, lorfqu'on les envifage comme
venant d'une perfonne qu'on con-
noît, qu'on aime, & qu'on eftime,
perdent tout leur mérite, quand mis
au grand jour ils viennent à être vus
avec des yeux indifferens, & par des
perfonnes plus attachées à critiquer
ce qu'il y a de foible, qu'à profiter
de ce qu'ils y trouvent de bon.

Catalogue de fes Ouvrages imprimez.

1. *Præfationes* XI. *Venetiis habitæ
cum Moralem Philofophiam explica-
ret.* Ces difcours où il fait voir qu'il
faut joindre la pieté avec la Philofophie ont été imprimez avec l'ouvrage fuivant.

2. *De Recta Philofophandi ratione
libri duo. Veronæ* 1577. *in* 40. It.
Venetiis 1581. *in* 4o. Cet ouvrage eft
court, mais net & folide.

3. *Epiftola in librum Hieronimi
Oforii de Juftitia.* Cette lettre fut d'a-
bord imprimée fans le nom de l'Auteur avec le Livre d'*Oforio*, mais on
l'y ajouta dans une édition fuivante.
C'eft la coutume à *Venife* que celui
qui profeffe la Philofophie morale,
approuve tous les livres qui traitent

A. VA-
LERIO.

de Morale. On donna celui d'*Oso-rio* à examiner à *Valerio*, qui y donna son approbation par cette lettre.

4. *De Acolythorum Disciplina libri duo ad Acolythos Ecclesiæ Veronensis. Venetiis* 1571. *in* 24. It. *Veronæ* 1583. *in* 40. A la fin de la Rhetorique Ecclesiastique.

5. *Bernardi Navagerii Cardinalis Vita ad Joannem Aloysium Navagerium ejus filium. Veronæ* 1602. *in* 40. It. plus correcte avec le livre intitulé *De Cautione adhibenda de Patavii* 1719. *in* 40.

6. *De Rhetorica Ecclesiastica libri tres. Venetiis* 1574. *in* 80. Cet Ouvrage a été imprimé un grand nombre de fois, & *Valerio* en a vû lui-même faire huit éditions de son vivant. Il a été quelquefois joint à la Rhetorique Ecclesiastique de *Louis de Grenade*. M. *Gibert* dans ses jugemens des Savans sur les Auteurs qui ont traité de la Rhetorique en juge favorablement. ,, Notre Auteur, ,, *dit-il*, a par tout un caractere ,, d'homme grave, habile dans la ,, connoissance de l'art, savant dans ,, les matieres que le Prédicateur doit

» traiter, zelé pour la pieté & la A. VA-
» Religion, qui aime & veut faire LERIO.
» aimer le jeûne, la mifericorde &
» la crainte de Dieu, la retenue,
» les joies & les confolations faintes,
» l'attachement à fon Etat. Il tou-
» che tous ces articles dans fa Rhe-
» torique, & il y entre dans le dé-
» tail de tout ce qui diftingue les
» hommes, pour nous apprendre à
» leur parler d'une maniere qui leur
» foit propre. Ainfi l'on peut le fui-
» vre, ou fur fes idées fe faire aifé-
» ment une autre route. Quelque
» parti que l'on prenne, il faut con-
» venir que ce n'eft pas fans raifon
» qu'on a reprefenté cette Rhetori-
» que comme un ouvrage du carac-
» tere de ceux de *Thucydide*, c'eft-
» à-dire, comme un ouvrage où
» le nombre des penfées égale celui
» des mots. *Valerio* l'entreprit à la
follicitation de S. *Charles* fon ami
qu'il alloit fouvent vifiter à *Milan.*

7. *Prælectiones tres publice habitæ,
audiente Clero Veronenfi. Valerio* dans
ces trois difcours qui ont été joints
à quelques éditions de la Rhetori-

A. VA-
LERIO.

que Ecclefiaftique expofe aux Ecclefiaftiques de fon Seminaire la methode qu'il a fuivie dans cet ouvrage
& les moyens d'en profiter.

8. *Epifcopus feu de optima Epifco-*
pi forma. Mediolani in 4°. par les
foins de *Pierre Galefini*, & par les
ordres de S. *Charles.* It. *Veronæ*
1586. *in* 4°. avec *le Cardinal* &
quelques autres ouvrages. It. *Vero-*
næ 1604. *in* 4°. *Valerio* entreprit encore ce traité à la perfuafion de
S. *Charles*, & c'étoit de toutes les
productions de fon efprit celle pour
laquelle il avoit le plus de tendreffe.

9. *Cardinalis five de optima Car-*
dinalis forma. Veronæ 1586. *in* 4°.
It. Ib. 1604. *in* 40.

10. *Libellus de iis quæ anno* 1575.
cum peftilentiæ fufpicione laboraretur,
Veronæ acciderunt, imprimé fans
nom d'Auteur.

11. *Apologia, feu libellus ad cle-*
rum fuum, cur Conftitutiones ipfe hac-
tenus non ediderit. Veronæ 1589. *in*
4°. à la fin des Conftitutions de
Jean Marie Giberti Evêque de *Ve-*
rone que *Valerio* fit imprimer de
noùveau avec des notes & des cor-

rections conformes aux decrets du
Concile de *Trente.*

12. *Conftitutiones ad Dalmatiæ &
Iftriæ ufum.*

13. *SS. Epifcoporum Veronenfium
Antiqua Monumenta. Venetiis* 1576.
in 4o. *Valerio* a eu peu part à cet
Ouvrage qui a été fait proprement
par *Raphael Bagata,* & Jean B. Pe-
retti.

14. *Vita D. Caroli.* Imprimée d'a-
bord à *Rome,* & enfuite avec l'E-
vêque & le *Cardinal* à *Verone* 1604.
in 4o.

15. *De Cautione adhibenda in edendis libris, nec non Bernardi Navagerii Vita. Patavii* 1719. *in* 4o, L'ouvrage *de Cautione adhibenda* n'avoit
point encore été publié. *Valerio* y
fait un long détail de tous fes Ouvrages foit imprimez, foit manufcrits, & en porte fon jugement
avec beaucoup de fincerité & de candeur. L'Editeur a joint à ce volume
quelques autres difcours compofez
par des Nobles Venitiens.

16. *De Benedictione Agnorum Dei
à Gregorio* XIV. *Pontif. Max. anno*
1591. *peracta,* imprimé avec l'ouvra-

ge d'*Onuphre Vanvinius de Baptis-
mate Paschali. Romæ* 1656. *in* 80.

17. *Ad Sixtum V. Epistola nun-
cupatoria Sermonum S. Zenonis. Veronæ* 1589. *in* 40.

V. *Jani Nicii Erythræi Pinacothe-
ea* 4ª. *Eggs. Purpura docta.* Le Journal des Savans de *Venise* tom. 5.

ANTOINE TEISSIER.

A NTOINE *Teissier* nâquit à
Montpellier le 28. Janvier 1632.
Son pere étoit Receveur general de
la Province de Languedoc, & sa
mere étoit fille de M. *Baudan* Seigneur de *Vestric*, & Conseiller au
Presidial de *Nîmes*. Ils n'eurent
qu'une fille, qui mourut jeune, &
un fils, qui est celui dont j'ai dessein de parler. M. le Duc de *Mont-
morenci*, qui étoit alors Gouverneur
de la Province s'étant soulevé, obligea M. *Teissier* de lui remettre tout
l'argent du Roy qu'il avoit entre les
mains ; ce qui fut cause que la re-
bellion étant éteinte, M. *Teissier* fut
dépouillé, non-seulement de son
Office;

Office, mais encore de ſes propres A. TEIS-
biens, & étant venu à *Paris* pour SIER.
en demander la reſtitution, il y
mourut ſans avoir pû rien obtenir.
Sa veuve étant reduite à ſa dot, ſe
retira chez ſon pere à *Nîmes*, où
elle ne ſongea qu'à élever ſon fils
unique, avec tout le ſoin qu'elle
pouvoit.

A l'âge de huit ans on l'envoya
à *Lunel*, pour y apprendre le Latin,
& quatre ans après à *Orange* chez
M. *Morus* Principal du College de
cette Ville, & pere du celebre Alexandre *Morus*, qui a été *Miniſtre*
à *Paris*.

Au bout de dix-huit mois le temps
de la diſtribution des prix étant venu, on donna au jeune *Teiſſier* qui
étoit de la premiere claſſe, un *Plau-
te* avec les Commentaires de *Lambin*,
au commencement duquel *Morus*
écrivit de ſa propre main ces vers.
Teiſſeri ad ſophiæ Cœleſtis culmina ten-
  dens,
 Ut recrees, Plauti, pectora, volve
  ſales.
Flaceſſit tandem qui ſemper tenditur
  arcus,

A. TEIS-
SIER.

Et miscenda jocis seria nostra suis.

C'étoit un avis que M. *Morus* donnoit à son Disciple, qu'il voyoit d'un
temperamment délicat , & neanmoins si attaché à l'étude , qu'aux
heures même de recreation , il demeuroit dans son cabinet , dont on
étoit obligé de l'arracher.

Il s'appliqua sur-tout à la Langue
Grecque pendant un an qu'il demeura encore à *Orange* , & il se la rendit
familiere , que lorsqu'il falloit composer des vers , il aimoit mieux les
faire en Grec qu'en Latin.

M. *Morus* voulant se faire honneur des progrès de son Disciple a-
voit resolu de le presenter au Senat
Academique , pour y être examiné
publiquement ; mais le Disciple craignant de ne pas répondre à la bonne
opinion qu'on avoit de lui , pria sa
mere de le rappeller avant ce temps-
là. Elle le fit avec d'autant plus de
plaisir , qu'elle ne l'avoit vû depuis
six ans & demi ; mais elle ne jouit
que quatre mois de la satisfaction de
le voir , étant morte au mois de Janvier suivant d'une fievre lente.

Dès qu'elle fut morte, son fils alla A. TES-
à *Anduse*, Ville des Cevenes, où un SIER.
de ses oncles étoit Ministre, pour y
continuer l'étude du Grec, sous un
Ecossois nommé *Guib*, qui fut depuis Principal du College de *Nîmes*,
& ensuite de celui d'*Orange*.

Il retourna à *Orange* au mois d'Octobre suivant, & se mit en pension
chez M. *Derodon* Professeur en Philosophie, qui devoit recommencer
son cours en ce temps-là. Son cours
fini, comme il se destinoit au Minis-
tére, il retourna à *Nîmes* où il étudia en Hebreu & en Theologie. Il
alla ensuite à l'Académie de *Montau-
ban*, où il fit peu de séjour, & d'où
il passa à celle de *Saumur*, qui étoit
alors fameuse sous Mrs *de la Place*, *Cappel*, & *Amyraut*.

Tessier fut attaqué peu de temps
après son arrivée à *Saumur*, d'un mal
d'estomac, causé apparamment par
le laitage & les fruits qui abondent
en ce Pays-là & dont il mangea avec
excès. Ce mal le jetta dans une si
grande langueur, que M. *Benoist*
Medecin de cette Ville & connu par

son *Commentaire sur Pindare*, lui conseilla de renoncer à l'étude, de vivre sobrement & de se promener souvent. Il suivit ce conseil & fit une espece d'apprentissage de cette sobrieté, qu'il a observée fort régulierement pendant toute sa vie, & qui a sans doute beaucoup contribué à la santé dont il a joui pendant sa vieillesse.

Jamais pourtant il ne se trouva tout-à-fait bien à *Saumur*; aussi quitta-t-il cette Ville au bout de deux ans, pour aller prendre son air natal. Mais à peine se trouva-t-il chez lui un peu mieux, que son grand oncle M. de *S. Veran*, Conseiller à la Chambre de l'Edit de Languedoc, l'engagea à accompagner le Baron de *Melac* son petit-fils à *Paris*. *Teissier* y fit connoissance avec plusieurs Savans, comme M. *Pelisson*, M. *Conrart*, M. *Menage*. Cependant les maux d'estomac lui ayant repris, il renonça au ministere, & s'attacha à l'étude de la Jurisprudence, de sorte que passant par *Bourges*, il s'y fit recevoir Docteur en Droit.

De retour à *Nîmes*, il s'enrolla

parmi les Avocats du Préfidial de cette Ville, & frequenta pendant quelque temps le Barreau. Mais fa fanté
en ayant été encore plus alterée, &
toute l'habileté de M. *Barbeyrac* Medecin de *Montpellier* n'ayant pû lui
procurer de foulagement, il réfo-
lut d'être lui-même fon Medecin, de
n'employer aucunes drogues d'Apoticaire, de vivre fobrement, de faire attention à ce qui lui étoit contraire, de renoncer à toutes fortes
d'occupations qui pouvoient lui fati-
guer l'efprit, & de voir fouvent fes
amis, ceux fur tout dont la converfation étoit la plus agréable.

Teiffier fit en 1659. un fecond
voyage à *Paris*, où il renouvella fes
connoiffances & en fit de nouvelles.
M. de *Marolles* Abbé de *Villeloin*, qu'il
eut alors occafion de voir fouvent,
parle de lui dans fes Memoires d'une
maniere fort avantageufe.

En 1660. *Teiffier* retourna à *Nîmes*,
d'où M. de *Mirman* fon oncle le chargea d'aller pourfuivre un procès qu'il
avoit à *Caftres*. L'affaire étoit délica-
te, & les plus habiles Avocats n'en
efperoient pas un bon fuccès. Cepen-

A. TEIS-
SIER.

dant *Teffier* la débroüilla si bien,
qu'il obtint un Arrêt aussi favorable
qu'il pouvoit le souhaitter. Cette heureuse réüssite donna une si bonne
opinion de lui, que M. de *Mirman*
étant près de mourir, le pria de se
charger de l'administration de son
bien, jusqu'à ce que son fils fût en
âge de le faire. Le Conseil de la Ville voulut aussi le mettre de son Corps,
quoiqu'on n'eut pas coutume d'y recevoir des personnes si jeunes, & le
Consistoire des Réformez le choisit
pour être un de ses Anciens, Charge
qu'il a exercée plusieurs années &
plus d'une fois.

Sa santé étoit cependant fort dé-
rangée, & ses études en souffroient.
Mais l'inclination qu'il avoit pour la
lecture, & les exhortations de M.
Bertheau Ministre de *Montpellier*,
l'engagerent à lire les Oeuvres de S.
Chrysostôme, & par consequent à reprendre l'étude de la langue Grecque
qu'il avoit tout-à-fait abandonnée.

Les ouvrages qu'il commença alors
à donner au Public lui firent honneur, & lorsqu'on établit une Académie à *Nîmes*, il fut nommé pour

être un de ſes Membres. A. TEIS-

Il vêcut cinquante ans avec peu d'in- SIER.
clination pour le mariage ; mais enfin devenu ſenſible aux agrémens de
Madame *Deſpierres*, veuve d'un Gentilhomme de *Nîmes*, il l'épouſa au
commencement de l'an 1683. L'Edit
de *Nantes* ayant été revoqué deux ans
après , il ſe vit obligé de ſortir de
France.

Il partit de *Nîmes* le 24 Septembre 1685. avec ſa femme , laiſſant
un fils âgé de cinq mois , qui mourut
un an après , & une fille que ſa femme avoit eu de ſon premier mariage.
Ils arriverent à *Geneve* le 9. ou le 10.
d'Octobre , paſſerent le mois de Novembre à *Lauſanne* , & allerent au
commencement de Decembre à *Zurich*,
où à la recommandation de Mrs
Turretin & *Heidegger* Profeſſeurs en
Theologie, l'un à *Geneve* , & l'autre à
Zurich , ils furent reçûs dans la maiſon du Bourguemeſtre *Eſcher* avec
une cordialité & une tendreſſe dont
Teiſſier ne pouvoit aſſez ſe louer. Sa
femme étant devenue groſſe dans ce
temps-là , ils quitterent la maiſon
de M. *Eſcher* à la fin du mois de

Mai , & en prirent une particu-
liere , où ce charitable Bourguemes-
tre leur fournit les meubles & les
provisions qui leur étoient necessaires , & leur assigna même une pension annuelle.

Il reçût alors de France des lettres
par lesquelles on le sollicitoit d'y
retourner , avec promesse d'une
pension de cinq cens écus de la
part du Roy, & du rétablissement dans ses biens ; mais ces offres
ne firent aucune impression sur son
esprit, & ayant honnêtement de
quoi vivre par la charité de son bien-
faiteur, il ne songea plus qu'à se rendre utile au public par quelques ouvrages.

Il en composa effectivement quelques-uns; outre cela il donnoit à
quelques jeunes Gentilshommes une
heure par jour , pendant laquelle il
leur expliquoit le Traité de Grotius,
De Jure Belli & Pacis ; & par là il
s'acquit tellement leur amitié, qu'ils
le regaloient fort souvent, & ne
manquoient pas de lui faire des pré-
sens à la fin de chaque mois. Mais
il ne les avoit pas plûtôt reçûs , qu'il

rapportoit

rapportoit à M. *Efcher* la penfion A. TEIS-
qu'il lui avoit affignée ; ce qui ne SIER.
faifoit qu'augmenter l'eftime que ce
Bourguemeftre avoit pour lui.

En 1689. *Teiffier* fouhaitant dé-
charger M. *Efcher* de la dépenfe
qu'il lui caufoit s'engagea pour deux
ans avec quelques Senateurs de *Berne*,
à qui il promit de faire les Gazettes
en François, & fe rendit dans cette
Ville, vers le milieu du mois d'Août.
Pendant le féjour qu'il y fit, M. le
Comte de *Govon* y étant venu de la
part du Duc de Savoye, pour y ne-
gocier quelques affaires, *Teiffier* fut
employé à mettre en François les
propofitions que ce Comte vouloit
faire à la Republique ; & dans le
même temps il compofa le Manifefte,
dans lequel le Duc de Savoye expo-
foit les raifons qui l'engageoient à dé-
clarer la Guerre à la France.

Dès que le terme de fon engage-
ment fût expiré, c'eft-à-dire au mois
d'Avril 1691. il quitta *Berne*, où
fa famille étoit augmentée d'un fils,
& retourna à *Zurich*, où il demeura
encore feize mois. Mais comme
fes enfans en qualité d'étrangers,

A. Teis-
sier,

étoient exclus par les Loïx, du droit
de Bourgeoisie de *Zurich*, & ne
pouvoient ni aspirer aux emplois,
ni faire dans cette Ville aucun établissement fixe, il prit le parti de
se retirer dans le Brandebourg, où
les Refugiez jouissoient des mêmes
privileges que les Naturels du pays.

Il partit donc de *Zurich* avec sa
famille au mois d'Août 1692. après
avoir reçû du Corps de cette Ville
une Medaille d'or & une lettre de
recommandation pour l'Electeur de
Brandebourg ; faveur qu'on n'avoit
encore faite à aucun Refugié.

Il arriva à *Berlin* au commencement de Septembre, & l'Electeur
lui donna le titre de Conseiller d'Ambassade & de son Historiographe, avec
une pension annuelle de trois cens
écus, qui fut payée du jour de son
arrivée, & augmentée dans la suite
à plusieurs reprises. Ce Prince lui ordonna en même-temps de traduire
en François la vie de *Frederic Guillaume* son pere écrite en Latin par
M. de *Puffendorf* ; & quand la traduction fut achevée l'Electeur lui fit
donner quatre cens écus ; mais par

des raifons particulieres il fe fit don- A. Teis-
ner le manufcrit, & ne voulut point sier.
qu'elle fut imprimée.

Quelques années après *Teiffier* eût
ordre de travailler à des ouvrages
pour l'inftruction du Prince Royal,
ce qui lui donna occafion d'en publier de temps en temps quelques-
uns que l'on verra plus bas.

Il s'eft toûjours bien porté pendant les vingt-trois ans qu'il a paffé
à *Berlin*; ce qui fait voir ce que
peut produire la fobrieté, & un bon
regime de vivre à l'égard du tempe-
rament le plus délicat.

Vers le commencement de l'Eté
de l'an 1715. il tomba comme en
enfance; il revint cependant de cet
état, mais ce ne fut pas pour long-
temps, car il mourut le 7 Septembre de la même année dans la 84e.
année. Il a laiffé quatre enfans, deux
garçons qui ont pris le parti des
armes, & deux filles.

Catalogue de fes Ouvrages.

1. *Traduction de la premiere Epitre de S. Chrifoftome à Theodore. Lyon
in 12. la même avec la feconde à Theodore, & les Epitres du même Saint à*

A. TEIS-
SIER.

Olympiade. Berlin 1695. in 12.

2. *Traduction de sept Homelies de*
S. *Chrisostome.* Paris, *avec approba-*
tion & privilege, in 12.

3. *Les Vies de Calvin & de Beze.*
Geneve 1681. in 12. Ces deux Vies
font traduites du Latin. La premiere de *Theodore de Beze,* & la feconde d'*Antoine de la Faye.*

4. *La Vie de Galeas Caracciol &*
l'Hiftoire de la mort horrible de Fran-
çois Spierre. Lyon in 12. Ce font encore des traductions.

5. *Les Eloges des Hommes Savans*
tirez de l'hiftoire de M. de Thou avec
des additions. Geneve 1683. in 12.
2. vol. 2ᵉ. édition. Lyon in 12. 2.
vol. 3ᵉ. édition. Utrecht 1696. in 12.
2. tom. avec plufieurs augmentations
4ᵉ. édition augmentée, *outre un grand*
nombre de nouvelles Remarques, d'un
quatriéme tome. Leyde 1715. in 12.
4. tome. Cetté derniere édition
a été faite par les foins de M. *de la*
Faye qui y a joint les *nouvelles ad-*
ditions aux Eloges des hommes Savans
que *Teiffier* avoit publiées *pour fer-*
vir de 3ᵉ. *tome à fes Eloges à Berlin*
en 1704. *in* 12. & plufieurs autres

remarques de l'Auteur. Il seroit à A. TEIS-
souhaiter que l'Editeur eût refondu SIER.
les anciennes additions avec les nouvelles ; mais il s'est contenté de cou-
dre le tout ensemble, ce qui produit un grand nombre de repeti-
tions inutiles. Au reste on trouve
ramassé dans cet ouvrage un grand
nombre de remarques curieuses sur
la vie & sur les ouvrages des Savans.
Le Journal Litteraire reprend avec
raison l'Editeur de n'avoir pas marqué les éditions des livres, puisque
le Catalogue qu'on en donne est inutile sans cela ; mais c'est un travail,
qui demande bien des recherches, &
qui auroit trop coûté à M. *de la
Faye.*

6. *Catalogus Auctorum , qui librorum Catalogos , indices , Bibliothecas ,
virorum litteratorum Elogia , Vitas aut
Orationes funebres scriptis consigna-
runt. Geneva* 1686. *in* 4°. La Bibliotheque des Bibliotheques du P.
Labbe Jesuite a servi de fond à cet
ouvrage, mais *Teissier* l'a fort augmentée, puisqu'au lieu de huit cens
Auteurs dont parle le P. *Labbe* , on
en trouve ici deux mille cinq cens.

Teissier y a joint la *Bibliotheca Nummaria* du même P. *Labbe*. Il y a depuis ajoûté un supplément sous le titre de *Catalogi Auctorum, &c. Auctuarium. Geneva* 1705. *in* 40.

7. *Epitre de S. Clement aux Corinthiens traduite du Grec en François. Avignon* 1685. *in* 12. It. *Berlin in* 12. Cette traduction est précedée de la Vie de S. Clement. *Teissier* l'entreprit pour répondre à l'honneur qu'on lui avoit fait de le recevoir dans l'Academie de *Nismes*.

8. *Traité du Martyre, traduit du Latin d'Heidegger. Geneve* 1686. *in* 80.

9. *Traité de la Religion Chrétienne par rapport à la vie civile, traduite du Latin de M. de Puffendorf. Utrecht in* 12.

10. *Deux Traitez pour la réunion des Protestans. Geneve* 1686. *in* 12. & *Amsterdam* 1687. *in* 12.

11. *Histoire de l'Ambassade envoyée en* 1686. *par les Suisses au Duc de Savoye. Berne* 1690. *in* 12.

12. *Des devoirs des Hommes & des Citoyens, traduit du Latin de M. de Puffendorf. Berlin* 1696. *in* 12.

13. *Inftructions de l'Empereur Char-* A. TEIS-
les-Quint à Philippe II. & de Phi- SIER.
lippe II. au Prince Philippe fon fils,
Berlin 1699. *in* 12. 2e *édition à*
laquelle on a joint la Methode qu'on
a tenue pour l'éducation des enfans de
France. La Haye 1700. *in* 12. Les
inftructions de Charles-Quint & de
Philippes II. ont été traduites par
M. *Teiffier* d'un manufcrit Italien.

14. *Inftructions Morales & Politi-*
ques. Berlin 1700. *in* 12.

15. *Abregé de l'Hiftoire des quatre*
Monarchies du monde de Sleidan.
Berlin 1700. *in* 12.

16. *Lettres choifies de Calvin, tra-*
duites en François. Berlin 1702. *in* 8°.

17. *Abregé de l'Hiftoire des Elec-*
teurs de Brandebourg par demandes
& réponfes. Berlin 1705. *in* 12.

18. *Les Vies des Electeurs de Bran-*
debourg de la maifon des Burgraves
de Nuremberg avec leurs Portraits &
leur Genealogie. Ouvrage traduit du
Latin de Jean Cernitius Vice-Regif-
trateur des Archives Electorales. Ber-
lin 1707. *in fol. pp.* 104. *Teiffier* fuit
fon original avec exactitude, mais

A. Teis- on remarque dans son langage des
sier. défauts, qu'un Refugié François ne
peut s'empêcher de contracter dans
les Pays étrangers.

19. *La vie d'Ernest le pieux, Duc
de Saxe-Gotha, traduite du Latin d'Ey-
ringius. Berlin* 1707. *in* 12.

20. *Abregé de la Vie de divers Princes illustres, avec des Reflexions historiques sur leurs Actions. Amsterdam*
1710. *in* 12. Qu'on ne s'attende
pas, disent les *Memoires de Trevoux,*
à trouver dans les Vies qui composent ce volume, les agrémens de
l'expression, ni ce bel ordre qui ré-
pand la clarté ; M. *Teissier* attaché
au fond de l'ouvrage, en a negligé
les ornemens. Il s'est proposé l'instruction du Prince Electoral de Brandebourg auquel il presente cinq mo-
delles, *Scipion* l'Africain ; *Alfonse*
le grand Roy d'Arragon, *Tamerlan,
Scanderberg* & *Abissin* Roy fabuleux
d'Ethiopie.

21. *Traité de S. Chrisostome où il
montre qu'on ne souffre aucun mal,
que celui qu'on se fait soi-même, traduit
du Grec. Berlin* 1710. *in* 12.

V. son Eloge. *Nouvelles Litterai-
res tom.* 4. *p.* 129. & 158.

CHRISTOPHE CELLARIUS.

CHRISTOPHE *Cellarius* nâquit le 22. Novembre 1638. à *Smal-calde* petite Ville de Franconie , ce-lebre par la ligue des Proteſtans. Son pere *Chriſtophe Cellarius* étoit Miniſtre de cette Ville , & *Marie Zehners* ſa mere étoit fille du fameux Theologien *Joachim Zehners.* Son grand pere *Chriſtophe Cellarius* avoit enſeigné la Dialectique au College de *Lavingen ,* & étoit mort en 1625. âge de 60. ans. Son Biſayeul *Jacques Cellarius* a auſſi enſeigné dans le même College , & a augmenté le *Theſaurus Ciceronianus Nizolii.* Ainſi il eſt ſorti d'une famille, où la ſcience étoit hereditaire.

Il eut le malheur de perdre ſon pere à l'âge de trois ans , mais ſa mere l'aimoit trop pour negliger le ſoin de ſon éducation. Il commença ſes études dans le College de *Smal-calde ,* & il y fit de ſi grands progrez dans les Langues Latine & Grecque , qu'il fut jugé capable à l'âge

C. Cel- de dix-huit ans d'aller à *Jene*, étu-
larius. dier dans cette Université. Il demeura trois ans en ce lieu, où il
s'appliqua aux belles lettres sous *Bo-
sius*, à la Philosophie sous *Bechman*,
aux Langues Orientales, sous *Fri-
chmuth*, & aux Mathematiques sous
Weigelius.

En 1659. il quitta *Jene* pour aller
à *Giessen* étudier en Theologie sous
Pierre Haberkorn. Après avoir soutenu des Theses *De Infinito valore
meritorum Christi*, il retourna à
Jene continuer ses études de Theologie, des Langues Orientales &
de Mathematiques.

Il alla revoir sa patrie en 1663;
mais il n'y demeura pas long-temps,
il voulut visiter encore d'autres Aca-
demies, & fit quelque séjour à *Gotha*
& à *Hall*; enfin il fut reçû Docteur à
Jene en 1666.

L'année suivante 1667. il fut nommé Professeur en Hebreu & en Morale à *Weissenfels*, & il remplit cette
charge pendant sept ans avec beaucoup d'applaudissement & de gloire.

En 1673. il fut appellé à *Wey-
mar*, pour y être Recteur du Col-

lege. Il ne conserva cet emploi que
trois ans , & il le quitta pour aller
en remplir un semblable à *Zeits.* Il
se donna en ces deux endroits tous
les soins dont il fut capable pour
instruire & former la jeunesse qui
lui étoit confiée , & de là viennent
plusieurs ouvrages qu'il a donnez au
public.

C. CEL-
LARIUS.

Après douze années de séjour à
Zeits , on lui offrit en 1688. le Rec-
torat du College de *Merfbourg ,* &
il l'accepta. Sa science , son habileté
& ses soins rendirent bien-tôt ce
College celebre , & y attirerent un
grand nombre d'étudians ; ce lieu
lui plût même tellement qu'il forma le dessein de ne le point quitter
& d'y finir ses jours ; mais la Pro-
vidence en disposa autrement. Car
le Roy de Prusse ayant établi en
1693. une Université à *Hall ,* l'y
fit venir pour être Professeur en Eloquence & en Histoire. C'est dans
cette Ville qu'il a composé la plus
grande partie de ses Ouvrages.

Le travail l'épuisa à la fin, & avan-
ça à son égard les infirmitez de la
vieillesse ; il eût long temps à souffrir

C. Cel-
larius.

des douleurs de la pierre, mais malgré tout cela il ne voulut jamais se servir de remedes, ni avoir recours aux Medecins. Il est mort le 4. Juin 1707. âgé de 68. ans.

Il épousa en 1669. *Hedvige Eleonore de Berg*, dont il a eu sept enfans, desquels trois sont morts en bas âge. Les autres sont, 1º. *Edvige Sophie* mariée à *Jean Fridemann Schneider* Professeur en Philosophie & en Droit à *Hall.* 2º. *Christophe* Licentié en Droit & Secretaire du Roy de Prusse pour les affaires de la basse Saxe. 3º. *Salomon* Licentié en Medecine à *Zeits* en 1676. & mort à la fleur de son âge le 5. Novembre 1700. 4º. *Marie Elizabeth* mariée à *Jacques Frederic Ludovici* Professeur en Droit.

Catalogue de ses ouvrages.

Editions d'Auteurs Latins & Grecs.

1. *Epistolæ Ciceronis ad diversos* (*Familiares Vulgo*) *cum notis, indicibus, Vitâ Ciceronis & per illa tempora Consulibus.* Lipsiæ 1698. *in* 8o. Les notes sont courtes, & ne roulent

que fur l'éclairciffement & la correction du texte. Cette édition &
celles que *Cellarius* a donné des autres anciens Auteurs ont été faites
avec tant de foin , & fur de fi bons
manufcrits , qu'elles peuvent le dif-
puter aux plus exactes. Les tables
fur tout font fort bien faites & très-
utiles.

2. *Orationes Ciceronis XII. Selecta
cum argumentis, Rhetorico artificio, &
Philologicis adnotationibus. Jena in 80.*
1678. 2ª. *edit.* 1690. 3ª. *edit.* 1699.
4ª. *edit.* 1708.

3. *C. Julii Cæfaris Commentarii de
Bello Gallico & Civili cum utriufque
fupplementis ab A. Hirtio vel Oppio
adjectis. Lipfia* 1705. *in* 80. *Cellarius*
a ajoûté à cette édition fix Cartes
Geographiques fort exactes , & des
notes grammaticales fort courtes.

4. *Cornelius Nepos , cum fingulorum
Ducum Argumentis , notis perpetuis ,
Indicibus & IV. tabulis univerfam
Geographiam Antiquam repræfentanti-
bus. Lipfia in* 12. 1689. 2ª. *edit.*
1694. 3ª. *edit.* 1700. 4ª. *edit. addi-
tis in tyronum ufus Scholiis Chriftia-
ni Schoetgenii. Lipfia* 1711.

C. CEL-
LARIUS.

5. *Velleii Paterculi quæ supersunt,*
id est Historiarum Libri II. ad M.
Vinicium Consulem, cum adnotatio-
nibus & Indicibus. Lipsiæ 1707. *in*
12. *Frederic Benoît Carpzovius* avoit
commencé à faire imprimer le texte
de cet Auteur, dans le dessein d'y
joindre des notes, mais étant mort
dans le cours de l'impression, le Libraire pria *Cellarius* d'y en ajoûter,
ce qu'il fit par consideration pour
Carpzovius, mais elles sont fort courtes. Il a mis au commencement la
Vie de *Paterculus* tirée des Annales
Velleiennes de *Dodwel.*

6. *Q. Curtii Rufi de Rebus Alexan-*
dri Magni Historia superstes , cùm no-
vis supplementis, Indicibus & tribus
tabulis Geographicis. Lipsiæ in 12.
1688. 2ᵃ. *edit.* 1691. 3ᵃ. *edit.* 1696.
4ᵃ. *edit.* 1696. 5ᵃ. *edit.* 1711. *Cella-*
rius a ajoûté à ces éditions deux dis-
sertations ; L'une *De Ætate Q. Cur-*
tii , l'autre *de virtutibus & vitiis*
Alexandri Magni. La 5ᵉ. édition a de
plus que les autres quelques petites
notes pour l'utilité des commençans.

7. *Plinii Epistolæ & Panegyricus*
cum notis, Indicibus rerum & Lati-

nitatis & IV. tabulis Geographicis. C. Cel-
Lipfia in 12. 1693. 2a. *edit.* 1700. 3a. LARIUS.
edit. 1710. Cette troifiéme édition
a été enrichie de nouvelles remarques pour l'utilité des commençans,
par *Jean Chrétien Hertzog* Correcteur
du College de *Zeits.*

8. *Eutropii Breviarium Hiftoriæ*
Romanæ cum Paraphrafi Græca Pæa-
nii & adnotationibus. Cizæ *in* 80.
1678. It. *Caftigatius.* Jenæ 1698.
in 80.

9. *Sexti Rufi, feu Rufi Fefti Bre-*
viarium de Victoriis & Provinciis po-
puli Romani, cum notis. Cizæ 1678.
in 8°. 2a. *editio cum notis uberiori-*
bus & Libello vetufto Provinciarum
Romanarum ab Antonio Schonhovio
in lucem primum producto. Halæ 1698.
in 80.

10. *Silii Italici Confularis Poëtæ*
Libri XVII. de Bello Punico fecundo
cum notis, Indicibus & quinque ta-
bulis Geographicis. Lipfiæ 1695. *in*
12.

12. *Duodecim Panegyrici veteres ex*
fæculo à Diocletiano ad Theodofium
fuperftites, adnotationibus illuftrati
cum Indicibus. Halæ 1703. *in* 80.

Les notes sont courtes & peu nom-
breuses, mais elles sont toutes judi-
cieuses & si exactes qu'elles ne lais-
sent rien à désirer pour l'intelligence du texte. Il seroit à souhaiter, disent les Journalistes de *Trevoux*,
(*Janv.* 1704. *p.* 179.) que *Cellarius*
n'eut pas perdu ses soins à faire imprimer ces anciens Panegyriques, on
ne peut mettre entre les mains des
jeunes gens de plus mauvais modeles:
pour peu qu'on ait l'esprit juste, on
n'a que du mépris pour le faux brillant de leurs pensées, pour la bizarrerie de leur style, & les louanges
outrées sans aucune mesure dont ils
sont remplis ; tout ce qu'on peut
faire est de les lire, pour y chercher
quelque trait de l'histoire de ces
temps-là.

13. *Lactantii Firmiani opera, ex*
MSS. emendatiora cum notis. Lipsæ
1698. *in* 8o.

14. *Minucii Felicis Octavius &*
Cæcilii Cypriani de Vanitate Idolorum
liber, addita Fr. Balduini J. C. Dis-
sertatione de Minucio Felice. Halæ
1699. *in* 8o. Cet ouvrage est précedé d'une Dissertation fort savante

de

de Cellarius. *De usu antiquitatis Ec-* C. Cel-
clesiastica Christianis Scholis commen- larius.
dandæ.

15. *Aurelii Prudentii Clementis opera omnia quæ extant, cum notis. Halæ* 1703. *in* 80.

16. *Cœlii Sedulii mirabilium divi-
norum libri & Hymni duo ex MSS.
emendatiores, & adnotationibus illus-
trati. Halæ* 1704. *in* 80. *Cellarius*
voudroit qu'on fit lire aux enfans
ces deux Poëtes Chrétiens avec *Virgile* & *Horace*, & c'est pour cela
qu'il en a donné une nouvelle édition.

17 *Conciones Civiles, seu Orationes
ex optimis quibuscumque Historicis Latinis excerptæ, post editionem Batavam
& Lipsienses denuo recognitæ & ab
innumeris mendis repurgatæ, aucta etiam,
& in meliorem ordinem redacta. Lipsæ*
1699. *in* 80. 2'. *editio.* 1710. Il n'y
a point de notes à ces éditions,
mais seulement un argument à la
tête de chaque discours.

18. *Zosimi Historia Græce cum
Joannis Leunclavii Latina versione &
Apologia. Cizæ* 1679. *in* 80. Cette
édition renferme non-seulement les

Tome V. A a

C. CEL- notes de *Cellarius*, mais encore celles
LARIUS. d'*Etienne*, de *Sylburgius*, de *Scaliger*,
de *Casaubon*, de *Saumaise*, du P. *Pe-*
tau, de M. *de Valois*, & de *Reinesius*.

Grammaire Latine.

19. *Thesaurus Eruditionis Scholas-*
tica à Basilio Fabro colligi cœptus,
auctus ab Augusto Buchnero, nunc
variis editionibus à Cellario maxime
locupletatus, ita ut prioribus singula in-
numeris modis antecellant. Lipsiæ fol.
1686. 2a. *editio* Lipsiæ 1692. 3a.
edit. Ibid. 1696. 4a. *edit. ibid.*
1696. (c'est-à-dire 1700.) 5a *Edit.*
ibid. 1710. La quatriéme édition
porte l'année 1696. mais elle est de
l'an 1700. & elle contient de nouvelles remarques jusqu'à la lettre L.
La 5e. en contient encore un plus
grand nombre de nouvelles. *Cella-*
rius n'y a pas cependant contribué
seul ; *Jean George Gravius* y a aussi
beaucoup de part, & *André Stube-*
lius, qui l'a donnée au Public, y a
ajoûté sept mille mots. Quoi que ce
Dictionnaire de la Langue Latine
ne soit pas encore parfait, on doit

C. Cel-
remarquer à l'avantage de cette der-   Larius.
niere édition & des précedentes dont
Cellarius a eu foin, que les citations
y font plus exactes, que dans aucun
autre Dictionnaire, même dans la
meilleure édition de *Robert Etienne.*

20. *Liber Memorialis Latinitatis pro-
bata & exercita fub quolibet primitivo
derivata fingula vocabula memoria
juvanda caufa exponens.* Merfeburgi
in 8°. 1689. 1693. 1695. 1699.
1701. 1704. 1708.

21. *Grammaire Latine* (en Allemand) *Merfbourg,* 1689. in 8°. imprimée plufieurs fois depuis.

22. *Petri Cunæi J. C. Orationes
Argumenti varii. Ejufdemque alia Latina Opufcula, Satyra Menippea,
Juliani Cæfares & Refponfum in caufa
Poftliminii cum quibufdam Epiftolis,
cum notis & obfervationibus. Lipfiæ.*
1693. in 8°.

23. *Joannis Pici de Mirandula
Epiftolarum Liber cum Argumentis &
adnotationibus. Cizæ* 1682. in 8°.

24. *Programmata varii Argumenti
in Cyzenfi Gymnafio Oratoriis Exer-
citiis præmiffa; cum aliquot folemnibus
Orationibus. Lipfiæ.* 1689. in 8°. Ce

C. Cel-
Larius.

volume contient 70. Programmes, & six discours qu'il a faits pendant son séjour à *Zeits*.

25. *Antibarbarus Latinus, sive de Latinitate mediæ & infima ætatis.* Cizæ. 1677. *in* 12. 2ª *edit.* Jenæ. 1682. 3ª *cdit. ibid.* 1695. 4ª *Ibid.* 1703.

26 *Curæ posteriores de Barbarismis & Idiotismis sermonis Latini.* Cizæ. 1680. *in* 12. 2ª *edit.* Jenæ 1686. 3ª *editio prioribus Castigatior & Uberior. Ibid.* 1700. 4ª *editio recognita & aucta. Ibid.* 1709. Avant que *Cellarius* publiât son *Antibarbarus* à *Zeits*, *Olaus Borrichius* avoit publié à *Copenhague* un ouvrage intitulé: *Cogitationes de variis Linguæ Latinæ ætatibus & scripto G. J. Vossii de vitiis sermonis* 1675. *in* 4°. Mais *Cellarius* ne le vit qu'après la publication du sien ; sa lecture lui donna occasion d'y faire une addition sous le titre de *Curæ posteriores*. Comme il s'y trouva plusieurs articles où il ne s'accordoit pas avec *Borrichius*, celui ci le refuta non seulement dans ses leçons publiques, mais encore dans un livre intitulé: *Analecta ad*

cogitationes de Lingua Latina. Cella-
rius ſe mit peu en peine d'y répondre, quand il parut ; mais faiſant
réimprimer en 1686. ſes *Curæ poſte-*
riores, il le fit modeſtement , & ap-
puya de nouvelles preuves ſes ſentimens. *Olaus Borrichius* n'alla pas plus
loin ; mais *André Borrichius* ſe chargea de ſa défenſe. C'étoit un jeune
homme de Norvege qui demeuroit
depuis long-temps à *Copenhague* chez
Borrichius , & qui avoit par conſideration pour lui quitté le nom de ſa
famille qui étoit *Ivari* , pour prendre le ſien. Il publia donc en 1687.
un ouvrage intitulé : *Appendix ad*
Curas poſteriores recognitas V. C.
Chriſtophori Cellarii. Hafniæ. Cellarius
l'ayant lû, n'y trouva rien de nouveau , & reſolut de n'y point faire
de réponſe ; mais lorſqu'il le vit reparoître ſept ans après ſous le nouveau titre de *A. B. Obſervationes*
ſingulares circa Latinam Linguam ex
Clariſſimis & aliis probatiſſimis Au-
toribus Collectæ , & ad uberiorem in-
daginem propoſitæ. Francofurti. 1694.
il crut devoir prendre la plume pour
défendre ſes ſentimens, & publia :

27. *Discussio Appendicis Danicæ ad
Curas posteriores nuper novo titulo :* Observationum singularium circa Latinam Linguam *prænotatæ.* Jenæ 1695.
in 12. It. *Jenæ.* 1700. *Cellarius* crut
que cet ouvrage mettroit fin à la
dispute ; mais il avoit à faire à un
homme qui ne se rendoit pas si ai-
sement , & qui publia en 1697. un
livre sous le titre specieux de *Vindiciæ Latinitatis purioris. Haniæ. Cellarius* y opposa aussi-tôt après.

28. *Judicium de Vindiciis Latinæ
Linguæ Borrichianis nuperrime Hafniæ Danorum in Lucem editis.* Jenæ
1697. *in* 12.

29. *Ortographia Latina ex vetustis
Monumentis, hoc est, Nummis, Mar-
moribus, &c. excerpta, digesta, no-
visque observationibus illustrata.* Ha-
læ, in 80. 1700. & 1704. Cet ouvrage est le plus complet que nous
ayons sur la matiere qu'il traite.

Ouvrages historiques.

30. *Inauguratio Academiæ Fride-
riciana Friderici III. Marhonis &
Electoris Brandeburgici auspiciis Na-
talis ipsius die* ＿ *Calendis Juliis* 1694.

dedicata, ejus mandato à C. Cellario C. Cɛl-
conſcripta. Halæ Magd. 1698. *fol.* LARIUS.
C'eſt un détail des ceremonies &
des diſcours qui ſe firent à l'ouverture de l'Univerſité de *Hall.*

31. *Hiſtoria Antiqua ex genuinis
documentis declarata ab initio imperio-
rum uſque ad Conſtantini Magni
Ætatem. Cum notis perpetuis & tabulis Synopticis. Ciſæ* 1685. *in* 12.
It. *Jenæ* 1697. Les Auteurs de la vie
de *Cellarius* ne parlent point dans le
Catalogue de ſes ouvrages de là premiere édition de celui-ci, qui s'eſt
faite environ dix ans avant celle de
1685. & qui n'alloit que juſqu'à Jeſus-Chriſt.

32. *Hiſtoria Medii Ævi à temporibus Conſtantini Magni ad Conſ-
tantinopolim Captam. Ciſæ in* 80.
1688. *It. Jenæ* 1698.

33. *Hiſtoria Nova, hoc eſt* XVI. &
XVII. *ſæculorum. Halæ* 1696. *in* 12.
2a *editio plenior ad finem ſæculi producta. Jenæ* 1702. *in* 12.

Ces trois volumes ont été enſuite
réunis & imprimez ſous ce titre
commun : *Hiſtoria Univerſalis bre-
viter ac perſpicue expoſita, in anti-*

C. Cel-
larius.

quam & *Medii Ævi ac novam di-*
visa, cum notis perpetuis. Jenæ 1703.
in 12. 3. *tom. B. G. Struvius* en a
donné une nouvelle édition plus ample à *Jene* en 1709. Cette histoire
est la meilleure que l'on ait en Latin,
la brieveté s'y trouve jointe à la netteté ; elle seroit plus utile si l'Auteur
s'étoit donné la peine d'y ajouter la
Chronologie qui est si necessaire à
l'Histoire universelle, mais c'en est
le plus grand écueil, & il a voulu
apparemment l'éviter. Il a supplée
à ce défaut par des Tables Historiques, qu'il a ajoutées à la fin de chaque volume.

34. *Collectanea Historia Samarita-*
na, quotquot inveniri potuerunt. Ci-
zæ. 1688. *in* 4º. *Cellarius* avoit d'a-
bord dessein de donner une histoire
suivie des Samaritains ; mais les vui-
des qu'il trouva dans ce que nous
pouvons savoir d'eux l'obligerent à
l'abandonner ; il se contenta donc de
ramasser tout ce qu'il a pû trouver
sur leurs mœurs, leur Religion, &c.
& c'est ce qu'il a donné dans cet ouvrage.

35. *Historia Gentis & Religionis*
Samaritanæ

Samaritanæ ex nova Sichemitarum C.CEL-
Epiſtola aucta. Halæ. 1699. *in* 4°. LARIUS.

36. *Antiquitates Romanæ ex Veterum Monumentis & legibus Romanis
digeſta, quibus appendix de re Romanorum nummaria & inſcriptionibus
acceſſit.* Halæ 1710. *in* 8°. Cet ouvrage eſt fort peu de choſe, & *Cellarius* n'a jamais eu intention qu'il
fut donné au public.

Ouvrages de Geographie.

37. *Geographia antiqua ad veterum Hiſtoriarum, ſive à principio
rerum ad Conſtantini M. tempora de-
ductarum faciliorem explicationem ap-
parata.* Cizæ *in* 12. 1686. It. Jenæ
1697. 1706. 1709.

38. *Geographia nova, ſive hodier-
nam terrarum faciem clariſſime illuſ-
trans, ad noſtrorum temporum hiſtorias
accommodata.* Cizæ 1687. *in* 12. It.
Jenæ 1692. It. Halæ 1698. It. Jenæ
1709. Ces deux ouvrages qui ont été
faits avec beaucoup de ſoin & d'e-
xactitude ont été traduits en Allemand.

39. *Notitia orbis antiqui, ſive*
Tome V. B b

C. CEL-
LARIUS.

plenior Geographia ab ortu rerum pu-
blicarum ad Constantinorum tempora
orbis terrarum faciem declarans, ex
vetustis probatisque monumentis col-
lecta & novis tabulis Geographicis
illustrata. Lipsiæ. 2. tom. in 4°. Le
premier en 1701. & le deuxieme en
1706. Cet ouvrage est excellent pour
l'intelligence des Anciens Auteurs,
& nous n'avons rien de plus exact
en ce genre; c'est le jugement que
M. *Lenglet* porte de ce livre. Il s'en
est fait en 1706. une nouvelle édition à *Amsterdam*, à laquelle on a
fait porter le nom de *Cambrige*,
elle est de même en 2. *vol. in 4°.*
Quoiqu'elle paroisse plus belle que
celle de *Lipsic*, M. *Mencke* assûre
que cette derniere est beaucoup meilleure, parce qu'elle a été faite sous
les yeux de l'Auteur, & il est assez
naturel de le penser ainsi. Il seroit à
souhaiter que *Cellarius* eut pû donner un ouvrage semblable sur la
Geographie du moyen âge.

4°. *Elementa Astronomiæ, ad inter-*
pretandos Poetas, aliosque veteres
scriptores accommodata, cum Schic-
kardi Astroscopio recuso. Merseburgi.

1689. *in* 8o. It. *Lipſiæ* 1705.

Ouvrages ſur les Langues Orientales.

41. *Grammatica Hebræa in tabulis Synopticis una cum Conſilio* XXIV. *horis diſcendi linguam ſanctam. Cizæ, in* 4o. 1681. 2ª *editio auctior.* 1684. 3ª *edit. Jenæ* 1699. Cette Grammaire eſt fort méthodique.

42. *Rabbiniſmus, ſive inſtitutio Grammatica pro legendis Rabbinorum ſcriptis. Cizæ* 1684. *in* 4o. Cette Grammaire Rabbinique eſt jointe à la ſeconde édition du livre precedent.

43. *Canones de Lingua Sanctæ Idiotiſmis ſeu proprietatibus. in* 4o. *Weiſſenfelſæ* 1672. 2ª *editio plenior.* 1673. 3ª *edit. Cizæ* 1679.

44. *Sciagraphia Philologiæ Sacræ, cum etymologico radicum deperditarum ex aliis linguis, Arabicâ præſertim, reſtitutarum. Cizæ* 1678. *in* 4o *editio* 2ª *emendata & uſu Arabiſmi etymologico aucta. Cizæ* 1678.

45. *Chaldaiſmus, ſive Grammatica nova Linguæ Chaldaicæ, copioſiſſimis exemplis & uſu multiplici, quem Chal-*

B b ij

C. CEL- *dea Lingua Theologiæ & Sacra Scrip-*
LARIUS. *turæ interpretationi praestat, illustrata.*
Cizæ 1678. in 4°. It. multo auctior.
1685.

46. *Porta Syriæ, sive Grammatica*
Syriaca, cum secundâ Epistolâ Johan-
nis Syriace. Cizæ 1677. in 4°.

47. *Mysterium Incarnationis Filii*
Dei Syriace, cum interpretatione La-
tinâ. 1680. in 4o.

48. *Porta Syriæ patentior, sive ple-*
na & major Grammatica Syriaca,
tam veteris quam N. Testamenti
exemplis copiosis illustrata. Cizæ 1682.
in 4o.

49. *Excerpta vet. & N. Testamen-*
ti syriaci cum Latinâ interpretatione no-
vâ & annotationibus. Cizæ 1682. in 4o.

50. *Glossarium Syro-Latinum pro*
utriusque Testamenti excerptis. Cizæ.
1683. in 4o.

51. *Horæ Samaritanæ; hoc est, ex-*
cerpta Pentatheuchi Samaritica ver-
sionis cum translatione latinâ & notis
perpetuis, & Grammatica Samaritana
copiosis illustrata exemplis & tandem
Glossarium pure Samariticarum vocum.
Cizæ. 1682. in 4o.

52. *Isagoge in Linguam Arabicam.*

Cizæ in. 40. 1678. It. *quadruplo* C. CEL-
uberior. ibid. 1686. LARIUS.

53. *Meſſias exinanitus & exaltatus
Syre & Arabice deſcriptus cum Latinâ interpretatione. Cizæ.* 1680. *in* 4°.
Tous ces ouvrages font connoître
l'habileté de l'Auteur dans la connoiſſance des Langues Orientales.

54. *Compendium Proſodiæ Græcæ,
quâ diſcrepantia Græcæ poeſeos à Latinâ exhibetur, & quod cuivis Poetæ
explicando ſufficit. Jenæ* 1675. *in* 8°.
It. 1676. avec les notes & les additions de *Jean Crauſe.*

Mélanges.

55. *Diſſertationes Academicæ in
ſummam redaſtæ ſtudio Joannis Georgii
Walchii, qui & diſſertationem de auc-
toris vitâ & ſcriptis adjecit. Lipſiæ*
1712. *in* 8°. Toutes les diſſertations
qui compoſent ce Recueil avoient
déja paru ſeparément en differens
temps; elles roulent toutes ſur quelque point d'hiſtoire.

56. *Orationes Academicæ, Collecta
opera J. G. Walchii, qui & Præfatione de Fatis Oratoriæ inter Græcos;*

C. Cel-
Larius. *Romanos , & Germanos copiose edisse-*
ruit. Lipsiæ 1714. *in* 80. Ces discours
avoient aussi déja paru chacun dans
leur temps.

57. *Epistolæ selectiores & Præfatio-*
nes. Collegit J. G. Walchius, qui &
copiosiorem Diatriben de dedicationi-
bus librorum veterum Latinorum præ-
misit. Lipsiæ. 1714. *in* 80.

58. *Salomonis Cellarii Medicinæ*
Licentiati Origines & Antiquitates
Medicæ post præmaturum illius exces-
sum emendatiores , auctioresque editæ
à Christ. Cellario Patre. Jenæ 1701.
in 12.

On voit par tous ces ouvrages,
parmi lesquels on ne compte pas
plusieurs Theses & autres petites
pieces qu'il a données au Public, que
la passion de *Cellarius* pour l'étude
étoit extraordinaire. Quoiqu'il ait
tant composé, il ne faisoit rien
avec précipitation, & se donnoit
tous les soins dont il étoit capable
pour ne rien publier que d'exact &
d'utile. Aussi passoit-il les jours &
les nuits entieres appliqué au travail
sans se mettre en peine de sa santé,
qui lui étoit moins chere que l'é-
tude.

Plufieurs Auteurs ont fait fon C. Cel-
éloge. *B. G. Struve* dans une lettre LARIUS.
Latine imprimée à *Hall.* en 1707.
in 4°. *J. G. Walch* à la tête de l'é-
dition de fes Differtations Académi-
ques ; *Godefroy Ludovici* dans fon
hiftoire des Recteurs des plus fameux Colleges ; *Rudiger* dans les
vies des Sçaváns qu'il a publiées en
Allemand fous le nom de *Clarmund.*

FRANC, OIS EUDES
DE MEZERAY.

FRANÇOIS *Eudes de Mezeray* na- F. E. ME-
quit en 1610. à *Rye* près d'Ar- ZERAY.
gentan en baffe Normandie, d'*Ifaac
Eudes* Chirurgien de ce lieu, qui
eut trois fils. Le premier, fut *Jean
Eudes*, élevé dans la Congregation
de l'Oratoire, dont il fortit, pour
fe faire chef de certains devots qui
fe nommerent *Eudiftes*. Le fecond,
qui eft celui dont il s'agit, prit dans
la fuite le nom de *Mezeray*, d'un
Hameau de la Paroiffe de *Rye* ; & le
troifiéme *Charles Eudes* fut Chirurgien Accoucheur fameux. Celui-çi

F.E.Me-
ZERAY.

s'opposant un jour fermément à un dessein qu'avoit le Gouverneur d'*Argentan*, lui dit : *nous sommes trois freres adorateurs de la verité & de la justice. Le premier la prêche, l'autre l'écrit, & moi je la soutiendrai jusqu'au dernier soupir.*

Lorsque *Mezeray* fut en âge de s'appliquer à l'étude, son pere l'envoya à *Caen* où il fit ses classes avec succès. De retour chez lui, il commença à s'ennuyer du séjour de la Province, & vint à *Paris*, où *Vauquelin des Yvetaux* obtint pour lui un employ de Commissaire des Guerres.

Il exerça cette Charge pendant deux ou trois Campagnes, après lesquelles il s'en lassa, & la quitta, sans savoir quel autre emploi y succederoit.

Il revint à *Paris*, resolu d'y passer sa vie ; mais comme une naissance obscure est quelquefois un obstacle au merite, il s'avisa de déguiser la sienne en quittant le nom de sa famille, pour prendre celui de *Mezeray*. Le peu d'argent qu'il avoit alors lui fit craindre de ne pouvoir

demeurer long-temps à *Paris*, s'il F.E.ME-
ne fe faifoit un fond de fubfiftance ZERAY.
affuré. Le parti qu'il prit fur cela eft
fingulier.

Il étoit pareffeux de fon naturel,
& il ne vouloit embraffer aucune de
ces profeffions, qui demandent du
mouvement & de la peine. Il forma
donc le deffein de devenir Auteur.
Le befoin preffoit; il falut d'abord
travailler & mettre fes talens en
œuvre. Son penchant pour la fatyre
le porta à en faire un coup d'effay.
Les troubles qui agitoient alors le
Miniftere fournirent à *Mezeray* tout
le fujet qu'il pouvoit defirer. La
conjonĉture du temps, qui fouffroit
tout malgré un Miniftre fevere, la
forte inclination des François, ou
plûtôt des hommes pour ces fortes
d'ouvrages, & le nombre qu'il en
publia lui produifirent en moins de
trois ans une fomme confiderable.

Après s'être mis ainfi au large, il
abandonna la fatyre pour un temps,
afin de s'appliquer à des chofes qui
le conduififfent à la gloire par une
route plus noble & plus fûre.

La leĉture qu'il fit de nos nou-

veaux Historiens François, lui per-
suada qu'il y auroit de l'honneur à
acquerir en fournissant la même carriere qu'eux. Sa penetration & son
discernement lui faisoient sentir
leurs fautes, & il se flattoit qu'en les
évitant il réussiroit où les autres
avoient échoué. Ainsi sans faire d'a-
vantage de reflexion sur la grandeur
de l'entreprise, il forma à l'âge de
26 ou de 27 ans le dessein d'écrire
notre histoire.

L'ardeur avec laquelle il travailla
à son projet & à rassembler les materiaux necessaires pour l'executer lui
causerent une maladie dangereuse,
dont sa jeunesse & la force de son
temperamment le tirerent.

Le Cardinal de Richelieu ayant
entendu parler de lui, lui fit une
gratification de deux cens écus, à laquelle il joignit la promesse de se
souvenir de lui à l'avenir. Quelques-
uns ont dit que cette liberalité étoit
interessée, & l'ont regardée comme
un avis secret à l'Historien futur de
mettre dans tout son jour la gloire
du Ministre, quand l'occasion s'en
presenteroit. Il semble que *Mezeray*

ait été de ce ſentiment, puiſqu'il a F.E.Me-
raillé plus d'une fois de ce bienfait. ZERAY.

Il n'eût pas plûtôt achevé ſon
hiſtoire, qui lui procura une penſion
de la part du Roi, qu'il ſe donna de
nouveau à la ſatyre. Les circonſtances des temps lui en fourniſſoient
l'occaſion, & il ne manqua pas d'en
profiter. M. *Larroque* aſſûre qu'il eſt
l'Auteur des pieces qui parurent en
1662. contre le Gouvernement ſous
le nom de *Sandricourt*, qui eſt l'a-
nagramme du ſien, à quelques lettres
près.

Mezeray revenu à lui-même, & à
des penſées plus ſerieuſes, fit enſuite
un abregé de ſon hiſtoire de France,
mais pluſieurs traits hardis qu'il y
lâcha déplurent à M. *Colbert*, qui
donna ordre à M. *Perrault* de l'A-
cademie Françoiſe de l'aller trouver
& de lui dire de ſa part que *le Roi
ne lui avoit pas donné une penſion de
quatre mille livres pour écrire avec ſi
peu de retenue ; que ce Prince reſpec-
toit trop la verité pour exiger de ſes
Hiſtoriographes, qu'ils la déguiſaſſent
par des motifs de crainte ou d'eſperance ; mais qu'il ne prétendoit pas auſſi*

qu'ils dûssent se donner la licence de
reflechir sans necessité sur la conduite
de ses Ancêtres, & sur une politique
établie depuis long-temps, & confir-
mée par les suffrages de toute la Nation.

Cette remontrance au travers de
laquelle on laissoit entrevoir un re-
tranchement de pension allarma
beaucoup *Mezeray*, & dans la crainte de la perdre, il promit de retou-
cher les endroits dont on se plai-
gnoit.

Il le fit effectivement dans une
nouvelle édition, mais cela ne lui
servit de rien ; il ne satisfit ni le
Public, ni le Ministre qui lui re-
trancha la moitié de sa pension.

Cette diminution piqua extraor-
dinairement *Mezeray*, qui s'étoit
néanmoins déja fait un fond de bien
assez raisonnable, pour vivre indé-
pendant, & qui recevoit d'ailleurs
des gratifications annuelles du
Chancelier *Seguier*, du Duc de
Brunswick-Lunebourg, de *Magnus de
la Gardie*, un des premiers Ministres
de Suede, & de plusieurs autres
grands Seigneurs. Son caractere im-

petueux ne lui permit pas de diffi- F.E.ME.
muler fon reffentiment contre M. ZERAY,
Colbert, il s'évapora même dans fes
converfations en difcours, où le ref-
pect dû au rang & au mérite de ce
grand Miniftre étoit mal obfervé,
& fouvent l'Etat n'y étoit pas plus
épargné que lui. On méprifa affez
long-temps ces murmures frivoles,
mais on l'en punit à la fin par la
privation entiere de fa penfion.

Il ne garda prefque plus alors de
mefures, & s'abandonna à tout ce
qu'une paffion outrée peut fuggerer.
Il declara ne vouloir plus écrire, &
que la fin de fa penfion feroit celle
de fon Hiftoire; & afin que l'on
n'ignorât pas le motif de fon filence,
il mit à part dans une caffette les
derniers appointemens qu'il avoit
reçûs en qualité d'Hiftoriographe,
& y joignit un billet fur lequel il
écrivit de fa main ces paroles: *voici*
le dernier argent que j'ai reçû du Roi;
il a ceffé de me payer, & moi de parler
de lui, foit en bien foit en mal.

Il n'avoit garde d'oublier dans fes
emportemens les Partifans ou Fer-
miers du Domaine, qui n'étoient pas

cependant la caufe de fon chagrin; ils étoient fans ceffe l'objet de fes déclamations, & il avoit coutume de dire qu'*il reservoit deux écus d'or, frappez au coin de Louis XII. (sur-nommé le pere du peuple) dont il des-tinoit, l'un à louer une place en Greve lors de l'execution de quelqu'un d'eux, & l'autre à boire à la vûe de leur sup-plice*; penfée ridicule & inhumaine. Il s'avifa auffi en travaillant au Dic-tionnaire de l'Académie Françoife d'ajouter cette phrafe au mot *Comp-table, tout Comptable eft pendable.* Phrafe que les autres Academiciens ne voulurent jamais lui paffer, & qu'il fut obligé d'éfacer. Ce qu'il ne fit cependant qu'en ajoûtant par dé-pit à la marge de fon manufcrit: *rayé quoique veritable.*

Sa reputation faifoit qu'on lui pardonnoit ces fortes de chofes, qui venoient d'un efprit bourru, mais que plufieurs regardoient comme des effets de vertu & de courage. Il n'en étoit que plus fouhaité dans les compagnies, où fa converfation fa-cile & enjouée le faifoit écouter avec plaifir, & où fon goût pour la nou-

velle Philosophie qu'il possedoit par- **F.E.ME**
faitement, & qu'il expliquoit avec **ZERAY.**
beaucoup de netteté, le faisoit briller.

Mezeray desiré dans le monde,
étoit encore plus recherché chez
lui. On y venoit à toute heure le
consulter sur des points d'histoire &
sur des faits particuliers qui en resul-
toient directement ou indirecte-
ment ; & c'étoit dans ces occasions
que sa presence d'esprit & sa memoire heureuse lui rendoient de grands
services.

L'Academie Françoise l'avoit reçû dans son corps en 1649. à la
place de M. *Voiture*, & elle le fit en
1675. son Secretaire perpetuel après
la mort de M. *Conrart*

Cet emploi demandoit qu'il pre-
parât le canevas du Dictionnaire auquel l'Academie travailloit alors ;
mais l'on étoit souvent surpris en li-
sant les cayers qu'il avoit dressez,
d'y trouver un grand nombre de
mots surannez, & des invectives qui
n'avoient de rapport qu'à ses propres passions, ainsi l'on étoit la plûpart du temps obligé de défaire ce

qu'il avoit fait. Il recevoit fréquem-
ment de ces fortes de mortifications
de fes Confreres, mais il s'en dé-
dommageoit par avance fur ceux
qui afpiroient aux places vacantes,
en leur donnant toûjours une boule
noire dans le Scrutin. On fut long-
temps à deviner de qui pouvoit venir une refolution fi conftante de
nuire. A la fin les contradictions
perpetuelles de *Mezeray* firent con-
jecturer que c'étoit de lui, & cela
fe trouva vrai. On lui demanda la
raifon d'une conduite fi bizarre, &
il répondit que c'étoit pour laiffer
à la pofterité un monument de la
liberté de l'Academie dans les Elec-
tions.

Le commerce long & continuel
qu'eût *Mezeray* avec un Corps auffi
illuftre que l'Academie Françoife
n'apporta aucun changement à fes
manieres, non plus qu'à fon ftile.
On ne voit pas que l'Abregé de fon
Hiftoire, qu'il compofa étant déja
Academicien depuis long temps, foit
mieux écrit & plus châtié, que ce
qu'il avoit donné avant que de l'ê-
tre. Ses penfées n'en ont ni plus
d'élevation

d'élevation ni plus de graces, ce
ſont toujours les mêmes talens naturels, une élocution aiſée, une nar-
ration ſimple & nette, des termes
propres à ſignifier ce qu'il veut dire,
mais nul choix, ni rien qui marque
du progrez.

Il étoit auſſi negligé dans ſa perſonne, que dans ſa maniere d'écrire ;
mal propre juſqu'au dégoût dans ſes
habits, il paſſoit plûtôt pour un men-
diant, que pour ce qu'il étoit. Il lui
arriva même un matin d'être arrêté
par les Archers des Pauvres. La bé-
vuë, au lieu de l'irriter, le charma, car
il aimoit les avantures ſingulieres ; il
leur dit qu'il étoit trop incommodé
pour aller avec eux à pied, mais
qu'auſſi-tôt qu'on auroit mis une
nouvelle rouë à ſon caroſſe, ils s'en
iroient de compagnie où il leur plai-
roit.

De tous les travers où il donna,
aucun ne lui fit plus de tort dans le
public, que l'attachement qu'il prit
pour un Cabaretier de la *Chapelle*,
petit Village ſur le chemin de Saint
Denis, nommé *le Faucheur*, chez lequel quelques-uns de ſes amis le me-

F.E.ME-
ZERAY.

nerent un jour. Il prit tant de goût
à la franchise de cet homme & à ses
discours que malgré tout ce qu'on
lui pût dire, il passoit des journées
entieres chez lui, qu'il conserva tout
le reste de sa vie de l'inclination
pour lui, & le fit à sa mort son legataire universel pour tous ses biens,
meubles & immeubles, excepté les
patrimoniaux, qu'il reserva à ses
heritiers, suivant la Coutume de
Normandie, où ils étoient situez,
& qui étoient fort modiques.

On a cherché bien du mystere
dans une liaison si peu convenable ;
les uns ont voulu que la femme de
le Faucheur fut fille naturelle de
Mezeray, & d'autres au contraire
qu'il étoit devenu amoureux de la
fille de ce Cabaretier. Mais M. *Larroque* prétend que ce sont des choses
absolument fausses, qu'il seroit aisé
de détruire par une chronologie incontestable, quoi qu'il avouë que le
testament de *Mezeray* ait pû donner
occasion à ces soupçons.

Quoi qu'il en soit, ses amis ne
pouvant le retirer d'une inclination
indigne de lui, l'abandonnerent à

lui-même , & fe divertirent à leur
tour de fes bizarreries, qui alloient
toûjours en augmentant, & dont il
rioit quelquefois avec eux.

F.E.Me-
ZERAY.

Il ne fe contenta pas de changer
fa maniere de travailler , en n'étudiant & ne compofant plus qu'à la
chandelle , même en plein jour au
cœur de l'Eté ; mais comme s'il fe
fut alors perfuadé qu'il n'y eut plus
de Soleil au monde , ou qu'il eut
ceffé fes fonctions , il ne manquoit
jamais de reconduire jufqu'à la porte
de la ruë le chandelier à la main
tous ceux qui lui rendoient vifite.

Il s'avifa encore d'une autre fingularité ; c'étoit , lorfqu'il fe mettoit à travailler , de ranger en cercle
fur fa table une douzaine de montres qu'on lui avoit données , & de
placer une bouteille de vin au milieu ; il difoit pour fes raifons que
ces montres ne s'accordant jamais
bien enfemble , il n'avoit trouvé que
cette reffource pour les mettre d'accord ; & que fi cela ne fervoit à rien,
il s'en lavoit les mains, & que d'autres ne feroient pas mieux.

La bouteille ne lui étoit pas ap-

paremment inutile ; car il aimoit à
boire, & avoit coutume de dire que
la goute qui le tourmentoit de temps
en temps lui venoit *de la fillette &*
de la feuillette.

Quelque jugement que l'on porte
de ces travers & de ces bizarreries, on
les lui paſſera plus aiſement que certains traits, qui ne marquent pas un
trop bon cœur. Tel eſt le tour qu'il
joua au P. *Eudes* ſon frere, en abu-
ſant de ſa ſimplicité pour l'engager
à traiter dans un Sermon qu'il devoit faire devant la Reine Mere,
Regente du Royaume, de matieres
trop hardies, & à dire ſur le Gouvernement & les Finances des choſes
qui ne pouvoient manquer de cho-
quer cette Princeſſe, & de faire des
affaires au P. *Eudes*, ſi la pieté de la
Reine ne lui eût fait excuſer l'indiſ-
cretion du Predicateur. *Mezeray*
non content d'avoir engagé ſon frere
dans ce mauvais pas, ſe mit dans un
coin de l'Egliſe durant le Sermon,
& y rioit de tout ſon cœur de la
temerité de ſon frere, qui menaçoit
des Jugemens de Dieu & des peines
de l'enfer ces *Sangſues malheureuſes*

venues d'audelà des Monts; encore F. E. ME-
lui alla-t-il reprocher au ſortir de la ZERAY.
Chaire qu'il n'en avoit pas dit aſſez.

Pour ce qui eſt de ſa Religion,
il affecta ſur ce point durant le cours
de ſa vie dans ſes diſcours & dans ſa
conduite une ſorte de Pirrhoniſme,
qui étoit pourtant moins dans ſon
cœur que dans ſa bouche, comme il
le fit paroître dans ſa derniere maladie. Car ayant fait venir ceux de
ſes amis qui avoient été les témoins
les plus ordinaires de ſa licence à
parler des choſes de la Religion, il
en fit devant eux une eſpece d'a-
mende honorable, qu'il termina en
les priant *d'oublier ce qu'il avoit pû*
autrefois leur dire de contraire, & de
ſe ſouvenir que Mezeray mourant étoit
plus croyable que Mezeray en ſanté.

Il ne ſurvêcut pas long-temps à
cette action édifiante; car il mourut
le lendemain, c'eſt-à-dire le dixiéme
Juillet 1683. âgé de 73. ans. Il
avoit ordonné qu'on l'enterrât au
Cimetiere ſans aucune pompe, mais
le Faucheur ſon Legataire univerſel le fit ouvrir, & porter ſon cœur
aux Carmes des Billettes où il fut

mis en dépôt. Cette disposition par
rapport à sa sepulture étoit bien differente de celle qu'il avoit faite auparavant. Car son premier dessein
avoit été de se faire enterrer à une
maison qu'il avoit à *Chaillot*, sur une
petite éminence à l'extrémité de sa
vigne, dont le point de vûë est très
riant, & de s'y construire une espece de Mausolée en piramide soutenu
d'un pied d'estal orné de bas reliefs,
où devoient estre gravez cinq ou six
volumes, avec le titre d'anecdotes,
& une inscription destinée à instruire le Public qu'il les avoit compo-
sées les dernieres années de sa vie, &
qu'elles contenoient des choses tout-
à-fait singulieres que l'on ignoreroit
sans cela ; il eut même la temerité de
nommer pour Executeur d'un projet si bizarre l'Abbé *de la Chambre*.

Mezeray étoit d'une taille mé-
diocre, sa physionomie ne décidoit
rien ni pour, ni contre lui : son esprit le distinguoit mieux que son
air ; il l'avoit vif, fecond, present,
enjoué, mais sans estre temperé d'u-
ne certaine politesse, qui est du goût
de tout le monde, quoiqu'elle soit le

partage de peu de perſonnes. Enne- F.E.Me.
mi de la contrainte, il s'aſſujettiſ- ZERAY.
ſoit aux Loix, mais ſans les aimer.
Sa ſincerité n'auroit mérité que des
loüanges s'il l'eût contenuë dans de
juſtes bornes, ou que des motifs ca-
chez ne l'euſſent pas quelquefois fait
paſſer au-delà. Il aimoit à contre-
dire, ſoit que ce défaut lui fût naturel, ſoit qu'il eut remarqué que
ſon eſprit brilloit davantage par la
contrarieté. Il aſſaiſonnoit ſes rail-
leries d'un ſel trop âcre, & en faiſoit
volontiers l'inſtrument de ſon dépit
& de ſa vengeance.

Il aimoit fort les richeſſes, & il
laiſſa des ſommes conſiderables en
argent; cet amour cependant ne lui
faiſoit jamais commettre aucune in-
juſtice : il payoit exactement ce qu'il
devoit, & ſes domeſtiques ne pouvoient que loüer ſa bonté & ſon
équité toujours conſtante à leur
égard.

Catalogue de ſes Ouvrages.

1. Toutes les pieces qui parurent
en 1652. ſous le nom de *Sandri-*
court ſont de lui : en voici la Liſte.

Le Complot ou *Entretien Burleſque*

F.E. ME-
ZERAY.

fur l'Arrest du 29. Decembre 1651. contenant les principaux Chefs d'accusation proposez par la France contre le Ministere du Cardinal Mazarin. Par de Sandricourt. Paris 1652. in 4°. Cette piece est aussi intitulée: *le procés du Cardinal Mazarin, tiré du Greffe de la Cour.*

Le Politique Lutin porteur des Ordonnances, ou les Visions d'Alectromance fur les maladies de l'Etat. Paris 1652. in 4°.

L'Accouchée Espagnole, avec le caquet des Politiques, ou le frere & la Suite du Politique Lutin fur les maladies de l'Etat. Paris 1652. in 4°.

Réponse pour son Altesse Royale, à la lettre du Cardinal Mazarin, sur son retour en France. Paris 1652. in 40.

La descente du Politique Lutin aux Limbes fur l'enfance & les maladies de l'Etat. Paris 1652. in 40.

Les préparatifs de la descente du Cardinal Mazarin aux Enfers, avec les Entretiens des Dieux souterrains, touchant & contre les maximes supposées veritables du Gouvernement de la France. Paris 1652. in 40. Cet ouvrage au jugement de l'Auteur, est
un

un des plus confiderables & des plus F. E. Me-
utiles, qu'il eut donné jufqu'alors au ZERAY.
Public.

La France en travail fans pouvoir
accoucher faute de Sage Femme. Paris.
1652. in 40.

Le Cenfeur du Temps & du Monde
portant en main la clef promife du Po-
litique Lutin. Paris 1652. in 40.
C'eft la premiere partie des quatre
dont cet ouvrage eft compofé.

Pafquin & Marforio fur les intri-
gues d'Etat. Paris 1652, in 4.

Seconde partie du Cenfeur du Temps
& du Monde, portant en main la Clef
du Politique Lutin, & rapportant les
difcours des quatre Heros dans les
Champs Elifées touchant les trois Car-
dinaux accufez, l'éducation des Prin-
ces, la Confederation du Prince de
Condé avec les Efpagnols, & l'Ordon-
nance de Charles le Sage fur la majorité
des Rois. Paris 1652. in 40.

Réponfe fur la Thefe couchée en la
feconde partie du Cenfeur du Temps &
du Monde, à fçavoir que les Regences
des Royaumes ne doivent jamais être
déferées aux Reines Meres, ni aux
Princes du Sang, & l'examen de la

Tome V. Dd

piece intitulée : le Censeur censuré. Paris 1652. in 40.

Réponse pour Messieurs les Princes, au libelle seditieux intitulé : l'Esprit de paix semé dans les rues de Paris la nuit du 25 Juin 1652. Piece Academique. Paris 1652. in 40.

La troisiéme partie du Censeur du Temps & du Monde, portant en main la clef, & donnant l'ouverture de toute les fictions, équivoques, laconismes, ordonnances & visions contenues dans le Politique Lutin sur le Gouvernement des Etats & affaires presentes. Paris 1652. in 4°.

La quatriéme & derniere partie du Censeur du Temps & du Monde, portant en main la clef & découvrant toutes les fictions, équivoques, laconismes & Batêmes contenues ès quatre pieces intitulées : l'Accouchée Espagnole, la descente aux Limbes, les préparatifs, &c. & la France en travail, &c. Paris 1652. in 40.

Les Sentimens de la France, & des plus déliez Politiques, sur l'éloignement du Cardinal Mazarin, & la conduite de M. le Prince. Paris 1652. in 40.

L'Ombre de Mancini, sa condam-

nation, & *ſa dépoſition contre le Car-*
dinal Mazarin. La marche de ce der-
nier, ſa contenance, ſes deſſeins, &
ſes paſſions differentes. Paris 1652.
in 4°. C'eſt la ſuite de la piece précedente.

Songes & Réponſes d'Hydromante
ſur les dangers inévitables & les mi-
ſeres toutes certaines de l'Etat, depuis la
perſonne du Monarque juſqu'à celle de
l'Artiſan, en cas que la paix civile
ſoit plus long-temps differée, que
le Cardinal Mazarin retourne en
France, & qu'on abuſe plus long-
temps de la parole & de la puiſſance
Royale. Paris 1652. in 4°. C'eſt
la troiſiéme partie des *ſentimens de*
la France.

Les Cordeliers d'Etat, ou la ruine
des Mazarins, Anti-Mazarins &
Amphibies occaſionnée par les rages de
nos guerres inteſtines. Paris 1652. in
4°. C'eſt la quatriéme partie des *ſen-*
timens de la France.

Le Maréchal des Logis logeant le
Roy & toute ſa Cour par les rues &
principaux quartiers de Paris en con-
ſequence de la prétendue amniſtie. Pa-
ris 1652. in 4°.

F.E. ME-
ZERAY.

Les très-humbles Remontrances des trois Etats, présentées à sa Majesté pour la convocation des Etats Generaux. Paris 1652. in 4o. C'est la piece d'adieu du prétendu *Sandricourt.*

Ce que l'on peut dire de toutes ces pieces en general, c'est qu'on y voit un composé bizarre d'enjouement, d'un burlesque bas & rampant, de quolibets & de proverbes des Halles, souvent aussi de l'esprit & du savoir, mais tout cela mêlé de libertinage. C'étoit là le style qu'il falloit pour plaire à la populace, & lui faire mieux rechercher ces libelles.

L'Auteur de la vie de *Mezeray* n'a pas voulu nous donner le titre des pieces satyriques qu'il a faites soit dans la Minorité de Louis XIV. soit contre le Cardinal de *Richelieu*, sous prétexte qu'on doit les oublier par respect pour les personnes qu'elles attaquent; mais je doute que tout le monde approuve ce scrupule, & cette raison.

2. *L'Histoire de France depuis Pharamond jusqu'à present, avec les Portraits & les Medailles. Paris. Guillemot 1643. 1651. in fol. 3. vol.* It.

Nouvelle édition revûe, corrigée & aug- F.E. Me-
mentée par l'Auteur. Paris. Thierry ZERAY.
1685. in fol. 3. vol. Mezeray publia le premier volume de cette hiftoire en 1643. Il s'y piqua moins de
donner quelque chofe d'exact, que
de s'accommoder au goût du public.
Perfuadé que la plûpart des hommes
font des Juges peu équitables de la
bonté d'un ouvrage, & qu'ils ne
fentent que rarement la difference
qu'il y a d'une Hiftoire exacte à celle
qui ne l'eft pas ; il s'avifa de donner
à la fienne quelque chofe de propre
à éblouir les ignorans, & d'agréable à ceux qu'une application trop
ferieufe à la lecture d'un long ouvrage fatigueroit infailliblement,
s'ils ne trouvoient de quoi fe délaffer en chemin. Il l'enrichit des
Portraits de nos Rois, des Reines
& des Dauphins depuis l'acquifition
du Dauphiné, & de quantité de
Médailles vraies ou fauffes frappées
en l'honneur de nos Souverains ; ce
qui plût extrêmement au public. Il
tira tous ces fecours de deux ouvrages de *Jacques de Bie* fameux Graveur ; l'un intitulé : *La France Me.*

F.E. ME-
ZERAY.

tallique. Paris 1636. *in fol.* & l'autre:
Les vrais Portraits des Rois de France
tirez de leurs monumens. Paris. 1636.
in fol. réimprimé la même année
augmenté de nouveaux Portraits, &
enrichi des vies des Rois par *Hila-*
rion de Coste Minime. Le service que
ce fameux Graveur avoit rendu à
Mezeray sans le connoître, meritoit bien que celui-ci en fit quelque mention dans la Preface de son
Histoire ; mais il n'en dit pas la moindre chose, & parle seulement du
P. Hilarion. Jean Baudouin de l'A-
cademie Françoise, & intime ami
de *Mezeray* fournit à son livre un
autre sorte d'ornement. Il composa
des vers en forme de Quatrains,
qui servant d'argument à chaque vie
découvrent en peu de mots les bonnes ou mauvaises qualitez de chaque
Prince. Les continuateurs de *Mo-*
rery ont prétendu qu'il étoit aussi
l'Auteur du premier volume de l'Histoire de *Mezeray,* mais c'est une chose entierement destituée de raison.

Ce premier volume fut reçû avec
un applaudissement extraordinaire.
Il sembloit qu'il n'y eut plus alors

d'Hiſtorien que lui , tant on oublia F.E. Mé- ceux qui l'avoient precedé. Il n'eut ZERAY. contre lui qu'un petit nombre de Savans , que le commun du mon- de compte ordinairement pour rien, qui ne pouvoient voir ſans chagrin un jeune Auteur s'élever ſur les ruines des grands hommes dont il n'avoit que ſuivi les traces , ou puiſé dans leur propre fond. Connoiſſant la portée de ſes forces, ils ne ſouffroient qu'impatiemment qu'il dit de lui- même qu'il n'avance rien ſans avoir pour garents les plus doctes écrivains, les originaux & les anciens titres , & qu'il traitât ceux qui l'a- voient precedé de compilateurs ou de plagiaires , ſans leur donner qu'à regret la moindre louange.

Le premier tome s'étend depuis *Pharamond* juſqu'au Regne de *Char- les* VI. Le ſecond qui a paru en 1646. contient ce qui s'eſt paſſé de- puis *Charles* VI. juſqu'au Regne de *Charles* IX. & le troiſiéme qu'il don- na en 1651. comprend l'Hiſtoire depuis le Regne d'*Henri* III. juſ- qu'à la paix de *Vervins* en 1598.

La ſeconde édition eſt augmen-

Mém. pour servir à l'Histoire

tée de l'*Histoire de France avant Clovis*, *ou l'origine des François & leur
établissement dans les Gaules*, qui avoit
déja paru à la tête de son abregé de
l'édition d'*Amsterdam* 1682. mais
qui est ici retouchée en plusieurs endroits, & *de l'état & conduite des
Eglises dans les Gaules, jusqu'au Regne de Clovis*. L'Histoire de la premiere race y est fort augmentée, la
chronologie y est presque toute chan-
gée, mais elle l'est un peu moins
dans la seconde race. Ainsi cette
seconde édition est plus ample &
plus exacte ; mais comme *Mezeray*
y a retranché plusieurs choses qui
avoient été trouvées trop hardies,
la premiere est plus recherchée.

3. *Abregé chronologique ou extrait
de l'Histoire de France depuis Pharamond , jusqu'à la paix de Vervins,
avec les Portraits des Rois. Paris. Billaine* 1668. *in* 40. 3. *vol. It. Paris*
16 3. *Billaine in* 12. 6. *tom. It.
Amsterdam* 1674. 6. *tom.* Cet abregé
~~finit dans ces éditions en 1598. il va~~
va ~~dans les suivantes~~ jusqu'en 1610. It.
~~continué jusqu'à la mort d'Henri IV.~~
Paris. Billaine 1676. & 1678. 8. *vol.*

in 12. It. *Amfterdam* 1682. *in* 12. 7.
vol. It. *Paris Thierry.* 1690. *in* 40.
3. *vol.* It. *Paris. Thierry* 1698. *in*
12. 8. *vol.* It. *précedé de l'Hiftoire
des François avant Clovis. Amfterdam*
1692. *in* 12. 7. *vol.* It. *augmenté de
la vie des Reines. Amfterdam* 1701.
6. *vol. in* 12. It. *fur l'édition de Hollande (Rouen)* 1713. 6. *vol. in* 12. It.
3e *édition in* 40. *Paris, Ofmont* 1717. 3.
vol. It. *Paris* 1717. 10. *vol. in* 12. *Mezeray* avoit d'abord deffein de retou-
cher fon grand ouvrage , mais des
amis finceres lui ayant fait entendre
qu'on aimeroit mieux un abregé
correct , il fuivit en cela leurs confeils , & travailla plus de dix années
entieres à le compofer. Ce qui ne
doit pas furprendre puifque ce nouvel ouvrage eft une efpece d'Hiftoire
Univerfelle , qui joint aux principaux évenemens de la nôtre ceux des
Royaumes étrangers. Ce qu'il y a
mêlé de l'Hiftoire Ecclefiaftique eft
fur tout la partie la plus exacte de
fon Abregé ; car quoiqu'il n'eût
qu'une très legere teinture de l'Antiquité Ecclefiaftique, il emprunta les
lumieres de Meffieurs de *Launoy* &

*F. E. ME-
ZERAY.*

Dirois, qui lui dresserent eux mêmes tous les memoires qu'il employa si heureusement par rapport aux affaires de l'Eglise.

La premiere édition de cet abregé reçût encore plus d'éloges que n'avoit fait le grand ouvrage, & fut recherchée avec une égale avidité par les François & par les étrangers. Ce n'est pas que les Savans n'y remarquassent encore des défauts, & certaines negligences qu'on ne peut imputer qu'à la seule paresse de *Mezeray*, ou à son antipathie contre certains Auteurs. Il disoit sur cela à ses amis qui lui en faisoient des reproches, qu'il n'y avoit que peu de personnes qui s'apperçussent de ses fautes, & que la gloire qui lui pouvoit revenir d'une plus grande exactitude ne valoit pas la peine qu'elle demandoit. On sera sur tout surpris d'un fait que rapporte M. *Larroque*, c'est que *Mezeray* se vanta un jour chez M. d'*Herouval* en presence de M. *du Cange*, qu'il avoit composé son Histoire de France sans avoir lû aucun de nos anciens Historiens recueillis par *du Chene*. Com-

me cette premiere édition déplût à
M. *Colbert*, il adoucit dans la ſeconde publiée en 1672. les expreſſions
qui avoient paru trop dures, & y
fit quelques changemens ; ce qui la
fit entierement tomber, & la pre-
mieré a toûjours été eſtimée prefera-
blement à toutes les autres.

4. *Hiſtoire Generale des Turcs contenant l'Hiſtoire de Chalcondyle traduite par Blaiſe de Vigenere, avec les
illuſtrations du même Auteur, continuée
juſqu'en 1612. par Thomas Artus, &
par le Sieur de Mezeray juſqu'en 1649.
& la traduction des Annales des Turcs
de Leunclavius par le même. Paris 1650.
in fol.* It. *continuée juſqu'en 1661. Paris 1662. in fol.* 2. *vol. Mezeray* n'a
point réuſſi dans cet ouvrage ; s'il
s'eſt acquitté paſſablement de ſa re-
viſion, il faut avcuer qu'il n'y a
rien de plus mince, ni de plus froid
que la continuation qu'il y a faite ;
il y regne un air de Gazette qui n'eſt
ſupportable qu'à des lecteuts ſans
goût.

V. Sa vie par M. *Larroque* & le
P. *le Long, Bibl. Hiſt. de la France.*

JEAN PIERRE MAFFE'E.

JEAN
PIERRE
MAFFE'E.
JEAN *Pierre Maffée* naquit à *Bergame* vers l'an 1536. Il fut instruit dans les Langues Latine & Greque par *Basile* & *Chrisostome Zanchi* Chanoines Reguliers de cette Ville, sous lesquels il fit de grands progrez. Ses études finies il alla à *Rome*, où il eut occasion de faire connoître son habileté & ses talens. Plusieurs Princes voulurent l'attirer dans leurs Etats, mais il préfera la Republique de *Genes* qui lui donna une Chaire de Rhetorique avec de gros appointemens. Il s'acquitta si bien de son emploi qu'il acquit l'estime & l'affection de tout le monde, & que la Republique se proposa d'en faire son Secretaire.

Les dispositions favorables où l'on étoit à son égard lui ouvroient une voie pour parvenir à de plus grands honneurs ; mais la grace lui inspira des pensées plus solides ; touché tout d'un coup de la vanité des choses de la terre, il abandonna tout, & alla

à *Rome* où il entra chez les Jesuites. JEAN. P.
C'étoit en 1566. & il avoit alors en- MAFFE'E.
viron trente ans.

Une des premieres choses qu'il fit
dès qu'il eût été reçû dans la Compagnie, fût d'écrire la Vie de S. *Ignace* son Fondateur. Il forma ensuite
le dessein de donner au public une
Histoire des Indes ; & pour cela il
alla à *Lisbonne*, afin d'y trouver les
materiaux qui lui étoient necessaires
pour l'executer.

Ayant été admis en Espagne à
l'Audience de *Philippe* II. ce Prince
approuva fort son dessein, & l'encouragea à le continuer ; pour l'y
animer même davantage, il fit ressentir des effets de sa liberalité
à son frere qu'il nomma Secretaire
du Senat de *Milan.*

Maffée de retour en Italie publia
la Vie de S. *Ignace* & son Histoire
des Indes, & l'on en fut si content
que le Pape *Gregoire* XIII. lui ordonna d'écrire l'Histoire de son Pontificat. Il le fit aussi-tôt en Italien,
mais cet ouvrage de même que quelques autres n'a point été imprimé.

Le Pape *Clement* VIII. le fit venir

JEAN P. au Vatican pour lui faire achever
MAFFE'E. son Histoire de *Gregoire* XIII. & la
continuer jusqu'à lui. *Maffée* en fit
trois livres, mais la mort l'empêcha
d'aller plus loin. Car il mourut à
Tivoli le 20. Octobre 1603. âgé de
67. ans. *Vittorio Rossi* & *Lorenzo*
Crasso lui donnent 74. ans, lorsqu'il
mourut, mais cela ne s'accorde pas
avec les dates d'*Alegambe*, qui le
fait entrer chez les Jesuites à l'âge
de 30. ans en 1666.

Il n'avoit rien à l'exterieur qui
pût faire juger de son merite; sa conversation même n'avoit rien d'agréable ni de prévenant; sa colere s'en-
flammoit aisément, la moindre chose le mettoit hors de lui-même, &
l'emportoit à des excès, dont il avoit
toûjours soin de demander ensuite
pardon à ceux qu'il avoit offensez
dans cet état. Il étoit d'un tempe-
rament délicat, & avoit une grande
attention pour tout ce qui pouvoit
interesser sa santé. Les mets ordinaires de la Communauté ne lui suf-
fisoient pas, il lui falloit quelque
chose de meilleur & de plus délicat; l'idée qu'il avoit qu'une nour-

riture groffiere n'eft point propre JEAN P.
pour faire naître des penfées fines & MAFFE'E.
fpirituelles lui faifoit exiger cette
déference pour fa qualité d'Auteur.
C'étoit auffi dans la vûe de fa fanté
qu'il aimoit à voyager, & à changer fouvent de demeure.

Il étoit d'une lenteur extraordinaire à compofer; rien ne pouvoit le
fatisfaire, & il paffoit des heures
entieres à limer une phrafe; ainfi
tout fon travail de chaque jour fe
bornoit à douze ou quinze lignes;
quand on lui paroiffoit furpris de
cette lenteur, il difoit que ceux qui
liroient fes ouvrages s'arrêteroient
à ce qu'il y auroit de beau, fans
s'informer du temps qu'il avoit employé à les faire. Auffi fut-il douze
ans à compofer fon Hiftoire des Indes, fuivant le rapport de *Scioppius*,
qui ajoûte qu'il étoit fi jaloux de la
belle Latinité, que de peur de gâ-
ter fon ftyle, il ne difoit fon Bre-
viaire qu'en Grec.

Catalogue de fes Ouvrages.

1. *Libri tres de vita & moribus*
S. Ignatii Loyolæ. Venetiis 1585. *in*
8o. Cet ouvrage a été imprimé plu-
fieursfois.

JEAN P.
MAFFE'E.

2. *Historiarum Indicarum libri XVI.*
Florentiæ 1588. & *Coloniæ* 1589. *in*
fol. Coloniæ 1590. *in* 80. imprimé
encore plusieurs autrefois depuis. It.
trad. en François par Fr. Arnault de
la Boirie. Lyon 1604. *in* 80. It. *par*
M. de Pure. Paris 1665. *in* 40. Le
Cardinal *Bentivoglio* dit que l'Auteur parle bien Latin, mais qu'il
parle mal des affaires de la guerre
& du cabinet, & que ses harangues
n'ont rien que de foible & de lan-
guissant. Il y a au reste dans cette
Histoire bien du merveilleux, qui
pourroit faire tort à ce qu'il y a de
veritable, selon l'Auteur du Journal
des Savans.

3. *Selectarum ex India Epistola-*
rum libri IV. Maffeio Interprete joint
à l'ouvrage précedent.

V. *Nic, Eryt. Pinac. II. Lorenzo*
Crasso Elogii d'Huom. Lett. Alegam-
be de script. S. J.

RICHARD CUMBERLAND.

RICH.
CUMBER-
LAND.

RICHARD *Cumberland* nâquit à
Londres en 1632. d'un bon
Bourgeois de cette Ville. Après avoir
fait

fait ſes premieres études dans l'école de S. Paul à *Londres*, il entra dans
le College de la Madelaine à *Cam-*
brige. Son merite l'y fit eſtimer de
tout le monde, & lui procura des
connoiſſances qui lui furent utiles
dans la ſuite. Naturellement timi-
de, ſe ſouciant peu de paroître, &
aimant paſſionnément l'étude & les
livres, il auroit paſſé volontiers toute ſa vie dans quelque petite Cure
de Campagne, ſi les amis qu'il s'é-
toit acquis dans l'Univerſité ne s'é-
toient fait un honneur de ſon élevation.

Le Chevalier *Jean Norwich* lui
donna la Cure de *Brampton*, qu'il
ſouhaittoit remplir d'un bon ſujet,
parce qu'il y faiſoit actuellement ſa
reſidence. *Cumberland* s'acquitta fort
exactement des devoirs de ſon miniſtere, & continua de s'appliquer
à l'étude, n'ayant d'autre divertiſſement que celui d'aller ſouvent à
Cambrige pour y entretenir les liaiſons qu'il avoit formées avec quelques Savans.

Le Chevalier *Bridgman* Garde des
Sceaux ſous *Charles* II. le retira de

Tome V.　　　　　　E e

R. Cum-
BERLAND.

ce poste pour en faire son Chapelain, & le nomma ensuite à la Cure de *Stamford* gros Bourg de la Province de *Lincoln*, sur frontieres du Comté de *Northampton*. Ce benefice étoit beaucoup meilleur que le premier, mais les charges en étoient plus grandes, puisqu'il étoit obligé de prêcher trois fois la semaine. Ce travail ne l'empêcha pas de s'appliquer, comme il avoit fait jusques-là, aux sciences humaines, & de continuer avec ardeur ses études de Philosophie, de Mathematique & de Philologie.

L'objet le plus ordinaire de ses prédications étoit de combattre les sentimens de l'Eglise Romaine, non pas tels qu'ils sont veritablement, mais tels qu'il se les figuroit. Il s'en étoit fait des idées si étranges, que quoi qu'il fût d'un sang froid & d'une tranquillité extraordinaire en toute autre chose, il devenoit tout d'un coup un autre homme, & ne se possedoit plus, lorsqu'il en parloit. Il ne faut pas s'étonner, si étant dans ces dispositions, il fut allarmé de l'avenement du Roy *Jacques* II. à la Couronne. Il se figura alors

tant de fujets de crainte qu'il en R. Cum-
tomba malade d'une fievre qui le BERLAND
mit à l'extrêmité, & dont il eut bien
de la peine à revenir.

La Revolution qui mit *Guillaume*
III. fur le trône diffipa fes craintes
& lui rendit fa tranquillité. Son zele
pour l'Eglife Proteftante fut recom-
penfé peu de temps après ; car ce
Prince le nomma à l'Evêché de *Pe-*
terborough, à fon infçu, & fans qu'il
eût fait aucune démarche pour cela.
La maniere même dont il apprit fa
nomination eft finguliere. Etant allé
fuivant fa coutume au caffé de fa
Paroiffe lire les nouvelles, il trouva
dans la Gazette de ce jour que le
Docteur *Cumberland* avoit été nommé à l'Evêché de *Peterborough*.

Ce Savant homme ne changea
point de manieres en changeant de
caractere ; ce fut toûjours la même
douceur, la même modeftie, la même application aux fonctions de fa
charge, la même ardeur pour l'étude. Son grand âge ne l'engagea ja-
maisà prendre le repos qui lui
étoit neceffaire, & quand on lui re-
prefentoit que fes études nuiroient

R. Cum-
BERLAND

à sa santé, il disoit qu'*il valoit mieux qu'un homme s'usât que de se rouiller,*

Il a joui d'une santé parfaite dans sa vieillesse, & n'a jamais perdu la memoire de ce qu'il avoit appris, ni le desir d'apprendre des choses nouvelles. A l'âge de 83. ans il voulut apprendre la Langue Coptique, afin de pouvoir entendre le nouveau Testament que le Docteur *Wilkins* avoit publié en cette Langue, & dont il lui avoit fait present, & il en vint à bout.

Une attaque de paralysie l'a emporté en un jour ou deux en 1719. dans sa 87. année.

Catalogue de ses Ouvrages.

1. *De Legibus naturæ disquisitio Philosophica, in quâ etiam elementa Philosophiæ Hobbianæ refutantur. Londini 1672. in 40. Cumberland* se propose dans cet ouvrage de combattre *Hobbes*, en faisant voir que l'état naturel des hommes n'est pas un état de guerre ; qu'au contraire la nature les porte à s'aimer & à se faire du bien. Il le composa pendant qu'il étoit Chapelain du Chevalier *Bridgman*, auquel l'Epitre dédicatoire est

adreſſée. La piece eſt excellente en ſon genre, mais il s'y eſt gliſſé tant de fautes d'impreſſion, le ſtyle d'ailleurs en eſt ſi contraint, & les raiſonnemens y ſont énoncez d'une maniere ſi abſtraite, que la lecture n'en eſt pas agréable, & qu'il faut une trop grande contention d'eſprit pour en penetrer le ſens. *Cumberland* a été ſouvent ſollicité de revoir ce livre & d'en donner une ſeconde édition plus intelligible, mais il n'a jamais pû s'y reſoudre.

2. *Eſſay touchant les Meſures, les Poids & la Monnoye des Hebreux, que l'on recherche par le moyen des anciennes Meſures comparées avec celles d'Angleterre.* (En Anglois) Londres 1686. *in* 8o. *pp.* 140. Il y a beaucoup de recherches dans cet ouvrage dont on peut voir un long extrait dans le 5e tome de la *Bibliotheque univerſelle.* Le Docteur *Bernard* y reprit quelque choſe dans un livre qu'il compoſa depuis ſur le même ſujet, ſans nommer l'Auteur qu'il critiquoit. *Cumberland* s'y reconnut cependant, & entreprit de juſtifier ſes calculs. Il ramaſſa pour

R. CUM-
BERLAND

cela beaucoup de materiaux, mais
que de secondes reflexions rendirent
inutiles. Il haïssoit les disputes, &
après y avoir bien pensé, il crût
qu'il valoit mieux laisser au public
la décision de ce differend, que de
multiplier les écritures, & suppri-
ma ce qu'il avoit écrit sur ce sujet.

3. *Histoire Phenicienne de Sancho-*
niaton, traduite du premier livre de
la préparation Evangelique d'Eusebe,
avec une continuation de cette Histoire
tirée de la Table d'Eratosthene le Cyre-
neen, accompagnée de plusieurs re-
marques historiques & chronologiques,
par lesquelles il paroît que ces deux
Auteurs nous donnent une suite de la
chronologie Phenicienne & Egyptien-
ne, depuis le premier homme jusqu'à
la premiere Olympiade, qui s'accorde
avec celle de l'Ecriture. Avec une
Préface de M. Payne, qui contient
la vie de l'Auteur. (en Anglois.)
Londres 1720. *in* 80. Cet ouvrage
est plein de recherches curieuses.
Mais l'ordre y manque.

4. *Les origines les plus anciennes*
des Nations, ou Essais contenus en
diverses traitez pour découvrir les tems

du premier étabiffement des peuples. R. Cum-
Ouvrage publié par S. Payne fur le BERLAND
manufcrit de l'Auteur. (En Anglois.)
Londres 1724. *in* 80.

V. *fa vie par S. Payne* fon Chapelain à la tête de *l'Hiftoire Phenicienne.*

PHILIPPE DE LA HIRE.

PHILIPPE *de la Hire* nâquit à
Paris le 18. Mars 1640. Son pere
qui étoit Peintre ordinaire du Roy
& Profeffeur dans l'Academie de
Peinture & de Sculpture le deftinant
à la même profeffion lui apprit le
deffein & les parties des Mathematiques qui y ont rapport.

A l'âge de 17. ans il perdit fon
pere, & tomba dans des palpitations
de cœur très-violentes. Il crut que
le voyage d'Italie, qui lui étoit prefque neceffaire pour fon Art, pourroit auffi être utile à fa fanté, & il
l'entreprit en 1660.

Il ne fe trompa pas dans fes ef-
perances; car il fe trouva bien-tôt
en état d'étudier ces précieux reftes.

PHILIPPE
DE LA
HIRE.

de l'Antiquité qui abondent en Italie. Il s'y adonna même avec ardeur à la Geometrie , qui commença à prévaloir dans son esprit sur la Peinture.

La vie retirée que l'on mene en Italie étoit fort du goût de M. *de la Hire* , & il auroit volontiers prolongé son séjour en ce pays , mais il ne pût résister aux instances de sa mere qui le rappelloit , & il revint au bout de quatre ans en France.

De retour à *Paris* il continua ses études Geometriques qui devinrent de plus en plus serieuses & suivies. Quelques ouvrages qu'il donna en ce genre lui firent bien tôt une si grande reputation , qu'il fut reçû à l'Academie des Sciences en 1678.

M. *Colbert* ayant conçû le dessein d'une Carte generale du Royaume plus exacte que toutes les precedentes , M. *de la Hire* fut nommé avec M *Picard* pour faire les observations necessaires pour cela ; il alla en Bretagne en 1679. l'année suivante en Guyenne , en 1681. à *Calais* & à *Dunkerque*, & en 1682. en Provence.

Dans

Dans tous ces voyages il ne fe bor- P. DE LA
noit pas aux obfervations, qui étoient HIRE.
fon principal objet, il en faifoit encore fur la variation de l'aiguille ai-
mantée, fur les refractions, fur les
hauteurs des Montagnes par le Ba-
rometre.

En 1683. M. *de la Hire* fut employé à continuer la fameufe ligne
Meridienne que M. *Picard* avoit
commencée en 1669. M. *de la Hire*
la continua du côté du Nord de *Pa-*
ris, tandis que M. *Caffini* la pouf-
foit du côté du Sud ; mais ni l'un
ni l'autre ne finirent alors cet ouvrage. M. *Colbert* étant mort en
1683. cette grande entreprife fut in-
terrompue, & M. *de Louvois* appliqua M. *de la Hire*, de même que les
autres Geometres de l'Academie, aux
Nivellemens neceffaires pour les
Aqueducs & les conduites d'eau que
le Roy Louis XIV. vouloit faire.

La Geometrie n'occupoit pas entierement M. *de la Hire*, les autres
parties des Mathematiques & la Phyfique partageoient auffi fon attention. La peinture faifoit fon délaf-
fement, & il réuffiffoit principale-

ment dans les payſages, peut être parce que ce genre de peinture a plus de rapport à la perſpective, & à la diſpoſition ſimple & naturelle des objets.

Le grand nombre d'ouvrages qu'il a donnez au public, & les occupations des charges de Profeſſeur du College Royal & de l'Academie d'Architecture, que ſon merite lui avoit procurées doivent donner l'idée non-ſeulement d'une grande aſſiduité au travail, mais encore d'une ſanté forte & vigoureuſe. Telle étoit auſſi la ſienne, depuis qu'il avoit été gueri des infirmitez de ſa jeuneſſe par une fievre quarte, qui l'avoit attaqué en Italie ; remede ſingulier, qui lui avoit donné beaucoup de confiance pour la nature & diminué d'autant ſon eſtime pour la Medecine. Toutes ſes journées étoient occupées par l'étude, & ſes nuits très-ſouvent interrompues par ſes obſervations Aſtronomiques ; ſon ſeul divertiſſement étoit de changer de travail; cependant il n'a point éprouvé les infirmitez de la vieilleſſe, & eſt mort après un mois ou deux de maladie

le 21. Avril 1718. âgé de plus de **P. DE LA**
78. ans. **HIRE.**

Il a été marié deux fois, & a
eu huit enfans de ces deux maria-
ges. Il avoit la politeffe exterieure,
la circonfpection & la prudente timidité de l'Italie, pour laquelle il
avoit une affection finguliere, & par
là il paroiffoit à des yeux François
trop refervé & trop retiré en lui-
même. Il étoit équitable & defin-
tereffé, non-feulement en vrai Phi-
lofophe, mais en Chrétien ; fa raifon accoûtumée à examiner tant
d'objets differens, & à les difcuter
avec curiofité, s'arrêtoit tout court
à la vûe de ceux de la Religion, &
une pieté folide exempte d'inégalité
& de fingularité a regné fur tout le
cours de fa vie.

Catalogue de fes Ouvrages.

1. M. *Defargues* Mathematicien
& M. *Boffe* fameux Graveur ayant
fait la premiere partie d'un traité de
la coupe des Pierres, & voulans paffer
à la feconde, fentirent que leur Geometrie s'embarraffoit, & s'adrefferent
à M. *de la Hire* qui les fecourut dans
leur befoin de fept propofitions tirées

de la Theorie des Coniques. M. *Bosse* les fit imprimer en 1672. dans une brochure *in fol.*

2. *Nouvelle Methode en Geometrie pour les sections des superficies coniques & cylindriques. Paris* 1673. *in* 4°. *fig.*

3. *De Cycloide. Parif. 1677. in* 12.

4. *Nouveaux Elemens des sections coniques. Les lieux Geometriques, la construction ou effection des équations. Paris* 1679. *in* 12. Les deux derniers ouvrages qui composent ce recueil sont faits pour développer les mysteres de la Geometrie de *Descartes.*

5. *La Gnomonique, ou l'art de tracer des Cadrans ou Horloges solaires sur toutes sortes de surfaces par differentes pratiques, avec des démonstrations Geometriques de toutes les operations. Paris* 1682. *in* 12. It. *Nouvelle édition fort augmentée. Paris* 1698. *in* 12. Cet ouvrage comprend plusieurs Methodes pour faire des cadrans solaires, sans avoir aucune connoissance de la déclinaison, ni de l'inclinaison du mur, ou de la surface sur laquelle on doit faire le cadran,

ni dans la plûpart fans connoître P. DE LA la hauteur du pole, ou la latitude du HIRE. lieu.

6. *Sectiones Conicæ in novem libros diftributæ. Parif.* 1685, *in fol.* L'Auteur avoit déja fait quelques ouvrages fur les fections Coniques, mais celui-ci en contient toute la Theorie qui a paru pour la premiere fois entiere & en corps, déduite de principes nouveaux & très-fimples. Cet ouvrage eût une grande reputation dans toute l'Europe favante, & fit regarder M. *de la Hire* comme un Auteur original fur cette matiere.

7. *Traité du Nivellement par M. Picard de l'Academie des Sciences, avec une relation de quelques Nivellemens, & un abregé de la Mefure de la Terre. Par les foins de M. de la Hire. Paris* 1684. *in* 12. M. *Picard* qui avoit beaucoup travaillé à differens Nivellemens avec M. *de la Hire* étant tombé malade, lui remit tout ce qu'il avoit compofé fur cette matiere, & le pria de le faire imprimer avec les changemens & les additions qu'il jugeroit à propos, & ce fût pour executer les inten-

tions de son ami qu'il communiqua au public cet ouvrage.

8. *Traité du mouvement des Eaux par feu M. Mariotte, mis en lumiere par M. de la Hire. Paris* 1686. *in* 12. Cet ouvrage n'étoit au net qu'en partie lorsque M. *Mariotte* mourut, le reste y a été mis par M. *de la Hire* sur les papiers qu'on trouva de lui, & selon ses vûes.

9. *Tabularum Astronomicarum Pars prior de Motibus Solis & Lunæ, necnon de positione fixarum ex ipsis observationibus deducta cum usu Tabularum : cui adjecta est Geometrica methodus computandarum Eclipsium per Solam Triangulorum Analysim ad Meridianum Parisiensem. Paris.* 1687. *in* 4°. Cette premiere partie des Tables Astronomiques de M. *de la Hire*, dans laquelle il n'y a que ce qui est necessaire pour le calcul des Eclipses du Soleil & de la Lune avec la position des principales Etoiles fixes, qui sont visibles sur notre horison, a précedé de quinze ans l'édition de la seconde, à cause des observations & des calculs qui étoient necessaires pour l'entiere

execution de fon deffein. Ces ob-P. DE LA
fervations l'ayant mis en état HIRE.
de faire quelques corrections à ce
qu'il avoit déja donné, & d'expliquer quelques irregularitez, qu'il
avoit obfervées dans les mouvemens de la Lune, il a jugé à propos de faire réimprimer la premiere
partie avec la feconde fous le titre
de *Tabula Aftronomicæ Ludovici Magni juffu & munificentia exarata.* Pa-
rif. 1702. *in* 4°. Cette feconde partie qui a paru pour la premiere fois
dans cette édition traite du mouvement des autres Planetes ; au refte
l'Auteur n'y appuye rien fur aucune
hypothefe, mais feulement fur une
longue fuite d'obfervations affidues.
On trouve à la fin des Problêmes
curieux qui fervent à regler les Horloges à Pendules fur le vrai mouvement du Soleil. M. *de la Hire* les
avoit déja donnez au public en François l'an 1689. avec une machine
très fimple qui montre les Eclipfes
du Soleil & de Lune ; mais on n'en
trouvoit point d'exemplaires, parce
que les PP. Jefuites qui les avoient
fait imprimer pour la commodité de

F f iiij

P. DE LA
HIRE.

leurs Missionnaires, n'en avoient fait tirer que fort peu.

10. *L'Ecole des Arpenteurs, où l'on enseigne toutes les pratiques de Geometrie qui font neceffaires à un Arpenteur. On y a ajouté un abregé du Nivellement. Paris, 1689. in 80. It. fort augmentée. Paris, 1692. in 12.*

11. En 1694. il parut de lui quatre Traitez à la fin du fecond volume des Memoires de l'Academie des Sciences de 1692. & 1693. Le premier eft fur les Epicycloides, Courbes comprifes fous la même formation generale que la Cycloide, mais plus compofées, & qui lui fuccederent, quand elle eût été prefque épuifée par les Geometres. Le deuxieme, eft une *Explication des principaux effets de la glace & du froid.* Le troifieme roule fur les *differences des fons de la corde de la trompette Marine*; & le quatriéme, fur les differens accidens de la vûë Ce dernier eft le plus curieux & le plus intereffant. C'eft une Optique entiere, non pas une Optique Geometrique, mais une Optique Phyfique. M. *de la Hire* avoit déja fait in-

ferer dans les Journaux des Savans P. DE LA du 30 Juillet & du 26 Aouſt 1685. HIRE. une diſſertation ſur l'œil, où il prétend faire voir que l'œil ne change point de conformation pour voir des objets fort proches & fort éloignez.

12. *Traité de Mécanique, où l'on explique tout ce qui eſt neceſſaire dans la pratique des Arts, & les proprietez des corps peſants, leſquelles ont un plus grand uſage dans la Phyſique. Paris.* 1695. *in* 12. M. *de la Hire* épuiſe la matiere dans cet ouvrage.

13. Il fit en 1702. graver deux Planiſpheres Celeſtes de ſeize pouces de diametre ſur les deſſeins qu'il en avoit faits. Les poſitions principales ont été déterminées par ſes propres obſervations. C'eſt le ſieur *de Fer* qui a mis au jour ces nouveaux Planiſpheres.

14. *Deſcription & explication des Globes qui ſont placez dans les Pavillons du Château de Marly. Paris* 1704. *in* 12.

15. *Veterum Mathematicorum Opera Grⱥce & Latine plⱥraque nunc primum edita. Pariſ.* 1693. *fol.* Cette

P. DE LA
HIRE.

édition avoit été commencée par M. *Thevenot*, mais comme il mourut lorsqu'il y travailloit, M. *de la Hire* fut chargé du soin de l'achever. Ce qui fait voir que son application aux Mathematiques ne l'avoit pas empêché d'acquerir une connoissance assez étenduë dans la Langue Grecque, qui est celle de ces anciens Mathematiciens.

Ajoutez à cela differens morceaux qu'il a répandus, ou dans les Journaux, ou dans les Memoires de l'Academie des Sciences.

Voyez son éloge par M. *de Fontenelle*, Hist. de l'Acad. 1718.

LAURENT BELLINI.

L. BEL-
LINI.

LAURENT *Bellini* nâquit à *Florence* l'an 1643. d'une honnête famille. Ayant fini de bonne heure ses études d'humanitez, il alla à *Pise*, où aidé des liberalitez du Grand Duc *Ferdinand II.* qui se faisoient sentir à tous ceux qui paroissoient avoir du goût & de la disposition pour les sciences, il étudia sous deux des plus sçavans hommes de ce

temps, *Oliva* & *Borelli*. Il apprit L. Bel-
fous le premier la Phyfique, & la LINI.
Méchanique fous le fecond.

Les progrès qu'il fit dans ces deux
fciences furent fi grands & fi
prompts, que de bon difciple il devint en peu de temps excellent maître. Il n'avoit gueres que vingt ans,
qu'il fut jugé capable de profeffer,
& qu'on lui donna une chaire de
Philofophie à *Pife*. Il ne demeura
pas long-temps dans ce pofte; il
avoit acquis de fi grandes connoiffances dans l'Anatomie, que le
Grand Duc lui procura la Chaire
d'Anatomie. Ce Prince fe faifoit un
plaifir d'affifter à fes leçons, & fut fi
content de fon habileté qu'il érigea
pour lui en ordinaire cette chaire
qui n'étoit alors qu'extraordinaire.

Bellini après avoir rempli ce pofte
pendant près de trente ans fut
appellé à *Florence* à l'âge de 50. ans;
il y exerça la Medecine avec beaucoup de fuccès, & parvint à être
premier Medecin du Grand Duc
Cofme III. M. *Lancifi* Medecin du
Pape *Clement XI*. qui l'eftimoit beaucoup le fit nommer premier Conful-

L. Bel- teur des Consultations pour la santé
lini. de ce Pontife.

Il est mort le 8. Janvier 1703.
âgé de 60. ans. Il a eu cette gloire
que ses ouvrages ont été lûs & expli-
qués publiquement dès son vivant
dans l'Université d'Ecosse par M.
Pitcarn.

Catalogue de ses Ouvrages.

1. *Exercitatio Anatomica de struc-
tura & usu rerum. Florentiæ* 1662.
in 4o. It. *Argentorati* 1664. *in* 8o. It.
Amstelodami 1665. *in* 12. On a
ajouté à la fin de cette édition quelques observations de differens Auteurs sur des Reins monstrueux. It.
Patavii 1666. *in* 8°. It. *dans la Bibliotheque Anatomique de Manget.
Geneve* 1685. *fol.* It. *Lugduni Bata-
vorum* 1711. *in* 4°. avec l'ouvrage
suivant. Cet ouvrage que *Bellini*
publia à l'âge de 19. ans lui fit beaucoup d'honneur tant par rapport à
la beauté de ses découvertes, que
par rapport à l'elegance de son stile.

2. *Gustus Organum novissime depre-
hensum; præmissis ad faciliorem intel-
ligentiam quibusdam de saporibus. Bononiæ* 1665. *in* 12. It. *dans la Bi-

bliotheque Anatomique de Manget. L. BEL-
Bellini prétend dans cet ouvrage que LINI.
l'organe du goût n'eſt ni la chair, ni
les membranes, ni les nerfs qui ſont
dans la langue, ni les glandes appel-
lées Amygdales, comme l'a crû
Warton, mais que ce ſont de petites
éminences qui ſe trouvent ſur la
langue de tous les animaux.

3. *Gratiarum actio ad ſer. Hetru-*
riæ Principem. Quædam Anatomica
in Epiſtola ad ſer. Ferdinandum II.
& Propoſitio Mechanica. Piſis 1670.
in 12.

4. *De Urinis & Pulſibus, de miſ-*
ſione ſanguinis, de febribus, de morbis
capitis & pectoris. Bononiæ 1683. in
4o. It. Francof. & Lipſiæ 1685. in
4o. Jean Bohnius a eu ſoin de cette
ſeconde édition, & y a ajouté une
Preface & une Table.

5. *Opuſcula aliquot de Urinis, de*
motu cordis, de motu bilis, de miſ-
ſione ſanguinis, &c. Piſtorii 1695.
in 12.

6. *Conſideratio nova de natura &*
modo reſpirationis. C'eſt une obſer-
vation inſerée dans le deuxiéme volume des *Ephemerides des Curieux de*

L. BEL-
LINI.

la Nature, an. 1671. *Obs.* 77.

V. son éloge par *Marc Antoine Mozzi* de *Florence*, dans les *Vite degli Arcadi*, to. 2. & *Negri Scritt. Fiorentini*.

JEAN HUDSON.

J. HUD-
SON.

JEAN *Hudson* nâquit à *Wedehop*, prés de *Cockermouth*, Ville de la Province de *Cumberlan* en Angleterre, peu de temps après le rétablissement de *Charles II.* qui se fit en 1660. Aprés avoir appris la Grammaire sous *Jerôme Hechstetter*, il àlla en 1676. à *Oxford*, où il étudia la Philosophie dans le College de la Reine sous *Thomas Crosthwait*, celebre en ce temps-là par son savoir & sa civilité envers les Etrangers.

L'application qu'il donna à la Philosophie ne l'empêcha pas de s'attacher aussi aux Belles Lettres, qu'il cultiva toute sa vie avec beaucoup de soin.

Il fut reçû Maître és Arts en 1684. & fut peu de temps aprés agregé au College de l'Université, où il enseigna pendant plusieurs années la

Philoſophie & les Humanitez.   J. HUD-

Il ſucceda en 1701. à M. *Hyde* ſon.
dans la Charge de Bibliothecaire de
la Bibliotheque Bodleienne , & il a
conſervé ce poſte juſqu'à la mort. Il
fut fait de plus en 1712. Principal
du College de la Sainte Vierge par
le Chancelier de l'Univerſité , à la
ſollicitation de *Jean Radcliff* fameux
Medecin.

Son application à l'étude a abregé
ſes jours. Après avoir langui long-
temps , il fut enfin attaqué d'une
hydropiſie , dont il eſt mort le 27.
Novembre 1719. âgé d'environ 57.
ans.

Il avoit épouſé une fille du Chevalier *Harriſon*.

Catalogue de ſes Ouvrages.

1. *M. Velleii Paterculi quæ ſuperſunt. Oxoniæ* 1693. *in* 80 *2a edit.*
1711. *Oxoniæ in* 80. M. *Hudſon* n'a
point mis ſon nom à ces deux éditions. On trouve à la tête de la premiere les Annales Velleiennes que
M. *Dodwel* lui avoit communiquées;
mais l'Editeur a jugé à propos de les
retrancher de la ſeconde , parce
qu'elles avoient été imprimées ſepa-

L. BEL- rement en 1698. Il a mis à la place
LINI. deux Tables chronologiques; l'une
de *Dodwel*; & l'autre de *Cellarius*.
Les notes qui étoient dans la premiere édition ont été augmentées
dans la seconde.

2. *Thucydidis de Bello Peloponne-*
siaco Libri VIII. *Oxoniæ* 1696. *fol.*
Cette édition est fort belle & fort
bien disposée. On y voit le Grec en
longues lignes & en beaux caracteres au haut de la page, & la version
Latine d'*Emilius Portus* en deux co-
lonnes audessous, avec quelques notes fort courtes. Une chose qui rend
cette édition encore plus recom-
mandable, ce sont les années de la
Guerre du Peloponnese, & celles des
Olympiades, & de la fondation de
Rome, que l'on voit au haut de
chaque page. C'est *Dodwel* qui en est
l'Auteur, & qui a publié dans la
suite en 1702. à *Oxford* les raisons de
cette chronologie dans ses Annales
de *Thucydide*.

3. *Dionysii Halicarnassei Opera*
omnia Græce & Latine, cum annota-
tionibus. Oxoniæ 1704. *fol.* 2. *tom.* On
trouve dans cette édition comme dans
celle

celle de l'Auteur precedent les années J. Hub-
marquées au haut des pages, felon son
la Chronologie de *Dodwel* depuis le
premier Confulat.

4. *Geographiæ Veteris Scriptores*
Græci Minores, Græce & Latine, cum
differtationibus & annotationibus Hen-
rici Dodwelli : accedunt Geographicæ
Arabica cum notis. Oxoniæ 1698.
1712. 4. *vol. in* 8o. Cette édition eft
accompagnée de plufieurs cartes
geographiques très exactes.

5. *Dionyfii Longini de fublimitate*
libellus cum Præfatione de vita &
fcriptis Longini, notis, indicibus, va-
riis lectionibus. Oxoniæ. 1710. *in* 40.
It. 1718. *in* 8o. Cette édition eft fort
belle. Les notes en font fort courtes,
comme toutes celles de M. *Hudfon*.

6. *Mœris Atticifta de Vocibus At-*
ticis & Hellenicis. Gregorius Marti-
nus de Græcarum litterarum pronuntia-
tione. Oxoniæ. 1712. *in* 8o. *p.* 104.
Cet ouvrage de *Mœris* que plufieurs
manufcrits nomment *Eumœrides*,
quoi qu'affez connu par *Photius*, &
par les citations de plufieurs favans
hommes, n'avoit pas encore été imprimé. La lettre de *Gregoire Martin*

Tome V. G g

n'y a été jointe que pour rendre le
volume d'une grosseur raisonnable.
Martin y défend la prononciation
moderne de la langue Greque avec
savoir & avec esprit.

7. *Fabularum Æsopicarum Col-
lectio, quotquot Græce reperiuntur: accedit interpretatio Latina. Oxoniæ
1718. in 8°.* M. *Hudson* a fait cette
édition des fables d'Ésope pour l'u-
sage de ceux qui commencent à apprendre la langue Greque.

8. *Flavii Joseph Opera quæ repe-
riri potuerunt omnia. Ad Codd. MSS
diligenter recensuit, nova versione do-
navit & notis illustravit Joannes
Hudson. Oxoniæ. 1720. fol. 2. vol.*
Cette édition est la plus exacte
qu'on ait de cet Auteur. Comme
Hudson mourut lorsqu'elle s'impri-
moit, M. *Hall* son ami a pris soin
des dernieres feuilles, & a mis à la
tête la vie de ce savant.

Cet article est tiré de cette vie.

FRANÇOIS SERAPHIN REGNIER DESMARAIS.

FRANÇOIS SERAPHIN *Regnier Defmarais* nâquit à *Paris* le 13 Août 163**2**. de *Jean de Regnier fieur Defmarefts*, & de *Marie Faure*, fille d'un Commiffaire des Guerres. Il a changé fans y prendre garde le nom de *Defmarets* que fon pere avoit, en celui de *Defmarais* qu'il a toujours pris. Il étoit le fixiéme d'onze enfans, dont fept font morts en bas âge, deux garçons ont été Chanoines Reguliers de Saint Auguftin, & une fille eft morte Religieufe de Sainte Elifabeth.

En 1640. il fut mis à Nanterre pour y faire fes études fous les Chanoines Reguliers de Saint Auguftin, dont fon oncle maternel le P. *Charles Faure* étoit alors General, après en avoir été le Reformateur. Il fortit de cette Maifon en 1647. après y avoir fait toutes fes claffes d'humanitez. De retour à Paris, il étudia en Philofophie, mais il n'y réuf-

F. S. RE-GNIER DESMA-RAIS.

Gg ij

F. S. RE-
GNIER.
DESMA-
RAIS.

fit pas si bien que dans les autres classes. Son goût pour la poësie Françoise lui causoit de trop frequentes distractions, & il traduisit deslors en vers Burlesques le combat des Rats & des Grenouilles attribué à *Homere*.

Après la guerre de *Paris* le Marquis de la *Vieuville* ayant été fait sur-Intendant des Finances, & M. le Comte de *Montresor*, qui y avoit beaucoup contribué ayant exigé de lui que M. *Desmarests* le pere, qui étoit son ancien ami seroit Secretaire de la sur-Intendance, *François Seraphin* suivit son pere au voyage que la Cour fit alors. Mais le Sur-Intendant étant venu à mourir quelque temps après, son pere l'attacha auprès du Comte de l'*Islebonne* de la Maison de Lorraine, avec lequel il fit les campagnes de 1654 & de 1655.

Son pere étant mort en 1657. il s'attacha au Duc de *Bournonville*, alors Chevalier d'Honneur de la Reine *Marie Therese*, & Gouverneur de *Paris*, & il alla avec lui en 1659. à *S. Jean de Luz*, où se fit le Traité

de Paix entre la France & l'Efpa- F. S. RE-
gne. Aprés fon retour il demeura GNIER
auprés de lui jufqu'à ce qu'ayant été DESMA-
enveloppé (en 1661.) dans la dif- RAIS.
grace de M. *Fouquet*, il fut obligé
de fe défaire de fes charges.

Pendant tout ce temps-là, M. *Re-
gnier* qui fentoit du goût pour les
Langues, apprit l'Italien & l'Efpagnol prefque fans Maître & avec le
feul fecours des livres, & cultiva
toûjours depuis ces deux Langues.

En 1662. il alla à *Rome* avec le
Duc de *Crequi* en qualité de Secretaire de l'Ambaſſade, & eut beaucoup de part à toutes les Négocia-
tions qui fe firent aprés l'affaire des
Corfes.

De retour en France, il continua
à écrire en Italien, comme il avoit
toujours fait en Italie, & s'y rendit
fi habile, qu'il compofa une Ode,
ou comme les Italiens l'appellent,
une chanfon Italienne, que l'Abbé
Strozzi, à qui il l'envoya, fit paſſer
pour une piece nouvellement décou-
verte de *Petrarque*. Cela lui procura
une place dans l'Académie de *la
Crufca*, où il fut reçû en 1667.

Il n'avoit eu jusques-là aucun dessein d'entrer dans l'état Ecclesiastique ; il y fut engagé en 1668. par
occasion, le Roi à qui il demandoit
une pension en consideration des
services qu'il avoit rendus dans
l'Ambassade de *Rome*, lui ayant donné alors le Prieuré de *Grand-mont*
prés *Chinon*.

En 1670. il fut reçû à l'Academie Françoise à la place de M. *Cu-
reau de la Chambre*. En 1672. il suivit la Cour à l'expedition du Roi
Louis XIV. en Hollande ; il suivit
de même M. *de Crequi* à la campagne de 1675.

En 1678. le Roi lui donna l'Abbaye de *S. Laon de Thouars* de l'Ordre des Chanoines Reguliers de S.
Augustin.

En 1680. il alla à *Munick* avec le
Duc de *Crequi*, envoyé par le Roi
à la Cour du Duc de Baviere pour le
mariage de M. le Dauphin. En cou-
rant la poste la nuit dans les bois il
se rompit une fausse côte, ce qui ne
l'empêcha pas de reprendre la poste
deux jours aprés être arrivé à *Munick* pour apporter au Roi le Con-

trat de mariage. La même année il F. S. RE-
fit un autre voyage à *Bayonne* & à GNIER
S. Jean de Luz avec le Marquis *de* DESMA-
Seignelay. RAIS.

   Mezeray étant mort en 1684. M.
Desmarais fut élû Secretaire de l'A-
cademie Françoise à sa place.

   En 1705. il alla à *Vitré* aux Etats
de Bretagne avec les Ducs *de la Tri-*
mouille & *d'Albert*, & y eut seance parmi les Abbez ; il tomba malade en ce
lieu , & revint à *Paris* en fort mauvais état ; mais après avoir été prés
de trois mois en danger , il guérit
sans Medecin & sans medecine par
le seul secours de la nature.

   C'étoit en effet sa coutume de ne
vouloir point prendre de remedes ,
persuadé qu'il n'y en a point qui
ne prenne sur celui qui les prend ;
& il a éprouvé dans toutes ses maladies que la nature seule soutenuë
d'un peu de patience & de courage
venoit à bout de surmonter le mal ;
ce qu'il a eu soin de marquer dans
les Memoires de sa vie, pour faire
voir combien il y a de ressource
dans une bonne nature , quand on
ne s'effraye point mal à propos , en

F. S. RE-
GNIER
DESMA-
RAIS.

recourant fans befoin à des remedes, qui fouvent l'accablent au lieu
de la foulager.

Il eft mort le 6 Septembre 1713.
âgé de 81 ans.

Catalogue de fes Ouvrages.

1. Une traduction Italienne du
Panegyrique du Roi *Louis XIV.*
prononcé par M. *Pelliffon* à l'Academie Françoife en 1671. avec une
Epître dédicatoire à l'Academie de
la Crufca, jointe à l'Hiftoire de l'A-
cademie Françoife de M. *Pelliffon.*

2. *Pratique de la perfection chrétienne, traduite de l'Efpagnol du P.
RodrigueZ. Paris 1676. 3. vol. in 4º.
Paris 1688. 3. vol. in 8o. Paris 1715.
in 8o. 4. vol.* M. *Defmarais* entreprit
cette traduction à la priere des Jefuites. Il prétend que dans celle que Mrs
de Port Royal donnerent dans le même tems, le texte de l'Efpagnol eft entierement alteré en plufieurs endroits.

3. Il a fait en qualité de Secretaire de l'Academie Françoife tous les
Memoires qu'elle a publiés dans
l'affaire qu'elle eut avec M. de *Fure-
tiere* pour fon Dictionnaire ; &
quand ce Dictionnaire fut fur le
point

tre au Roi & la Preface, mais ayant
été obligé dans ce temps-là d'aller en
Touraine & en Poitou, quelques
Academiciens qui avoient fait une
autre Epître dedicatoire la firent recevoir en ſon abſence, & M. *Char-*
pentier, qui avoit auſſi compoſé une
autre Preface, obtint que la ſienne ſeroit imprimée.

F. S. RE-
GNIER
DESMA-
RAIS.

4. *Deſcription du Monument érigé*
à la gloire du Roi par M. de la Feuil-
lade, avec les Inſcriptions de tout l'ou-
vrage. Paris 1686. *in* 4o. Les Inſcriptions ſont de M. *Deſmarais*, à la
reſerve de celle de *Viro immortali*.

5. *Poeme ſur la Riviere d'Eure, &*
les Eaux de Verſailles, Paris, 1687.
in 4o.

6. *Ludovico Magno Carmen Pane-*
gyricum. Pariſ. 1689. *in* 4°.

7. *Le Poeſie d'Anacreonte tradotte*
in Verſo Toſcano, e d'annotazioni il-
luſtrate. Parigi 1693. *in* 8o. Cette
traduction a eu l'approbation de
l'Academie de la *Cruſca*, qu'il l'a
fait réimprimer à *Florence*, avec
deux autres du même Auteur ; l'une
de *Bartholomeo Corſini*, & l'autre de
l'Abbé *Salvini*.

Tome V. H h

F. S. RE-
GNIER
DESMA-
RAIS.

8. *Traité de la Grammaire Fran-*
çoise. Paris. 1706. *in* 4°. It. *Amster-*
dam 1707. *in* 12. Cette *Grammaire*
quoi que fort ample ne dit rien cependant de la Syntaxe, que M. *Des-*
marais reservoit à un autre ouvrage,
qu'il n'a pas donné au public. Elle
n'a pas été autant estimée que le
nom de l'Auteur auroit-dû le faire
croire ; le P. *Buffier* s'étant hazardé
d'y reprendre quelque chose dans
l'extrait qu'il en donna dans les
Memoires de *Trevoux*, M. *Desma-*
rais en fut piqué, & ajouta à son
livre une réponse fort vive à ce
Pere, où il paroit trouver étrange
qu'un homme qui n'est point de
l'Academie, s'ingere de faire des leçons à un Academicien, qui a étudié
la Langue pendant cinquante ans. Il
y a cependant des gens qui estiment
plus la Grammaire que le P. *Buffier*
a donnée, que celle de M. *Desmarais*.

9. *Histoire des Demeslés de la Cour*
de France avec la Cour de Rome au
sujet de l'affaire des Corses (*Paris*)
1707. *in* 4°. Quoi que cette histoire
n'ait paru qu'en 1707. il y avoit
déja fort long-temps qu'elle étoit

faite & même imprimée, mais le F. S. Rᴇ-
débit en avoit été arrêté par ordre ɢɴɪᴇʀ
du Roi. Voici le jugement qu'en Dᴇsᴍᴀ-
fait M. Bernard dans la Republique ʀᴀɪs.
des Lettres. ,, La lecture de cette
hiſtoire eſt très agréable, pour «
ceux-là même qui ſavent en gros «
ce qu'elle contient. L'Auteur par- «
le purement, il narre parfaitement «
bien, & ſe fait lire preſque mal- «
gré qu'on en ait. Il a vû lui-mê- «
me les choſes dont il parle, elles «
lui ont paſſé par les mains, & il «
en poſſede toutes les pieces. Ainſi «
il écrit avec tous les ſecours qu'un «
Hiſtorien peut avoir pour dire la «
verité ; il déclare d'ailleurs qu'il a «
une ſincere intention de la dire. «

10. *Recueil de quelques Poeſies mo-*
rales par M. L. A. R. D. (M. l'Abbé *Regnier Deſmarais*) *Paris* 1700.
in 8°. It. dans le Recueil general de
ſes Poëſies.

11. *Le premier livre de l'Iliade en*
vers François avec une diſſertation ſur
quelques endroits d'Homere. Paris
1700. *in* 80. M. *Deſmarais* prend
dans ſa diſſertation le parti des Anciens contre M. *Perrault.*

Hh ij

F. S. RE-GNIER DESMA-RAIS.

12. *Poesies Françoises. Paris* 1708. *in* 12. It. *Nouvelle édition augmentée de plusieurs pieces. La Haye* 1716. *in* 12. 2. *tom.*

13. *Poesies Latines, Italiennes & Espagnoles. Paris* 1708. *in* 12.

14. *Les deux livres de la Divination de Ciceron, traduits en François. Paris* 1710. *in* 12. M. *Desmarais* s'est proposé de rendre cet ouvrage en notre Langue, selon l'idée qu'il s'est faite de la maniere dont *Ciceron* auroit crû devoir traiter ce sujet, s'il avoit eu à écrire les mêmes choses en François, dans un temps où la matiere de la Divination est si peu connuë; & c'est ce qu'il a executé avec toute la justesse qu'on devoit attendre d'une plume si aisée & si delicate, suivant les Journalistes de *Trevoux.*

15. *Entretiens de Ciceron sur les vrais biens & sur les vrais maux, traduits en François. Paris.* 1721. *in* 12. l'ouvrage Latin a pour titre; *De Finibus bonorum & malorum.*

16. *Memoires de sa vie écrits par lui-même en* 1712. inserez dans les *Memoires de Litterature,* tome 1. pag.

60. & à la tête de l'édition de fes F. S. RE-
Poefies Françoifes faite à *la Haye* en GNIER
1716. Il compofa ces Memoires DESMA-
pour faire plaifir aux Academiciens RAIS.
de *la Crufca*, qui les lui avoient de-
mandez.

17. On trouve dans les Recueils
de l'Academie Françoife les Difcours qu'il y a faits en differentes
occafions lorfqu'il en étoit Direc-
teur ; qualité qu'il a eu quatre fois
en 1675. 1696. 1701. & 1704. &
lorfqu'en qualité de Secretaire perpetuel, il tenoit la place du Direc-
teur abfent.

Il a laiffé manufcrit un Poëme du
Regne du Roi en vers François,
diftribué en quatre Chants. Le mauvais fuccès qu'ont toujours eu ces
fortes d'ouvrages a apparemment
empêché qu'on ne le donnât au public.

THEOPHILE BONET.

THEOPHILE *Bonet* nâquit à *Ge-*   T. Bo-
neve le 20. Mars 1620. d'*An-*   NET.
dré Bonet habile Medecin, dont le

pere *Pierre Bonet* avoit été Medecin
de *Charles Emmanuel* Duc de Savoye.

Theophile resolut de suivre les traces de ses peres, & se donna à la
Medecine, en laquelle il fut reçû
Docteur en 1646. après avoir parcouru les plus celebres Universitez.
Il se maria ensuite, & épousa *Jeanne Spankeim* fille de Frederic Spanheim & sœur de Frederic & d'Ezechiel. Il fut pendant quelque temps
Medecin du Duc de *Longueville* Sou-
verain de *Neufchatel*; & son habileté lui procura un grand nombre de
pratiques; mais une surdité qui lui
survint l'obligea à les abandonner,
& il se vit réduit au travail de son
cabinet.

Il profita de ce loisir pour composer un grand nombre d'ouvrages,
& mourut d'hydropisie le 29. Mars
1689. Il avoit une grande connoissance des belles Lettres, un jugement
solide, une mémoire heureuse, & ac-
compagnoit toutes ces bonnes qualitez d'une grande modestie.

Catalogue de ses ouvrages.

1. *Pharos Medicorum,* hoc est, cau-

tiones, Animadverſiones & obſervatio- T. Bo-
nes practicæ ex operibus Guillelmi Bal- NET.
lonii erutæ, ordini Practico traditæ, &
libris decem comprehenſæ. Genevæ.
.1668. *in* 8o. L'Auteur découvre
dans cet ouvrage les erreurs du commun des Medecins. Il a été réimprimé plus ample ſous ce titre : *Laby-*
rinti Medici extricati, ſive Methodus
evitandorum errorum qui in praxi oc-
currunt , monſtrantibus Guillelmo Bal-
lonio & Ludovico Septalio. Addditus
eſt ejuſdem Septalii Tractatus de Nœvis.
Genevæ 1687. *in* 4o.

2. *Prodromus Anatomiæ Practicæ*
ſive de abditis morborum cauſis , ex
cadaverum diſſertione revelatis Libri
primi pars prima , de doloribus capitis
ex illius apertione manifeſtis. Genevæ
1675. *in* 8o. Ce volume fait partie
de l'ouvrage ſuivant.

3. *Sepulchretum ſive Anatomia*
practica ex cadaveribus morbo denatis,
proponens Hiſtorias & obſervationes
omnium pene humani corporis affec-
tuum, ipſorumque cauſas reconditas
revelans. Genevæ 1679. *fol.* L'Auteur
a ramaſſé dans cet ouvrage pluſieurs
obſervations curieuſes ſur les mala-

T. Bo-
NET.

dies de la tête, de la poitrine, du bas ventre, & des autres parties du corps, qui en font les quatre parties. Il a fait lui-même une partie de ces observations, & il a tiré les autres tant des plus habiles Medecins, qui ont écrit sur les matieres qu'il traite, que de ceux qui ont voulu lui faire part de leurs remarques.

4. *Mercurius compitalitius, sive index Medico-Practicus per decisiones, cautiones, animadversiones, castigationes, & observationes in singulis affectibus.* *Genev.* 1682. *fol.* Cet ouvrage est un Recueil non seulement des remedes, mais encore des observations des plus habiles Medecins sur chaque maladie, auquel les moins experimentez peuvent avoir recours, quand il leur naît quelque doute & quelque difficulté dans la pratique de la Medecine, ce livre étant comme une de ces statues de Mercure qu'on plaçoit autrefois dans les carrefours, pour montrer le chemin qu'on devoit tenir; ce qui le lui a fait nommer *Mercurius compitalitius.*

5. *Medicina ſeptentrionalis collatitia,* T. Bo-
ſive rei Medicæ nuperis annis à Medicis NET.
Anglis, Germanis & Danis emiſſæ
ſylloge. Genevæ. fol. 2. *vol.* Le premier, en 1684. & le deuxieme en
1686. C'eſt un Recueil des plus belles & des plus ſurprenantes obſervations de Medecine qui ayent été
faites en Angleterre, en Allemagne,
en Danemarc, & que l'Auteur a
réduites à certains Chefs, ſuivant
chaque partie du corps humain,
conformément à la méthode de
Schenckius.

6. *Polyalthes, ſive Theſaurus Me-*
dico-Practicus ex quibuſlibet rei Me-
dicæ ſcriptoribus congeſtus, Patholo-
giam veterem & novam exhibens una
cum remediis uſu & experientiâ com-
pertis; in quo Cl. V. Johannis Jonſtoni
ſyntagma explicatur. Genevæ. 1691.
in fol. 3. *vol.* M. Bonet a ramaſſé
dans cet ouvrage tout ce que les
Medecins anciens & modernes ont
dit de plus conſiderable ſur les maladies, & ſur les remedes qu'il faut
employer pour leur gueriſon, & y
a joint ce que ſes reflexions & ſon
experience lui ont pû faire connoî-

tre. Mais pour executer plus facilement son dessein, il a crû devoir choi-
sir un Auteur particulier, qui eut écrit
de toutes les maladies, & qui lui
servit comme de texte sous lequel il
rangea ses remarques, & celles des
autres, & il n'en a point trouvé de
plus propre que *Jean Jonston*, qui a
compris toute la Medecine pratique
en douze livres, & dont l'ouvrage
a été fort estimé.

7. *Theodori Turqueti de Mayerne
Tractatus de Arthritide una cum ejus-
dem aliquot Consiliis Medicinalibus è
Gallico in Latinum versus. Geneva*
1671. *in* 12. It. *ibid.* 1674. *in* 12.
It. *Londini* 1676. *in* 8o.

8. *Jacobi Rohaultii Tractatus Phy-
sicus è Gallico in Latinum versus. Geneva.* 1674. *in* 8°.

Voyez le Dictionuaire historique
de *Luiscius*, & la Bibliothéque universelle, to. 23.

JEAN-BAPTISTE BOISOT.

JEAN-BAPTISTE *Boisot* naquit à Bezançon au mois de Juillet 1638. d'une Maison ancienne & illustre, originaire de Dijon, qui depuis plusieurs siecles s'étant partagée en trois branches, aux Pays-Bas, en Hollande & en Franche-Comté, a fourni par tout de grands hommes dans l'Epée & dans la Robbe.

Son pere après avoir exercé plusieurs Charges ou Commissions considerables fut appellé au Gouvernement de sa patrie alors partagé entre quatorze Gouverneurs, qui rouloient de semaine en semaine, & qui tour à tour commandoient avec une autorité souveraine; il eut cinq enfans qui ont tous été d'un mérite distingué. Trois ont rempli les principales Charges du Parlement de *Bezançon*; le cinquiéme qui étoit Jesuite, & qui joignoit à beaucoup de vertu une connoissance profonde des Langues Orientales est mort à *Alep* Superieur general des Missions du

J.B. Boi-
SOT.

Levant, & chargé des affaires du Roy en ce pays-là.

Jean B. Boisot étoit le troisiéme. Il étoit d'une taille mediocre, mais bien prise. Il avoit la physionomie heureuse, le port noble, l'air doux, les manieres insinuantes. Le serieux étoit son caractere, mais un serieux qui ne tenoit ni de l'orgueil, ni de la bizarrerie, ni du chagrin, & qui ne l'empêchoit pas, pourvû qu'on l'animât, de briller plus que personne dans la conversation.

Il étudia à *Bezançon* les Huma-nitez & la Philosophie, & il le fit avec un tel succès, qu'il acheva son cours de Philosophie à treize ans. De *Bezançon* il passa à *Dole*, pour s'y faire graduer en Droit Civil & en Droit Canon. Il ne fut point de ces Jurisconsultes forgez en trois jours, comme *Ciceron* le disoit assez plaisamment, car il ne prit ses de-grêz, qu'après avoir donné sur les bancs, dans les examens particuliers, & dans les actes publics, des preuves éclatantes de son savoir. Il avoit alors seize ou dix sept ans.

Peu de temps après il vint à *Pa-*

ris où il fit deux ans de féjour ; il y
apprit la Langue Grecque, & y fit
connoiffance avec plufieurs Savans,
& principalement avec M. *Pelliffon.*

Il fit enfuite le voyage d'Italie auquel il employa trois ans. Voyager
ne fut point pour lui changer fim-
plement de climat, voir de nouvelles terres, être aujourd'hui dans une
Ville, demain dans une autre, partir de chez foi pour y revenir, &
n'y rapporter fouvent après une longue courfe que plus d'ignorance &
moins de vertu ; il fit un meilleur
ufage de fon efprit, & un plus utile
emploi de fon temps. Par tout où il
paffoit, il examinoit les divers effets
de la nature, il remarquoit les beau-
tez de l'art, il étudioit les mœurs,
les inclinations des peuples, l'efprit
du Miniftere, les interêts des Souverains.

Dans ces difpofitions il parcourut
avec foin toute l'Italie, & étant à
Rome, il n'eut pas de peine à fe faire
diftinguer entre tous les jeunes étrangers qui y étoient alors. Il y acquit
la protection du Cardinal *Azzolini,*
qui le prefenta à la Reine *Chriftine*

J.B. Boi-
sot.

de Suede , & qui voulut même l'attacher auprès de cette Princesse ,
dans le dessein de le pousser ensuite
aux honneurs de la Prélature. Mais
le jeune *Boisot* qui étoit naturellement ennemi du tumulte & de l'as-
sujettissement des Cours , autant
qu'il étoit ami de la liberté & de la
tranquillité , resista à tous les charmes de l'ambition.

Il partit de *Rome* après avoir obtenu du Pape à la recommandation
de la Reine *Christine* & du Cardinal
Azzolini les Prieurez de *la Loye*,
& de *Grande-Court*, situez en Franche-Comté , où il retourna , après
avoir parcouru l'Allemagne.

A son retour dans sa Province,
il fut regardé comme un homme
qui en alloit être un des principaux
ornemens. Le Clergé le députa peu
de temps après aux Etats , où il jus-
tifia le choix qu'on avoit fait de lui.
Ce fut dans le cours de cette députa-
tion qu'il acheta du Comte de *Saint-
Amour* heritier de la maison de *Granvelle*, la précieuse Bibliotheque du
Cardinal de ce nom qu'il a augmentée jusqu'à sa mort, avec beaucoup

de ſoin & de dépenſes.

L'Abbé *Boiſot* avoit donné dans
l'aſſemblée des Etats une ſi haute
idée de ſon merite & de ſon habileté dans les affaires , qu'on le chargea en 1668. d'une negotiation importante auprès du Gouverneur de
Milan , & il y eût tout le ſuccès
qu'on en avoit eſperé.

Dans les differentes revolutions de
la Franche-Comté , il paſſa en Eſpagne ; il demeura près de deux ans
à *Madrid ,* & deux mois entiers dans
l'Eſcurial , pour en viſiter la Bibliotheque , où quoique ſimple particulier il ne trouva rien d'auſſi curieux
que ce qu'il avoit chez lui.

En 1673. il ſe retira à *Chambery*
& ſe trouva l'année ſuivante à *Tu-
rin ,* lorſque le Roy qui étoit cam-
pé dans ſon Prieuré de *la Loye* ache-
voit la conquête du Comté. Quelque inſtance qu'on lui fit alors
pour retourner dans ſa patrie , &
pour ſe prévaloir de la faveur dans
laquelle ſa famille commençoit à être
auprès de ce Prince , il tint roû-
jours ferme juſqu'à ce que le Roy
d'Eſpagne eut abandonné la Fran-

che-Comté par le traité de Nimeguè
conclu en 1678. Ce fut alors qu'il
vint rejoindre sa famille, & il fut
dès lors un des plus zelez sujets du
Roy, qui lui donna peu de temps
après l'Abbaye de S. *Vincent* de
Bezançon.

Le Comte *Hernan Nuñez*, qui l'a-
voit connu à *Madrid* passant à *Bezançon* pour se rendre en Danne-
marc où il alloit en qualité d'Am-
basseur du Roy Catholique, fit tout
ce qu'il pût pour l'engager à être
du voyage; mais un charme secret
le retenoit dans sa Province. Il avoit
mis son cœur à son trésor de *Granvelle.* C'est ainsi qu'il appelloit le
recueil des Lettres écrites sous le
Ministere du Chancelier & du Cardinal de *Granvelle*, l'un premier Ministre de l'Empereur *Charles* V. &
l'autre du Roy *Philippe* II. Il les
avoit rassemblées avec soin, lors-
quelles étoient prêtes à se perdre,
& en avoit composé un grand nombre de volumes qu'il avoit rangez
par ordre des temps, ce qui lui avoit
coûté des peines infinies, parce que
la plûpart étoient écrites en chiffres

&

& qu'il les lui avoit fallu déchiffrer. Ce tréfor de Lettres originales a fervi à plufieurs Savans ; M. de *Leibnits* en a tiré d'utiles fecours pour fon recueil des Traitez de Paix, & M. *Flechier* pour fon Hiftoire de *Ximenés*. C'eft de là qu'eft auffi venu le Bref du Pape *Pie* IV. pour la Communion fous les deux efpeces.

La curiofité de l'Abbé *Boifot* ne fe bornoit pas à fes manufcrits & à fes livres. Il s'étoit fait auffi un cabinet rempli de marbres & de bronzes antiques, de medailles de toutes efpeces, d'excellens tableaux, de pierres gravées, & d'autres chofes femblables.

L'attention qu'il donnoit à tout cela ne l'empêcha pas de s'appliquer auffi aux études, qui convenoient à fa profeffion. Sachant que la Langue Hebraique fert de beaucoup à l'intelligence des Saintes Ecritures, il s'y appliqua, & l'apprit. Il lût auffi les Peres Grecs & Latins, les Conciles & l'Hiftoire Ecclefiaftique, & fe rendit auffi bon Theologien, qu'il étoit déja Jurifconfulte.

Après avoir reçû la Prêtrife, il

J.B. BOY-
SOT.

J.B. Boi-
SOT.

vécut d'une maniere encore plus
reguliere qu'auparavant. L'étude &
les exercices de pieté partageoient
tout son temps.

Il recevoit fort souvent des lettres des personnes les plus distinguées
par leur savoir dans toutes les parties de l'Europe ; & il répondoit à
chacun ou en Latin , ou en sa Langue propre ; quand il le faisoit dans
la nôtre, c'étoit d'un style si correct
& d'un tour si fin , que M. *Pellisson*
lui disoit qu'il ne devoit rien envier
à personne de ce côté là , & lui faisoit une querelle obligeante sur ce
qu'un Franc-Comtois venoit disputer
la politesse & la pureté du Langage
à toute l'Academie Françoise.

M. *Pellisson* ayant fait connoître
au Roy son merite, lui manda que
ce Prince s'étonnoit un peu de ce
qu'il ne venoit point à la Cour. Il
profita de l'avis , il fit à *Paris* un
second voyage , & fut presenté au
Roy qui le reçût avec beaucoup de
bonté. Les Ministres & les Courtisans suivirent l'exemple du Maître ;
& l'Abbé *Boisot* eût lieu d'être content de son voyage.

Retourné dans ſa retraite il com- J.B. Boi-
mençoit à jouir de la tranquillité & soī.
du repos, lorſqu'un contre-temps
vint les troubler. Quoiqu'ennemi
mortel de la chicane, il ſe vit obligé d'aller à *Dijon* pour y pourſuivre
un procès, où il croyoit l'honneur
de ſa famille interreſſé. Il ne ſe
ſervit du miniſtere d'aucun Avocat,
il mit en œuvre ſon éloquence naturelle & la connoiſſance qu'il avoit
des affaires; il plaida luy-même avec
tant de force, qu'en la gagnant il
gagna l'eſtime de ſes Juges.

Pendant ſon ſéjour à *Dijon* il fit
l'épreuve d'un ſecret qu'il avoit, &
qu'il a pratiqué pluſieurs autres fois
ailleurs, qui étoit d'apprendre à écrire à un enfant en moins de deux
heures.

Dans la diſette qui ſe fit ſentir
peu de temps avant ſa mort, il fit
de ſi grandes charitez, qu'il fût réduit à emprunter pour avoir de quoi
vivre lui-même. Les fievres mali-
gnes qui emporterent tant de monde en 1694. lui furent funeſtes, car
il en mourut le 4. Décembre de la
même année âgé de 56. ans. Il

J.B. Boi-
sot.

laissa par son Testament aux Benedictins de son Abbaye ses bustes,
ses médailles, ses manuscrits & sa
Bibliotheque, & un fond de deux
mille écus, dont le revenu devoit être
employé à l'augmenter, à condition
qu'elle seroit publique deux fois la
semaine.

Quoique l'Abbé *Boisot* se soit fait
un grand nom parmi les Savans, on
n'a d'imprimé de lui que quelques
petites pieces qui se trouvent dans
les Journaux. Telles sont :

1. *Lettre sur un monstre né à deux
lieues de Bezançon.* Journal des Savans du deux Mars 1688.

2. *Lettre à M. l'Abbé Nicaise sur
la Glaciere de Bezançon.* Journal des
Savans du 22. Juillet & du 9. Septembre 1686.

3. *Lettre sur un fait singulier de Chi-
rurgie.* Journal des Savans du 15.
Mars & du 6. Septembre 1588. &
Rep. des Let. Avril 1688. Art. 2.

4. *Lettre à M. de Scudery,* qui contient un extrait fort exact & fort
bien fait du *Traité de l'Eucharistie de
M. Pellisson.* Journal des Savans du
14. & du 21. Juin 1694.

Lettre contenant un projet de la Vie J.B. Boi-
du Cardinal Granvelle, qu'il avoit sot...
deſſein d'écrire, & *un état des me-*
moires & papiers de ce Cardinal qu'il
avoit raſſemblez. Cette Lettre dont
on a donné pluſieurs morceaux dans
l'*Hiſtoire litteraire de l'Europe* Janvier, Fevrier & Mars 1726. & qui
a été inſerée toute entiere dans la
continuation des Memoires de Litte-
rature & d'Hiſtoire tom. 4. *part.* 1.
fait regretter que l'Abbé *Boiſot* n'ait
par vêcu aſſez long-temps, pour
executer ſon projet, qui renferme
des choſes très curieuſes.

V. Son éloge par M. *Boſquillon.*
Journal des Savans du 6. Juin 1695.
& par M. *Moreau,* Continuation des
Memoires de Litterature tom. 4.

THOMAS ERPENIUS.

THOMAS *Erpenius,* appellé en
ſa Langue d'*Erpe,* nâquit à
Gorcum Ville de Hollande le 11.
Septembre 1584, de *Jean d'Erpe* &
de *Beatrix de Bye* tous deux de familles nobles de *Bois-le-Duc,* Ville

T. ER-
PENIUS. du Brabant, qu'ils avoient abandonnée, à cause de la Religion Protestante qu'ils avoient embrassée.

Il fit voir dès sa premiere jeunesse
de grandes dispositions pour les sciences ; c'est ce qui engagea son pere,
qui n'étoit pas à la verité homme de
lettres, mais qui estimoit les Savans, à l'envoyer à l'âge de dix
ans à *Leyde*, où il commença ses
études.

Il ne demeura pas long-temps en
ce lieu, car son pere étant allé l'année suivante demeurer à *Middelbourg*
en Zelande, l'y fit venir auprès
de lui ; il le renvoya cependant un
an après à *Leyde*, où il pouvoit trouver plus de secours pour cultiver ses
heureuses dispositions. Il y fit en peu
de temps des progrès prodigieux,
qui surprirent ses Maîtres. A l'âge
de 18. ans il fut reçû dans l'Academie de cette Ville, où *Rodolphe Snel-*
lius lui donna le Bonnet de Maître
ès Arts le 8. Juillet 1608.

Il avoit déja fait sa Theologie &
s'étoit rendu habile dans les Langues Orientales, ausquelles *Joseph*
Scaliger lui avoit persuadé de s'ap-

pliquer , dans la perſuaſion qu'il ne
manqueroit point d'y réuſſir.

Erpenius voyagea enſuite en Angleterre, en France , en Italie & en Allemagne , cherchant par tout à former des liaiſons avec les Savans de ces
pays, & à profiter de leurs lumieres. Il
demeura un an à *Paris*, où il fit amitié
avec *Iſaac Caſaubon*, qui conſerva toûjours beaucoup d'eſtime pour lui , &
où il apprit l'Arabe ſous un Jacobite
Egyptien nommé *Joſeph Barbatus*.
Pendant ſon ſéjour à *Veniſe*, il eût
de frequentes conferences avec quelques Juifs & quelques Mahometans
dont il apprit le Turc , le Perſan &
l'Ethiopien.

Après un voyage de quatre années , *Erpenius* revint dans ſa patrie
en 1612. Il n'y demeura pas long-
temps ſans emploi. Son habileté dans
les Langues Orientales étoit déja
connue de tout le monde, & les Curateurs de l'Univerſité de *Leyde* le
nommerent le 10. Fevrier de l'année ſuivante Profeſſeur de la Langue Arabe , & des autres Langues
Orientales , excepté cependant l'Hebreu dont il y avoit déja un Profeſſeur ; il eût neanmoins en 1619.

T. Er- une Chaire d'Hebreu, les Curateurs
PENIUS, ayant jugé alors à propos d'en éri-
ger une seconde.

Erpenius remplit ces deux Chaires
avec beaucoup d'application, & forma d'excellens écoliers, parmi lesquels
on compte *Constantin l'Empereur,*
Sixtin Amama, Adolphe Vorstius,
Jacques Golius, Guillaume Mérula,
Samuel Bochart, Adrien Junius, &
un grand nombre d'autres.

Il ne se contenta pas d'instruire
les personnes qui venoient l'entendre par ses leçons, il voulut le faire
aussi par ses ouvrages. La difficulté
de trouver des Imprimeurs qui vou-
lussent faire la dépense des caracteres necessaires pour cela & qu'on ne
trouvoit en aucun endroit, auroit
rebuté un homme moins ardent pour
l'avantage des sciences ; mais il la
surmonta en établissant dans sa maison une Imprimerie, & en faisant
fondre à grands frais des caracteres
Arabes, Persans, &c. Il avouoit
que ce qui l'avoit animé davantage à cette entreprise avoit été
l'exemple de *François Savary de Bre-*
ves Ambassadeur du Roy de France

à *Constantinople* & ensuite à *Rome*, qui T. ER-
avoit établi à *Paris* à ses dépens une PENIUS.
Imprimerie pour la langue Arabe.

Erpenius se maria le 6. Octobre
1616. & épousa *Jaqueline Buyes* fille
d'un Conseiller de la Cour de Hollande, dont il a eu sept enfans.

Au commencement de l'année
1620. les Curateurs de l'Université
de *Leyde* l'envoyerent par ordre des
Etats de Hollande en France pour
tâcher d'attirer *Pierre du Moulin* ou
André Rivet en Hollande, dans le
dessein de donner à celui qui s'y
determineroit une Chaire de Professeur en Theologie à *Leyde. Erpe-*
nius s'acquitta de sa commission d'une
maniere qui satisfit ceux qui l'avoient
député, cependant il n'y réussit
point pour cette fois; ses sollicita-
tions eurent plus d'effet l'année suivante, car les Curateurs de *Leyde*
ne se rebuterent point, & le ren-
voyerent de nouveau en 1621. en
France. Il vint à la fin à bout de
ce qu'il souhaitoit en gagnant *Rivet,*
& en obtenant du Synode de *Poi-*
tiers la permission dont il avoit besoin pour passer en Hollande. Ce ne

Tome V. K k

T. ER-
PENIUS.

fut pas à la verité sans peine, puisqu'il fut obligé de demeurer six mois en France pour ce sujet. Les mouvemens qu'il se donna pour faire réussir cette affaire, & l'adresse avec laquelle il la conduisit à sa fin le firent connoître aux principaux de son parti & lui gagnerent leur estime.

Quelque temps après son retour, les Etats de Hollande le choisirent pour leur Interprete, & se servirent dans la suite de lui pour expliquer les Lettres des Princes de l'Asie & de l'Afrique qui leur étoient écrites. Un jour qu'il étoit occupé à cette fonction, il se sentit attaqué d'une maladie contagieuse qui regnoit dans le pays. On le transporta à *Leyde*, où il mourut le 13. Novembre 1624. âgé de 40. ans.

C'étoit un homme extrêmement laborieux, d'un esprit vif, d'un jugement solide, & d'une memoire à qui rien n'échapoit. Avec ces qualitez il n'est pas surprenant qu'il ait pû fournir à l'assiduité que demandoient ses emplois, & à la composition de ses ouvrages. Il ne l'est pas non plus qu'il ait pû acquerir la

connoiffance de tant de Langues
étrangeres.

Une chofe cependant qui pourra
furprendre, c'eft qu'il les ait poffe-
dées fi parfaitement, que ceux qui les
parloient naturellement, ayent eux-
même admiré fon habileté en ce genre. C'eft ce qu'on dit du Roy de
Maroc, qui prenoit un fi grand plaifir à lire fes lettres écrites en Arabe,
qu'il les montroit à fes Courtifans
comme quelque chofe de fingulier,
& leur en faifoit remarquer l'élegance & la pureté.

Erpenius entierement attaché à fa
patrie rejetta toûjours les offres les
plus avantageufes qu'on pût lui faire
pour l'engager ailleurs. Les Anglois
fur tout firent tout leur poffible pour
l'attirer en Angleterre. Le Roy d'Efpagne & l'Archevêque de Seville l'in-
viterent auffi à paffer en Efpagne
pour y expliquer quelques infcrip-
tions Arabes; mais rien ne fut jamais capable de le détacher de fon
Pays.

Catalogue de fes Ouvrages.

I. *Annotationes in Lexicon Ara-
bicum Francifci Raphelingii. Lugd.*

Ces notes font
imprimées avec le Dictionnaire même de *Raphelingius.*

2. *Grammatica Arabica. Lugd.
Bat.* 1613. It. *cum Lokmanni Fabulis & aliquot adagiis Arab. & Latine. Lugd. Bat.* 1636. *in* 4º. It.
*cum Lokmanni fabulis ex editione Go-
lii, qui addidit carmen Abul Olai;
aliquot furatas Alcorani, & alia quædam ad Praxim. Arabice & Bat.
Lugd. Bat.* 1656. *in* 40. Tout ce
qu'*Erpenius* a fait en ce genre eſt
excellent.

3. *Proverbiorum Arabicorum Cen-
turiæ II. Arabice & Latine cum Scholiis Joſ. Scaligeri & Thomæ Erpenii.
Lugd. Bat.* 1614. *in* 40. It. *Ibid.*
1623. *in* 80. *Joſeph Scaliger* ayant
traduit & accompagné de ſes notes
une partie des Proverbes Arabes
lorſqu'il mourut, *Iſaac Caſaubon* engagea *Erpenius* à finir cet ouvrage.
Erpenius s'en défendit long-temps
ſous prétexte, qu'il ne lui appartenoit pas de ſe meſurer à un ſi grand
homme, mais *Caſaubon* le preſſa
tant qu'il ſe rendit; il ne ſe contenta
pas même d'achever ce qui étoit commencé, il corrigea encore pluſieurs

fautes qui étoient échappées à *Scaliger.* T. ER-
Il fit cet ouvrage pendant son premier PENIUS.
séjour en France ; mais il ne le mit
sous presse que lorsqu'il eût fini ses
voyages, & après son retour dans
sa patrie ; le Bibliothecaire d'Oxford
s'est fort mal exprimé, lorsqu'il a
mis parmi les Livres de *Joseph Sca-*
liger, Scholia ad Erpenii Proverbia
Arabica Lugd. Bat. 1623. Il sem-
bleroit que *Scaliger* eût travaillé sur
l'Ouvrage d'*Erpenius*, & c'est pré-
cisément le contraire.

4°. *Lokmanni fabulæ & selecta*
quædam Arabum adagia, cum inter-
pretatione Latina & notis. Lugd. Bat.
1615. *in* 80. It. *Amstelod.* 1636. &
1656. *in* 40. avec la Grammaire
Arabe.

5. *Giarumia Grammatica de centum*
Regentibus, sive Linguæ Arabicæ par-
ticulis Arabice & Latine cum notis.
Lugd. Bat. 1617. *in* 40. It. 1636.
in 40. *Giarumia* est une Grammaire
Arabe qui tire son nom de son Auteur, & qui est fort estimée dans l'A-
sie & dans l'Afrique ; elle avoit déja
été imprimée à *Rome* dans l'Imprimerie de *Medicis* en fort beaux ca-

racteres, mais si peu correctement
qu'*Erpenius* a été obligé de la colla-
tionner avec quatre manuscrits pour
en corriger les fautes.

6. *Novum Domini Nostri Jesu
Christi Testamentum Arabice. Lugdu.
Bat.* 1615. *in* 40. On ne connoit
point l'Auteur de cette version Arabe qui est fort ancienne. *Erpenius*
est le premier qui l'ait donnée au
public sur un manuscrit de plus de
trois cens ans. *François Raphelengius*
en avoit collationné soigneuse-
ment une bonne partie, c'est-à dire
les Actes & les Epitres, avec un autre manuscrit, & ce manuscrit ainsi
collationné étoit dans la Bibliotheque de *Leyde*, à laquelle *Joseph Scaliger* l'avoit laissé avec plusieurs autres livres en Langues Orientales
& dont *Erpenius* l'a tiré pour la
faire imprimer.

7. *Historia Josephi Patriarchæ ex
Alcorano Arabice, cum versione Latina & notis. Lugd. Bat.* 1617. *in*
40. Cette histoire contient quelque
chose de vrai, que Mahomet a tiré
de l'Ecriture Sainte, & un grand
nombre de faussetez qu'il y a mêlées.

8. *Canones de Litterarum EVI* T. Er-
apud Arabes natura & permutatione PENIUS.
Lugd. Bat. 1618. *in* 40.

9. *Rudimenta Linguæ Arabicæ:*
item Praxis Grammatica & Confi-
lium de Studio Arabico feliciter inf-
tituendo. Lugd. Bat, 1620. *in* 80.
2ª *editio Lugd. Bat.* 1628. *in* 80. It.
Parif. 1638. *in* 80.

10. *Verfio & notæ ad Arabicam*
Paraphrafim in Evangelium Joannis.
Roftochii 1629.

11. *Grammatica Hebræa Genera-*
lis. Amftelodami 1621. It. *Genevæ*
1627. It. *Lugd. Batav.* 1659. *in* 80.

12. *Orationes tres de Linguarum*
Ebraæ atque Arabica dignitate. Lugd.
Bat. 1621. *in* 8°.

13. *Pentateuchus Mofis Arabice.*
Lugd. Bat. 1622. *in* 4°. Cette verfion Arabe eft ancienne & a été faite
par un Chrétien.

14. *Georgi Elmacini Hiftoria Sa-*
racenica à Muhamede ad Atabacæum
XLIX. Imperatorem Arabice & La-
tine cum notis & tabulis Geographicis
& Genealogicis. Lugd. Bat. 1625.
in fol. Eadem Hiftoria Latine tantum
cum notis. It. *Arabice tantum. Lugd.*
Bat. 1625. *in* 40.   K k iiij

T. ER-
PENIUS.

15. *Pfalmi Davidis Syriace, cum verfione Latina. Lugd. Bat.* 1625. *in* 40.

16. *Grammatica Chaldæa & Syra Amftelod.* 1628. *in* 80. It. *Lugd. Bat.* 1659. *in* 80.

17. *De Peregrinatione Gallica utiliter inftituenda Tractatus. Lugd. Bat.* 1631. *in* 12.

18. *Præcepta de Lingua Græcorum communi. Lugd. Bat.* 1662. *in* 80.

Il avoit formé les deffeins de plufieurs autres ouvrages ; entr'autres d'une édition de l'Alcoran avec des notes, & d'une Bibliotheque Orientale , mais fa mort prématurée l'a empêché de les executer.

V. Son Oraifon funebre par *Gerard Jean Offius* , dans les *Memoriæ Henningi Witten , Meurf. Athenæ Batav. Swertii Athenæ Belgicæ Val. Andreæ Bibl. Belgica.*

MICHEL ANGRIANI;
dit de Boulogne.

MICHEL
ANGRIA-
NI,

MICHEL *Angriani*, ou *Aygnani* ou *Aiguan*, appellé vulgairement *Michel de Boulogne* nâquit à

Boulogne en Italie, où il prit l'habit Religieux, & fit profession dans
le Couvent des Carmes. Il étudia
ensuite dans l'Université de *Paris*,
où il reçût les degrez du Doctorat.
Dans le Chapitre General de son Ordre qui se tint à *Ferrare* l'an 1354.
dans celui de *Bordeaux* de 1358. &
dans celui de *Treves* de 1362. il fut
nommé Regent pour le Couvent
de *Paris*, & ce fut pendant qu'il
en faisoit les fonctions, qu'il composa son *Commentaire sur les quatre
livres des Sentences*, qui a été imprimé pour la premiere fois à *Milan*
l'an 1510. & ensuite à *Venise* l'an
1623. par les soins du P. *Leon Prioli*
Religieux du même Ordre.

Angriani assista l'an 1372. au Chapitre General tenu à *Aix* en Provence en qualité de Définiteur de
la Province de *Boulogne*, & dès lors
il est qualifié du titre de *Maître*,
c'est à-dire, Docteur en Theologie,
qualité qui lui est aussi donnée dans
les Chapitres Generaux tenus au *Puy
en Velay* l'an 1375. & à *Bruges* l'an
1379. où il se trouva en qualité de
Provincial de sa Province.

M. An-
GRIANI.

Le grand schisme, qui divisa l'E-
glise après la mort de *Gregoire* XI.
causa aussi beaucoup de division dans
les Ordres Religieux, & en particulier dans celui des Carmes. Les
Couvens d'Allemagne, de Hongrie,
de Boheme, de Pologne, de Dan-
nemarc, de Suede, de Norvege,
de Prusse, de Flandres, de Frise, &
de plusieurs autres Provinces conti-
gues à l'Allemagne, avec la Tosca-
ne, la Lombardie, & les autres pays
d'Italie reconnurent *Urbain* VI.
mais les Couvens de France, d'Espagne, d'Ecosse & de Naples sou-
tinrent le parti de *Clement* VII. auquel s'attacha aussi *Bernard Olensis*
ou *Oleri* dix-septiéme General de
l'Ordre des Carmes, & pour cette
raison il fut déposé par le Pape *Ur-*
bain qui ordonna au Chapitre General qui se tenoit à *Bruges* l'an 1379.
d'en élire un autre, qui fut tiré des
pays de son Obedience. Le Chapitre obéit aux ordres du Pape *Urbain*
& élut *Michel Angriani* sous le titre de Vicaire General, lequel fut
confirmé par une Bulle que donna
le même Pape, datée du 13. des Ca-

lendes de Mai, c'eſt-à-dire du 19.
Avril 1380.

Le Chapitre General aſſemblé à
Verne l'an 1381. élut unanimement
Michel Angriani pour dix-huitiéme
General de l'Ordre ; les Provinciaux
des Provinces qui tenoient pour *Clement* ne s'y trouvant point, ils furent ſuppléés par d'autres Religieux
nommez à leurs places. Dans le Chapitre General tenu l'an 1385. à *Bam-
berge* de la Province de la haute Allemagne, la même dignité fut con-
firmée à *Angriani*. Mais l'année ſuivante 1386. étant allé à *Genes* trouver le Pape *Urbain*, il fut dépoſé
de ſa Charge, ſans qu'on ait pû en
ſavoir la cauſe ; ſi ce n'eſt que les
uns diſoient qu'il étoit ami & con-
fident de quelques Cardinaux que le
Pape fit mourir vers ce temps là, &
les autres que c'étoit à cauſe de quelques ſoupçons & défiances qu'eût le
Pape contre l'Archidiacre de *Bruges*,
qui avoit été diſciple d'*Angriani*.

Angriani déchargé de ſon emploi ſe retira au Couvent de *Boulogne*, d'où il a retenu le nom de
Michel de Boulogne, ſous lequel il

M. An-GRIANI. est plus connu. Ce fut là qu'il travailla & perfectionna les ouvrages que nous avons de lui.

Nonobstant sa déposition du Generalat, le Pape *Boniface* IX. le fit l'an 1394. Vicaire General de la Province de *Boulogne*, avec plein pouvoir de la gouverner, & l'an 1396. il se trouva au Chapitre General de *Plaisance*, en qualité de Définiteur de la même Province. Il mourut à *Boulogne* le 16. Novembre 1400. selon le P. *Louis de Sainte Therese*, & en 1416. selon l'Abbé *Tritheme*. Le premier sentiment est plus conforme à l'Epitaphe qui se trouve dans l'Eglise des Carmes de *Boulogne*, gravée sur un tombeau de marbre, qui est devant le grand Autel. L'obscurité & la barbarie de ses expressions ont pû donner lieu à celui de Tritheme. Le voici :

Michael Doctor hic est Ayguana Bononias illum
　Stirps dat, Carmeli, quem tulit ordo, caput
In David ejus ovat calamus; stupor est qua Latinis,
　Et Gallis virtus, ingeniumque senis.

Bis septingentos annos, patet esse No- M. AN-
vembrem. GRIANI,

Atque bis octenos explicuisse Dies.
Catalogue de ses Ouvrages.

1. *Ad Cardinalem S. Mariæ trans
Tyberim insigne opus & præclarum de
Conceptione S. Mariæ liber* 1. *MS.
Arnoul Bostius* Religieux Carme,
qui mourut à *Gand* le 31. Mars
1499. dit que cet ouvrage d'*Angriani* est tout rempli de ces expressions & de ces manieres de parler :
*Tota pulchra, tota formosa est Maria,
amica spiritus almi, verbi divini Ge-
nitrix, Æterni Patris comparentalis,
eundem cum eo filium habens, & ma-
cula originalis non est in ea.*

2. *Super Sententias libri IV.* J'ai
déja remarqué que ce Commentaire
sur le Maître des Sentences fut imprimé pour la premiere fois à *Milan* en 1510 Goth. & ensuite à *Venise* l'an 1623. *in fol.*

3. *Quæstiones Sententiarum liber
unus. In Evangelium Matthæi liber.
Tabula moralium Sancti Gregori Papæ.
Tabula decreti. In Ethicam Aristotelis
liber. In Valerium maximum liber. Sermones varii liber unus.* Peut-être ne
nous reste il que le titre de tous ces li-

M. AN-
GRIANI.

vres à moins que quelque Bibliotheque d'Italie, qui fut le pays où *Michel de Boulogne* demeura plus long-
tems ne nous ayent conservé des manuscrits qui ne font pas venus à ma
connoissance.

4. *Lectura super Michaam.* Cet
ouvrage est cité par *Angriani* dans
son Commentaire sur le Pseaume 67.
⅄. 8.

5. *Postilla super Joannem.* Il ren-
voye aussi à cet ouvrage dans ses ex-
plications sur les Pseaumes 76. v. 1.
& 13.

6. *Postilla in Apocalypsim.* Cet ouvrage est encore cité dans son explication sur le Pseaume 77. de même
que le suivant.

7. *Sermones quadragesimales.*

8. *Dictionarium divinum.* MS. c'est
un Dictionnaire de la Bible, qui explique tous les mots qui font citez
dans l'Ecriture Sainte ; mais la mort
la empêché de l'achever. Il n'a fait
que les trois lettres A. B. C. Le manuscrit de cet excellent ouvrage,
aussi bien que les manuscrits des
quatre précedens se conservent dans
les Bibliotheques des Carmes de
Boulogne & de *Ferrare.*

9. *Commentaria in Pſalmos.* Ces
Commentaires furent imprimez la
premiere fois à *Alcala* l'an 1524.
par les ſoins de *Jean Jonſica* Evêque
de *Burgos*, ſur un manuſcrit de la
Bibliotheque du Monaſtere de S. Jerôme *Los Totos de Guiſando.* Comme le nom de l'Auteur ne s'y trouva pas, on lui donna celui d'Inconnu, & c'eſt encore avec le même
paſſeport qu'il a paru de l'impreſſion
de *Lyon* en 1588. & 1603. Mais le
P. *Baſile Anguſſola* Religieux de
l'Ordre des Carmes trouva l'an 1600.
dans la Bibliotheque des Carmes de
Boulogne un manuſcrit diviſé en cinq
volumes, à la fin deſquels on liſoit :
Explicit lectura primæ, ſecundæ &c.
partis Pſalterii compilata per F. Mi-
chaelem de Bononia Ordinis B. M.
de Monte Carmelo inter Theologos
Doct. Pariſienſes Minimum. Il en
trouva un autre vers le même temps
dans la Bibliotheque des Carmes de
Veniſe, dont une partie étoit écrite
l'an 1397. & l'autre l'an 1424. diviſé pareillement en cinq volumes au
commencement deſquels étoient ces
mots : *Incipit lectura ſuper Pſalterium.*

M. AN
GRIANI

M. An-
GNANI.

edita & composita per Fr. Michaelem de Ayguanis de Bononia sacræ Theologiæ Doctorem eximium Ord. Fratrum S. Dei Genitricis Mariæ de Monte Carmelo. Sur la premiere feuille de chaque volume étoit dépeint un Profeſſeur aſſis dans une chaire en habit de Carme, avec des Auditeurs habillez de differentes façons au bas, & à la fin de chaque volume le nom de l'Auteur étoit auſſi marqué. L'un & l'autre exemplaire fut preſenté au Patriarche de *Veniſe* & à l'Archevêque de *Boulogne* qui nommerent des perſonnes habiles pour les verifier ſur le Commentaire imprimé à *Lyon* ſous le nom de l'inconnu ſur les Pſeaumes. Ce qui ayant été trouvé conforme par le témoignage de gens irreprochables, on travailla à en procurer une nouvelle édition ſur ces exemplaires & ſur d'autres manuſcrits auſſi anciens, que l'on trouva dans pluſieurs Bibliotheques de la Ville de *Boulogne*, marquez des mêmes inſcriptions. C'eſt donc après tous ces examens & ces précautions que nous ſont venues les éditions ſuivantes ſous le nom de leur

leur veritable Auteur ; celle de *Ve-* M. An-
nife en trois volumes *in* 4°. chez GRIANI.
Jean Guerili, le premier volume eft
de l'an 1600. & les deux autres de
1602. celle de *Paris* de 1626. 2.
vol. *in fol.* de même que celle de
Lyon 1652. & 1673.

V. la Preface que le P. *Bafile An-*
guffola a mis à la tête de ce Commentaire ; *Tritheme de fcript. Eccl.*
Jof. Simler dans l'*Epitome Bibliothe-*
ca Gefneri, *Poffevin* tom. 2. de fon
Apparat Sacré. *Ant. Alegre Para-*
difus Carmelitici decoris p. 316. *Louis*
de Sainte Therefe fucceffion du Pro-
phete Elie. Du Pin Bibl. Eccl. Bof-
tius de viris Illuftribus Ord. B. M. V.
de Monte Carmelo. &c.

Cet article a été dreffé par le R. P.
Côme de S. Etienne fous-Prieur des
anciens Carmes d'Orleans.

JOSEPH TEXEIRA.

JOSEPH
TEXEIRA.

J OSEPH *Texeira* nâquit en Portugal d'une famille noble au commencement l'année 1543. Le lieu
de fa naiffance n'eft pas connu.

Tome V. L l

J. TE- A près avoir fait ses études avec beau-
XEIRIA. coup de succès, il entra en 1565.
à l'âge de 22. ans dans l'Ordre de
S. Dominique, où il se distingua
par sa pieté & par sa science.

Il étoit Prieur du Couvent de
Santaren l'an 1578. lorsque le Roy
Sebastien entreprit cette malheureuse
expedition en Afrique, où il perit.
Le Cardinal Henri qui lui succeda
étant mort peu de temps après en
1580. *Texeira* suivit le parti d'*Antoine* que le peuple avoit proclamé
Roy, & lui demeura toûjours attaché. Il vint avec lui en France en
1581. pour demander du secours contre *Philippe* II. qui lui disputoit la
Couronne, & il étoit sur sa flotte
lorsqu'elle fut battue vers les Ter-
ceres le 26. Juillet 1582. Il y fut
méme fait prisonnier avec un grand
nombre de François, & on l'envoya chargé de chaînes à *Lisbonne*.

Il trouva cependant moyen de se
sauver, & revint en France auprès
d'*Antoine* qui s'y étoit retiré après
sa déroute, & dont il fut Aumônier
& Confesseur.

Ayant eu occasion de parler au
Roy *Henri III.* & à *Catherine de Me-*

dicis, il plût si fort à l'un & à l'autre, qu'il fut honoré du titre de Predicateur & de Conseiller du Roy.

Les troubles de France ayant obligé le Prince *Antoine* d'aller chercher quelque part une demeure plus tranquille, il l'accompagna en Bretagne & ensuite en Angleterre, où ils se rendirent en 1586.

Il étoit de retour à *Paris* en 1588. car la Réine l'envoya cette année à *Lyon*, & il y demeura jusqu'au commencement de l'année suivante. Son attachement pour *Henri* III. déplût aux Lyonnois, dont les principaux étoient Ligueurs outrez, on pilla en son absence sa cellule, & on jetta au feu ses livres & ses écrits : & il auroit peut-être eu le même sort, s'il n'eut été averti à temps, & s'il n'eut pris la fuite.

Il alla retrouver *Henri* III. à *Tours*, où il demeura quelque temps. Après la mort funeste de ce Prince, il s'attacha au Roy *Henri* IV. & il est à croire qu'il revint à *Paris*, lorsque ce Prince y eut été reçû en 1593. Il y étoit du moins sûrement en 1595. puisqu'il assista à la mort du Prince

J. TE-XEIRA.

L l ij

Antoine qui y mourut le 26. Août de cette année.

Il assista en 1596. à l'abjuration que *Charlote-Catherine de la Tremoille* veuve du Prince de *Condé* fit à *Rouen* du Calvinisme entre les mains du Legat du Pape, & il fut commis pour instruire cette Princesse, & pour être son Confesseur.

Il fut depuis ce temps attaché au service de la Cour, qui ne l'occupa pas neanmoins de telle forte, qu'il n'employa le temps qui lui restoit à l'étude & à la composition.

On croit qu'il mourut vers l'an 1620. parce que l'on n'entend plus parler de lui depuis ce temps là. *Konig* qui le fait mourir en 1601. se trompe.

Ses Ouvrages font assez connoître la haine qu'il avoit pour les Espagnols & sa passion contre le Roy d'Espagne *Philippe* II. qui avoit conquis le Portugal sur le Prince *Antoine*. On rapporte de lui que prêchant un jour sur l'amour du prochain, il dit que *nous sommes obligez d'aimer tous les hommes de quelque Religion, Secte & Nation qu'ils soient, jusques aux Castillans.*

Catalogue de ses Ouvrages.

1. *De Portugalliæ ortu, Regni initiis, denique de rebus à Regibus univerſoque Regno præclare geſtis compendium.* Pariſ. 1582. in 4o. pp. 70. Cet ouvrage qui eſt fort rare tend à établir le droit du Prince *Antoine* à la Couronne de Portugal. Il fut attaqué par *Edouard Nunez* de Leon dans un livre intitulé : *Cenſuræ in libellum de Regum Portugalliæ Origine, qui fratris Joſephi Texeira nomine circumfertur. Oliſſiponæ* 1585. *in* 4o. Cet Auteur s'y propoſe de faire voir que la Couronne de Portugal n'eſt point élective, comme *Texeira* l'avoit prétendu, mais hereditaire. Il prétend que *Texeira* étant en priſon à *Liſbonne* lui avoua qu'il n'étoit pas le veritable Auteur du livre *de Portugalliæ ortu*; mais qu'il étoit d'un autre Dominicain nommé *Etienne de Luſignan.* Soit que la crainte ait fait faire cet aveu à *Texeira*, ſoit qu'il ſoit veritable, il eſt ſûr qu'il en entreprit la défenſe, comme de ſon propre ouvrage, & qu'il publia pour cela le livre ſuivant.

2. *De Electionis jure quod competit viris Portugallenſibus in augurandis*

J. TE-
XEIRA.

suis Regibus ac Principibus. Lugduni
1589. 2e. édition faite sous le nom
Pierre Olim. Auteur Pseudonyme,
avec une Preface qui contient plusieurs choses curieuses sur *Texeira*
1590. *in* 12. 3e édition sous ce nouveau titre : *Speculum Tyrannidis Phi-*
lippi Regis Castellæ in usurpanda Por-
tugallia, verique Portugallensium juris
in eligendis suis Regibus ac Principi-
bus cum annotationibus T. J. F. à
V. J. C. Gal. Paris. 1595. *in* 80. pp.
129.

3. *Exegesis Chronologica, sive ex-*
plicatio Arboris gentilitiæ Galliarum
Regis Henrici IV. Regum LXV. Na-
varræ III. Regum XXXIX. ex pro-
batissimis Historicis Latinis & Gallicis
delineata. Turonibus 1590. *in* 40. It.
ab auctore aucta. Lugd. Bat. 1592.
in 40. It. *Ibid.* 1617. *in* 40. It. sous
ce titre : *Stemmata Franciæ, item Na-*
varræ Regum à prima utriusque gentis
origine usque ad Regem Henricum IV.
Lugd. Bat. 1619. *in* 40. Cette édition est précisement la même que
celle de 1617. dont on a changé le
titre. It. *traduite en François par C.*
de Heris dit Coqueriomont. Paris 1595.
in 40. *Texeira* fait remonter l'origine

des Bourbons juſqu'à *Antenor* pre- **J. Te-**
mier Roy des Troyens. Son ouvrage **xeira.**
contient bien des fables.

4. *Explicatio Genealogiæ Henrici II.*
Condeæ Principis à D Ludovico &
ab Imbaldo Trimulio ad utrumque dicti
Henrici parentem repetita. Parif. 1596.
in 80. *pp.* 83. It *traduite en François*
par Jean de Montbelliard. Paris 1596.
in 80.

5. *Rerum ab Henrici Borbonii Fran-*
ciæ Proto-Principis Majoribus geſta-
rum epitome, ejuſdemque Henrici Ge-
nealogiæ explicatio. Parif. 1598. *in* 80.
pp. 237. L'ouvrage précedent eſt
joint à celui-ci. L'Auteur à la fin de
l'Epitre dédicatoire prend les titres
de *Conſeiller, Aumônier & Predica-*
teur du Roy Henri IV. Confeſſeur de
la Princeſſe Charlotte, & premier Au-
mônier du Prince de Condé.

6. *Narratio in qua tractatur de Ap-*
paritione, abjuratione, converfione, &
Synaxi illuftriſſimæ Principis Carlottæ
Catharinæ Trimolliæ Principiſſæ Con-
deæ. Auctore P. V. D. P. C. Parif.
1597. *in* 12. *pp.* 62. Les Bibliothe-
caires des Dominicains ne doutent
point que cet ouvrage ne ſoit de
Texeira.

J. TE-
XEIRA.

7. *De Flammula seu Vexillo S. Dionysii vel de Orimphla aut Auriflamma Tractatus. Paris.* 1598. *in* 12. La Bibliotheque des Dominicains ne fait aucune mention de cet Ouvrage, qui est cité par le P. *le Long.*

8. *Aventure admirable par dessus toutes autres des siecles passez & present, qui contient un discours touchant les succez du Roy de Portugal Dom Sebastien depuis son voyage d'Afrique, auquel il se perdit en la bataille qu'il eût contre les infideles l'an* 1578. *jusqu'au* 6. *de Janvier an present* 1601. *Auquel discours il y a plusieurs histoires par lesquelles appert évidemment celui que la Seigneurie de Venise a détenu prisonnier l'espace de deux ans & vingt-deux jours être le propre & vrai Roy de Portugal D. Sebastien, &c. traduit du Castillan en François* 160. *in* 8°. pp. 126.

V. *Nicolas Antonio Bibl. Hisp.* Cet Auteur n'a parlé qu'en peu de mots de *Texeira,* à cause de la haine qu'il témoigne par tout pour les Espagnols. *Bayle Dictionnaire,* où l'article de *Texeira* n'est que croqué, & la Bibl. des Dominicains, où l'on trouve un grand détail sur ce qui le regarde.

TABLE

TABLE NECROLOGIQUE

Des Auteurs contenus dans ce Volume.

TABLE.

TABLE.

TABLE

Des *Auteurs* contenus dans ce
Volume, selon l'ordre des matieres qu'ils ont traitées dans
leurs *Ouvrages*.

A

Anatomie.

C

Conciles, Synodes, &c.

TABLE.

Controverse.

Critique.

D

Discipline Ecclesiastique.

Droit Naturel.

Droit Canonique.

Mm iij

TABLE.

TABLE.

M m iiij

TABLE.

H

Histoire Generale.

Histoire Sainte & Judaique.

Histoire Ecclesiastique.

Histoire Monastique.

TABLE.

Histoire Greque.

Histoire Romaine.

Histoire de France.

Histoire d'Italie.

Histoire d'Angleterre.

TABLE

TABLE.

L

Lettres.

M

Mechaniques.

Medecine.

Melanges.

TABLE.

TABLE

TABLE.

Theologie Morale.

F I N.

APPROBATION.

J'Ai lû par ordre de Monſeigneur le Garde des Sceaux ce cinquiéme Volume des *Mémoires pour ſervir à l'Hiſtoire des Gens de Lettres*, & je n'y ai rien trouvé dont on ne puiſſe permettre l'impreſſion. A Paris le deuxiéme Juin 1728. HARDION.

PRIVILEGE DU ROY.

LOUIS par la grace de Dieu Roy de France & de Navarre: A nos amez & féaux Conſeillers, les Gens tenans nos Cours de Parlement, Maîtres des Requeſtes ordinaires de notre Hôtel, Grand Conſeils

Prévôt de Paris, Baillifs, Senéchaux, leurs Lieutenant
Civils, & autres nos Justiciers qu'il appartiendra,
SALUT. Notre bien amé ANTOINE-CLAUDE
BRIASSON Libraire à Paris, Nous ayant fait remon-
trer qu'il lui auroit été mis en main un Manuscrit,
qui a pour titre : *Memoires pour servir à l'Histoire
des Hommes Illustres dans la Republique des Lettres,
avec un Catalogue raisonné de leurs Ouvrages.* qu'il
souhaiteroit faire imprimer & donner au Public, s'il
nous plaisoit lui accorder nos Lettres de Privilege
sur ce necessaires : offrant pour cet effet de le faire
imprimer en bon papier & en beaux caracteres, suivant la feuille imprimée & attachée pour modele
sous le contre-scel des presentes. A CES CAUSES,
voulant traiter favorablement ledit Exposant, Nous
lui avons permis & permettons par ces Presentes de
faire imprimer ledit Memoire & Catalogue ci-dessus specifié, en un ou plusieurs volumes, conjointe-
tement ou separement, & autant de fois que bon lui
semblera; sur papier & caracteres conformes à ladite
feuille imprimée & attachée pour modele sur notre-
dit contre-scel, & de le vendre, faire vendre & débiter par tout notre Royaume, pendant le tems de
huit années consecutives, à compter du jour de la date desdites presentes. Faisons défenses à toutes sortes
de personnes de quelque qualité & condition qu'elles soient d'en introduire d'impression étrangere
dans aucun lieu de notre obéissance ; comme aussi
à tous Libraires-Imprimeurs & autres d'imprimer,
faire imprimer, vendre, faire vendre, débiter ni
contrefaire lesdits Memoires & Catalogues ci-dessus
exposez, en tout ni en partie, ni d'en faire aucuns
extraits sous quelque pretexte que ce soit, d'augmen-
tation, correction, changement de titre, ou autrement,
sans la permission expresse & par écrit dudit Exposant ou de ceux qui auront droit de lui; à peine de
confiscation des Exemplaires contrefaits, de trois mille livres d'amende contre chacun des contrevenans,
dont un tiers à Nous, un tiers à l'Hôtel-Dieu de
Paris, l'autre tiers audit Exposant, & de tous dépens, dommages & interêts; à la charge que ces
présentes feront enregistrées tout au long sur le Re-
gistre de la Communauté des Libraires & Imprimeurs

de Paris, & ce dans trois mois de la date d'icelles, que l'impreſſion de ce Livre ſera faite dans notre Royaume, & non ailleurs, & que l'Impetrant ſe conformera en tout aux Reglemens de la Librairie, & notamment à celui du 10. Avril 1725. & qu'avant de les expoſer en vente, le Manuſcrit ou Imprimé qui aura ſervi de copie à l'impreſſion dudit Livre, ſera remis dans le même état où l'Approbation y aura été donnée, és mains de notre très-cher & féal Chevalier Garde des Sceaux de France, le ſieur Fleuriau d'Armenonville, Commandeur de nos Ordres; & qu'il en ſera enſuite remis deux Exemplaires dans notre Bibliotheque publique, un dans celle de notre Château du Louvre, & un dans celle de notre très-cher & féal Chevalier Garde des Sceaux de France le ſieur Fleuriau d'Armenonville, Commandeur de nos Ordres, le tout à peine de nullité des preſentes; du contenu deſquelles vous mandons & enjoignons de faire joüir l'expoſant ou ſes ayans cauſe, pleinement & paiſiblement, ſans ſouffrir qu'il leur ſoit fait aucun trouble ou empêchement: Voulons que la copie deſdites preſentes, qui ſera imprimée tout au long au commencement ou à la fin dudit Livre, ſoit tenuë pour duëment ſignifiée, & qu'aux copies collationnées par l'un de nos amés & féaux Conſeillers & Secretaires, foi ſoit ajoûtée comme à l'Original. Commandons au premier notre Huiſſier ou Sergent de faire pour l'execution d'icelles, tous Actes requis & neceſſaires, ſans demander autre permiſſion, & nonobſtant clameur de Haro, Charte Normande, & Lettres à ce contraires: CAR tel eſt notre plaiſir. DONNE' à Paris le vingt-huitiéme jour de Novembre, l'An de grace 1726. & de notre Regne le douziéme. Par le Roy en ſon Conſeil. DE SAINT HILAIRE.

Regiſtré ſur le Regiſtre VI. de la Chambre Royale & Syndicale des Libraires & Imprimeurs de Paris, N. 530. Fol. 431. conformement aux anciens Reglemens, confirmez par celui du 28. Fevrier 1723. A Paris ce 3. Decembre 1726. Signé, VINCENT, Adjoint.

www.ingramcontent.com/pod-product-compliance
Lightning Source LLC
Chambersburg PA
CBHW070547030726
47505CB00001B/187